COLLECTION FOLIO

Olivier Barrot
Bernard Rapp

Lettres anglaises

Une promenade littéraire
de Shakespeare à le Carré

Gallimard

© *NiL éditions, Paris, 2003.*

OLIVIER BARROT

Journaliste et écrivain, Olivier Barrot est le producteur et le présentateur de l'émission littéraire de France 3 « Un livre, un jour ». Il est l'un des directeurs de la rédaction de *Senso*, « magazine des sens et des mots ».

BERNARD RAPP

Journaliste et producteur d'émissions de télévision sur les livres et le cinéma, Bernard Rapp est aussi réalisateur de films, *Tiré à part, Une affaire de goût, Pas si grave* et *Un petit jeu sans conséquences*.

PRÉFACE

En matière de littérature, l'Angleterre n'est pas une île, c'est un continent, émergé depuis plus d'un millénaire, et qui n'a jamais cessé de générer des œuvres. On a coutume de fixer la naissance des lettres anglaises à une date quasi contemporaine de celle des lettres françaises — décidément la rivalité entre les deux vieilles nations s'étend bel et bien à tous les domaines et à toutes les époques ! C'est vers le milieu du IXe siècle que sont composés d'un côté les *Serments de Strasbourg* et *la Cantilène de sainte Eulalie*, en langue romane, de l'autre *Beowulf*, en vieil anglais, textes anonymes, fondateurs, et passablement monotones pour un lecteur de notre temps. Depuis, un déferlement jamais interrompu rend impossible l'effort, sinon l'envie, d'en tout connaître. Seules dans ces cas en Europe, les littératures anglaise et française produisent à jet continu, sans beaucoup se fréquenter l'une l'autre. L'Angleterre et la France demeurent pays du livre.

L'Angleterre, nous la connaissons raisonnablement bien. Nous y avons vécu et travaillé, nous en avons apprécié de tout temps les traits et les mœurs. En matière culturelle, nous aimons sa presse et son culte du théâtre, ses concerts en plein air et ses expositions florales. Pour les Français, l'Angleterre est tout paradoxe, comme réciproquement la France pour les Anglais : Albion aime le passé et les collections d'objets anciens, armes, outils, voitures, tout en donnant le *la* dans la création vestimentaire ou musicale la plus innovante. La vieille Angleterre vit sans embrasement la plus flagrante inégalité sociale fondée sur un système désuet d'accès au savoir, au pouvoir, et des services publics en profonde déliquescence. Et pourtant, de tous les pays d'une Europe qu'elle n'a que tardivement et partiellement rejointe, elle demeure celui qui attire le plus d'émigrants venus de l'Est et du Sud. Oui, nous aimons le pays de John Galliano et d'Elton John, de Kristin Scott Thomas et de David Beckham.

Lesquels sont bien les descendants d'une antique lignée d'excentriques et de saltimbanques. Après tout, Shakespeare, le plus illustre des écrivains anglais, référence éternelle et universelle au même titre que Beethoven et Léonard de Vinci, n'était-il pas comme Molière un homme de théâtre, familier des scènes, des troupes, des tournées ? Auteurs, acteurs, metteurs en scène : considérable apport britannique au spectacle. Tous deux nous devons à l'Angleterre un goût suffisamment prononcé de la représentation pour en avoir peu ou prou fait notre métier...

La littérature anglaise est pour nous allée de soi. Très tôt, nous y avons goûté, affaire d'éducation et de penchant. Anglophilie, anglomanie, le tweed et le trench, l'humour et la réserve : une façon d'être qui nous convient, et dont les meilleurs auteurs se sont fait les chantres. Si bien qu'il nous est apparu tout aussi naturel d'essayer d'en faire partager la prédilection en tournant sur place pour la télévision une série d'émissions autour des « Lettres anglaises ». Avant même que de songer à leur forme, nous nous sommes interrogés sur leur contenu. Quels écrivains retenir ? Sur quels critères ? D'emblée les noms se sont multipliés. Quelques années plus tôt, l'un de nous deux s'était lancé en compagnie de Jean d'Ormesson dans une *Histoire personnelle de la littérature française* de même forme, qui ne devait finalement pas compter moins de quatre-vingts chapitres. Or pour la littérature anglaise, dont nous savions bien qu'elle n'était pas moins riche, nous ne pouvions disposer que de vingt-six cases...

Puisqu'il s'agissait d'une promenade subjective, nous avons privilégié des écrivains que nous apprécions particulièrement et dont, aussi, les œuvres sont disponibles en traduction française, de préférence en collections de poche. Ainsi est-il aujourd'hui impossible de disposer dans notre langue du moindre texte d'auteurs aussi essentiels que Sheridan, Pope, Sterne ou Meredith, réalité qui explique a contrario l'importance que nous avons accordée au XIXe et au XXe siècle, plus accessibles. Promenade, disions-nous, et c'est bien le mot qui convient pour qualifier cette balade dans un jardin anglais à laquelle beaucoup n'ont pas été conviés. Aucune prétention de notre part à autre chose qu'à l'agrément. Un autre jour peut-être nous rendrons visite à Keats et à Smollett, à Milton et à Thackeray, à Pepys et à Browning, à Richardson ou à Carlyle. Nous aurions pu nous attacher aux contemporains : Martin Amis, David Lodge, William Boyd, Zadie Smith, sans négliger le prodigieux contingent d'écrivains anglais venus d'ailleurs, les Ishiguro, Rushdie, Kureishi, Naipaul… Temps et espace nous ont manqué. Du moins, au cours d'un été évidemment pluvieux, nous sommes-nous retrouvés à évoquer Shakespeare en un cimetière de campagne, Forster à bord d'un chemin de fer à vapeur, Pinter dans une lande de bruyère balayée par les vents, Graham Greene sur la jetée d'une station balnéaire, Thomas Hardy au pied d'un clocher rural, Fielding entouré par les chevaux d'un éleveur, Orwell au sous-sol d'une station d'espionnage, Defoe mal assis sur la coupée d'un frêle esquif, Joyce à la table d'hôte d'un pub enfumé et bruyant, Jane Austen perdue parmi les topiaires d'un labyrinthe végétal…

La littérature anglaise, pour les Français, est depuis longtemps une terre d'addiction, même si bon nombre de textes classiques n'ont toujours pas été traduits — ou retraduits. Nous n'avons pas oublié que Chateaubriand, exilé volontaire comme Hugo en Grande-Bretagne, se sentit l'obligation de rendre justice aux lettres d'un pays qu'il crut un moment devenir sien. Le vicomte était à Londres l'ami des écrivains, et se targue dans les *Mémoires d'outre-tombe* d'avoir été comme un inspirateur de lord Byron. Il y développe également de fort judicieux points de vue sur Shakespeare et sa profuse activité théâtrale, sur Fielding qu'il considère comme un maître du roman à l'anglaise, sur Walter Scott et son prodigieux éclat étendu à l'Europe entière.

S'ils ne sont pas moins nationalistes que nous, les Anglais reconnaissent volontiers que c'est un Français, Hippolyte Taine, qui rédigea l'une des premières histoires de leur littérature, en 1864. Cette œuvre, parue en cinq volumes à la librairie Hachette, contient une extraordinaire introduction, une sorte de *Discours de la méthode* rationaliste et positiviste qui expose « comment le Saxon barbare est devenu l'Anglais que nous voyons aujourd'hui ». Taine raconte la langue et le climat, la cour et la campagne, ses goûts et ses déductions. Épuisé depuis des décennies, cet ouvrage, dont nous détenions un exemplaire, n'est plus réédité, pas davantage et d'une manière moins explicable que la merveilleuse *Histoire de la littérature anglaise* d'Émile Legouis et Louis Cazamian (Hachette, 1952), dont se sont nourris comme nous des générations d'étudiants. C'est que notre siècle n'est pas en reste : nous avons découvert ou relu les propos enthousiastes et éclairants de ces trois grands anglicistes d'occasion qu'ont été André Gide, Valery Larbaud et Charles Du Bos. Le premier a été pour beaucoup dans la reconnaissance française de Joseph Conrad, et les pages qu'il consacre à son ami Oscar Wilde révèlent leurs deux personnalités intimes (*Essais critiques*, Gallimard, « Bibliothèque de la Pléiade », 1999). Larbaud, dans *Ce vice impuni, la lecture, domaine anglais* (Gallimard, 2001), nous promène avec allégresse chez des écrivains qu'il connaît par cœur, Chesterton, Dickens, Joyce, Fielding, entre autres. Le moins connu des trois, Du Bos, nous revient ces dernières années grâce à la réédition de ses volumineuses *Approximations* (Les Syrtes, 2000), emplies d'admiration pointue pour Shakespeare et Hardy, et de son *Journal, 1920-1925* (Buchet-Chastel, 2002), inégalable notamment par ses vues sur Byron.

Plus récents, divers travaux nous ont été précieux. Côté anglais, *A Short History of English literature* d'Ifor Evans (Penguin, constamment réédité et mis à jour), côté français, le *Précis de littérature anglaise*, de Robert Escarpit (Hachette, 1962), le *Précis de littérature anglaise*, de Josette Hérou (Nathan, 1992), *La Littérature anglaise*, de Corinne Abensour (Pocket, 2003) autorisent raccourcis et recoupements. Sur le seul roman anglais du XXe siècle, impossible de se passer du subtil et exhaustif *Gens de la Tamise*, de Christine Jordis (Le Seuil, « Points Essais », 2001). Enfin, l'*Histoire de la littérature anglaise*, de François Laroque, Alain Morvan et Frédéric Regard (PUF, 1997), universitaire, vive, lisible, nous a beaucoup aidés.

Les lettres anglaises ont bénéficié en France des plus éminents passeurs que sont les traducteurs. Il en est deux que nous tenons à saluer, tant leurs travaux ont su offrir le goût de l'original, Pierre Leyris et Sylvère Monod.

Enfin, Sandrine Treiner a su contribuer remarquablement à la mise en forme de nos idées sur le vaste sujet que nous effleurons dans ces pages.

Olivier Barrot et Bernard Rapp

WILLIAM SHAKESPEARE
1564-1616

Je suis un Juif ! Un Juif n'a-t-il pas des yeux ? Un Juif n'a-t-il pas des mains, des organes, des proportions, des sens, des affections, des passions ? N'est-il pas nourri de la même nourriture, blessé des mêmes armes, sujet aux mêmes maladies, guéri par les mêmes moyens, échauffé et refroidi par le même été et par le même hiver qu'un Chrétien ?

Le Marchand de Venise, *1596*

De son vivant, déjà, Shakespeare est perçu comme un talent d'exception. Depuis, la postérité a couronné son génie. Comme Cervantès, Dante, Goethe ou Hugo, il est un monument d'humanité. Dire en quelques pages qui fut William Shakespeare et quelle fut son œuvre relève de la mission impossible. En revanche, transmettre l'envie de le lire est une gageure, certes, mais tentante.

Le grand Will, comme on l'appelle bêtement en France, naît en 1564 à Stratford-upon-Avon, dans le comté de Warwick, au centre de l'Angleterre, non loin de Birmingham. Le père est bailli, c'est-à-dire maire de la ville ; de son métier d'origine, il est gantier, donc commerçant, mais, peu doué sans doute, il court à la ruine. La mère, issue d'une vieille famille de propriétaires terriens, a — cas fréquent chez les auteurs anglais — une grande influence sur le fils. Elle le sensibilise aux arts, à la littérature ; elle est, en matière culturelle, son initiatrice.

William Shakespeare ne suit pas de longues études ; il se contente de ce que l'on appelle, en Angleterre, la *grammar school*. Il apprend un peu de latin et de grec, qui ne lui seront pas inutiles, et fréquente peut-être brièvement les bancs de l'université. Shakespeare n'est pas un véritable lettré ; la légende veut que la vocation d'écrire lui soit venue soudainement.

À propos de Shakespeare, la légende compte pour beaucoup. Elle est tenace, tout comme le mystère. Il se raconte quantité d'histoires, dont celle-ci, qui prétend que la vue des baladins et des acteurs, au cours d'une grande parade célébrant la venue de la Reine dans sa province, l'aurait définitivement influencé. Rien n'est moins sûr ; cependant, malgré les incertitudes, il existe des faits avérés. Lesquels ne viennent jamais à bout de la curiosité quand il est question de création. On sait que le jeune homme, après avoir assisté à des représentations théâtrales, éprouve l'envie d'accéder à la scène. Il se marie, néanmoins, avant d'entrer dans la vie professionnelle, et épouse — constante anglaise — une femme plus âgée que lui, dont il a trois enfants, en particulier un fils, prénommé Hamnet (oui ! avec un n), qui meurt précocement. Puis William Shakespeare disparaît. Que lui arrive-t-il pendant ces quelques années ? On imagine tout et son contraire. Pour certains, il aurait été marin, pour d'autres, soldat ; il serait devenu professeur dans quelque collège, ou encore parti en Italie.

Du moins le retrouve-t-on à Londres, en 1592. Il y est comédien. Il pénètre sur les planches par la toute petite porte. Au début, il doit se contenter de garder les chevaux : il reste dans l'ombre. Très vite, toutefois, on lui donne sa chance. Il est bon acteur, connu, reconnu. Sans vouloir absolument établir des parallèles, soulignons tout de même que Molière, lui aussi, a tâté de tous les métiers du théâtre — à son époque, un acteur pouvait couramment pratiquer la mise en scène et diriger ses confrères. En l'occurrence, ce n'est pas dans cette direction que William s'oriente, mais vers l'écriture. Débute alors l'histoire de ce géant de la littérature universelle qu'est Shakespeare.

Il joue, donc, et il se met à écrire des pièces

qui recueillent un écho favorable, et qu'interprètent les troupes avec lesquelles il collabore, particulièrement la compagnie du Chambellan, devenue, en 1603, la compagnie des Comédiens du Roi, très prisée par la cour. Ses rivaux le jalousent. On le trouve encombrant, mais des personnalités le protègent. Non content de fournir des textes de sa propre initiative, il travaille également à la commande. Même à l'époque de sa plus grande gloire, il en accepte ; ce fut le cas, par exemple, des *Joyeuses Commères de Windsor*, dont la petite histoire prétend qu'il l'aurait écrite en quinze jours.

Que connaît-on de Shakespeare en France ? *Les Joyeuses Commères de Windsor*, précisément, *Roméo et Juliette*, *Othello*, *Le Roi Lear*, *Macbeth*, *Hamlet*, sur une production de quelque quarante pièces. Parmi celles-ci, des drames mais également des comédies ou encore des tragédies à l'antique.

Shakespeare développe cette particularité tout à fait étonnante : il s'attache à raconter aussi l'Angleterre de son temps. Ainsi écrit-il des drames historiques évoquant la guerre des Deux-Roses — les Lancastre contre les York —, et il prend parti, ce qui est inhabituel. Il se lance dans la poésie, rédige des sonnets, peut-être entre 1593 et 1597 — au moins mille six cents. Il semble persuadé de passer grâce à eux à la postérité... Pourtant, si on lit encore, çà et là,

Le Viol de Lucrèce (1594), les sonnets de Shakespeare ne sont pas en France des priorités. En Angleterre, ils sont vénérés, et enseignés à l'école.

Deux amours font ma peine et ma félicité comme deux esprits se partagent mon cœur.

Le bon ange est un homme à la claire beauté, le mauvais, une femme à la sombre couleur.

Que n'a-t-on écrit sur ce jeune homme et sur cette dame brune ! Shakespeare voyait-il là son amant, son protecteur ? Et cette femme, cette dame brune qui fait tellement peur, qui est-elle ? On ne le saura jamais. Toutefois, il est certain que Shakespeare a bénéficié de la protection d'un comte de Southampton, Henry Wriothesley, qui lui-même mena une drôle de vie. Certains liens se seraient créés entre eux… Qu'importe, dira-t-on, et à juste titre, mais comment se départir de toutes les interrogations ? Qui était ce William Shakespeare ? Comment a-t-il appris à faire parler des rois, des femmes, des nobles, des roturiers, les héros de l'Antiquité, Jules César, Cléopâtre ?

Depuis toujours de mauvais esprits soutiennent que le véritable Shakespeare serait en réalité le comte de Southampton, ou le comte d'Oxford, ou bien Francis Bacon, ou encore un collectif… Laissons à ce sujet le dernier mot à Goethe : « Shakespeare est le poète aux mille âmes. »

Ce qui nous semble important, au fond, c'est d'essayer de comprendre pourquoi cet auteur, qui est interprété depuis quatre siècles, continue de nous intéresser, de nous plaire, est joué sur les scènes du monde entier. Car Shakespeare n'est pas apprécié qu'en Europe. Il est l'auteur universel par excellence. Cela tient-il à l'émotion qu'il provoque, à son ironie, à son sens de l'épique ? Est-ce la démesure de son œuvre ?

Ce n'est pas vraiment répondre que de dire que la réponse tient à tous ces éléments à la fois, et pourtant... Shakespeare, ça se respire, ça s'écoute ; un ton, un son, un souffle... On rit, on pleure... Les thèmes sont éternels. Prenons *Le Roi Lear*. Que nous raconte la pièce ? Un souverain un peu gâteux qui ne croit pas à la beauté des dames, à la bonté de la plus pure de ses filles, choisit les deux sœurs mauvaises et ingrates et délaisse la seule qui l'aime. De son côté, *Othello* parle de l'illusion, de la jalousie dévorante ; c'est une histoire de vrai méchant — Iago —, une histoire de trahison. Chacun peut retrouver dans ces pièces les questions qui hantent l'humanité de toute éternité.

La pièce la plus célèbre de Shakespeare est sans doute *Hamlet*, qui, en 1601, permet à l'auteur de s'extraire d'un certain classicisme dans la composition pour s'exprimer avec son génie propre. Il s'agit de la tragédie d'un prince de Danemark dont le père a été assassiné par son frère, lequel a épousé la mère du prince. Voilà déjà de quoi révolter le spectateur ! Apparaît sur la scène, au début de la pièce, le spectre du roi défunt, qui apprend à son fils Hamlet la trahison fraternelle dont il a été la victime. Hamlet va le venger. Comment ? Il fait appel à des comédiens, de passage dans la ville — Shakespeare est acteur. Et Hamlet de donner des consignes aux comédiens sur leur manière de jouer.

« Dites ce texte à la façon dont je vous l'ai lu, n'est-ce pas, d'une voix déliée, avec aisance. Car si vous le déclamiez comme font tant de nos acteurs, mieux vaudrait que je le confie aux crieurs publics. Et n'allez pas fendre l'air avec votre main, comme ceci... » — autrement dit, ne faites pas comme moi — « ... Mais soyez mesurés en tout, car dans le torrent, dans la tempête, dans l'ouragan, dirais-je dans la passion, vous devez trouver et faire sentir une sorte de retenue qui l'adoucisse. Oh, cela me blesse jusque dans l'âme d'entendre ces grands étourneaux sous leurs perruques mettre la passion en pièces, oui, en lambeaux, et casser les oreilles du parterre, qui ne sait d'ailleurs apprécier le plus souvent que les pantomimes inexplicables et le fracas. »

Shakespeare réussit à évoquer son époque, le théâtre de son temps, les acteurs qui jouent mal la comédie — et tout cela dans une pièce censée se passer au royaume du Danemark au Moyen Âge ! Elle est là, la magie de Shakespeare : il a su parler admirablement de tout. Dès qu'on commence à lire ou à écouter une pièce de Shakespeare, on prend conscience que le texte nous parle de nous. Shakespeare, ce sont des pages admirables sur la beauté, sur l'amour. Shakespeare, c'est Roméo et Juliette. Les paroles que prononce Roméo à son valet lorsqu'il aperçoit Juliette sont merveilleuses :

« Elle enseigne aux flambeaux à redoubler d'éclat. On dirait qu'elle pend à la joue de la nuit comme un joyau précieux à l'oreille d'une Éthiopienne. »

Qui n'a voulu glisser de tels mots à la femme aimée ?

Et puis Shakespeare sait aussi être trivial, ainsi, dans le *Conte d'hiver* :

« […] Oui je sais

« (ou je suis bien trompé) qu'il y a eu

« D'autres cocus déjà ; et que plus d'un homme,

« En cet instant où je parle, donne à sa femme le bras

« Sans soupçonner qu'elle ouvrit les vannes dans son absence. »

Et les comédies ! Celle-ci que nous avons déjà citée et que nous aimons particulièrement : *Les Joyeuses Commères de Windsor*. Cette pièce lui est commandée, pour être jouée en 1598, car il fallait trouver un rôle à Falstaff, qui avait beaucoup séduit dans un drame créé un an plus tôt, *Henri IV*. Sir John Falstaff est un personnage qui a existé et que l'on retrouve mentionné dans un certain nombre de pièces historiques, beaucoup plus sérieux, beaucoup plus grave, beaucoup plus important et pénétré de son importance que chez Shakespeare. Dans *Les Joyeuses Commères de Windsor*, il devient un personnage burlesque, énorme, interprété génialement par Orson Welles au cinéma en 1966, et qui est l'objet, au fond, de la moquerie de toutes les femmes. Cette pièce de la première moitié de la carrière de Shakespeare, très accessible, est prodigieusement enlevée.

Tandis que *Les Joyeuses Commères* sont jouées au théâtre de Shoreditch, celui-ci est démonté pour être reconstruit de l'autre côté de la Tamise, au Globe Theatre, le théâtre du Globe, devenu célèbre, qu'investit la compagnie dont Shakespeare est à la fois le maître et l'actionnaire. La première pièce qui y sera jouée, en février 1601, est évidemment une pièce de Shakespeare, en l'occurrence, *Richard II*. *Jules César* le sera ensuite, en 1603.

Jules César est une des pièces historiques les plus géniales jamais conçues. Dans ce texte, on entend des choses aussi étonnantes que les propos tenus par César à Antoine au sujet des gens qui l'entourent :

« Je veux autour de moi des hommes gras, bien pommadés, dormeurs de pleine nuit. Ce Cassius, là-bas, m'a l'air maigre et avide. Il pense trop. Des êtres comme lui sont dangereux. Que n'est-il plus gras ? Non, non, je n'en ai crainte. Cependant, si mon nom me permettait la peur, je ne sais pas quel homme je fuirais autant que ce Cassius si maigre. Il lit beaucoup, il observe avec attention, il ne goûte ni le théâtre, ni la musique, il sourit rarement. »

Shakespeare a su sonder le cœur des hommes, entrevoir ce qu'il y a de plus noir en eux. Ainsi, Macbeth et lady Macbeth sont des personnages qui, une fois rencontrés, ne vous quittent plus. Comment ne pas être obsédé par la peur de Macbeth et par cet instant, terrible, dont il s'extrait pour aller vers pis encore, vers la damnation ?

« J'ai presque oublié le goût de la peur. Il fut un temps où mes sens se fussent glacés d'effroi à ouïr ce cri nocturne, où toute ma chevelure, au récit d'un malheur, se fût dressée comme si la vie l'animait. Je suis recru d'horreur, l'épouvante familière à mes pensées de sang ne saurait même plus s'émouvoir. »

Ernest Renan a écrit cette phrase magnifique : « Shakespeare, c'est l'historien de l'éternité. »

Les personnages de Shakespeare nous sont aujourd'hui encore aussi proches qu'aux spectateurs du théâtre du Globe sur les bords de la

Tamise, à Londres, dans les premières années du XVIIe siècle. Et si certaines pièces sont violentes, macabres et sanglantes, comme *Titus Andronicus*, cependant, l'humanité prévaut.

Toutes les émotions sont conjuguées chez Shakespeare. On sent l'odeur de la poudre, on entend les canons. Son théâtre est le plus vivant de tous, qui fit écrire à Goethe :

« Le théâtre de Shakespeare est un cabinet de curiosités dans lequel l'histoire du monde passe devant nos yeux, suspendue au fil invisible du temps [...]. Ce n'est pas de la littérature, on croit se trouver devant les livres formidables du Destin, et dans lesquels souffle l'ouragan de la vie la plus folle. »

Et, répétons-le, Shakespeare, c'est aussi le rire. Shakespeare, c'est drôle. Nous pourrions citer quelques mots de l'auteur, extraits de *Comme il vous plaira*. Dans cette comédie, les garçons sont des filles, qui sont des garçons tout de même, puisque chacun est déguisé, puisque les filles sont jouées par des hommes sur scène et que pour interpréter les personnages les hommes se déguisent en filles et les filles en garçons... Le spectateur ne sait plus où il en est, ce qui résonne de manière très contemporaine. Et Shakespeare d'écrire :

« Et d'heure en heure ainsi, on mûrit, on mûrit, et d'heure en heure ainsi, on pourrit, on pourrit. »

Shakespeare se retire en 1610, à Stratford, où il passe les dernières années de sa vie après la mort de sa mère. Il s'éteint en 1616, laissant derrière lui un testament, mais qui ne fait aucune allusion à ses œuvres. C'est ainsi que fut alimentée la thèse selon laquelle Shakespeare n'aurait pas été l'auteur, du moins l'unique auteur, de toutes ses pièces. *So what ?*

Bibliographie

Œuvres complètes, Gallimard, « Bibliothèque de la Pléiade ».
Œuvres complètes, Les Belles Lettres, bilingue.
Œuvres complètes, Robert Laffont, « Bouquins », bilingue.
Comédies, Robert Laffont, « Bouquins ».
Tragédies, Robert Laffont, « Bouquins ».
Histoires, Robert Laffont, « Bouquins ».
Théâtre complet, L'Âge d'homme.

La majeure partie des œuvres de Shakespeare est également disponible dans les différentes collections de poche.

DANIEL DEFOE
1660-1731

Je sentis bientôt mon contentement diminuer, et qu'en un mot ma délivrance était affreuse, car j'étais trempé et n'avais pas de vêtements pour me changer, ni rien à manger ou à boire pour me réconforter.

Robinson Crusoé, *1719*

Séminariste défroqué, commerçant en faillite, pamphlétaire emprisonné, espion mercenaire, Daniel Defoe a connu une existence bien remplie. Il est passé à la postérité grâce à l'écriture d'une œuvre majeure, l'une des références de la littérature mondiale, *Robinson Crusoé*.

Daniel Defoe fut lui-même un drôle de personnage dont il convient de brosser le portrait avant d'en venir à Robinson. Étonnamment, Daniel Defoe, pour être à bien des égards un aventurier dans l'âme, ne fut pas un grand voyageur : il a mené la vie plutôt sédentaire d'un homme d'affaires, d'un commerçant, se déplaçant en Europe mais n'allant jamais jusqu'au bout du monde ; on est loin du parcours d'un Joseph Conrad.

Il naît Daniel Foe en 1660, à Londres, dans une famille d'origine modeste, protestante de stricte obédience, dissidente de l'Église anglicane dominante. Son père est d'abord fabricant de chandelles, puis boucher.

Si la famille ne roule pas sur l'or, elle peut cependant envoyer le jeune homme suivre des études au séminaire presbytérien de l'académie Morton. Pourtant, Daniel Defoe n'a pas la vocation de pasteur ; il entre dans le commerce et traverse l'Europe de l'Ouest pour ses affaires. Difficile de savoir exactement en quoi celles-ci consistent, car Daniel Defoe n'est pas un homme à la carrière transparente et à l'abri de tout soupçon. On sait qu'il s'est livré à des spéculations malheureuses dans le domaine des assurances maritimes. En 1683, il se fixe en Angleterre et ouvre une mercerie.

La politique l'intéresse. Il prend part à la révolte qui offre à Guillaume d'Orange l'accès au trône, entre ainsi par la petite porte dans les allées du pouvoir, joue au journaliste, puis au pamphlétaire. En grande partie pour éponger des dettes, il loue sa plume aux gens en place. Cela lui vaut bientôt des ennuis, en raison des bouleversements politiques et religieux de l'époque, ennuis qui s'ajoutent à des soucis financiers : ses affaires périclitent, il fait faillite.

À la mort du roi, le vent tourne : Defoe est emprisonné à Newgate, entre mai et novembre 1703, et condamné au pilori — autrement dit, à être exposé en place publique pour y être raillé, injurié, voire molesté (ce qui ne lui arrive pas). Sitôt sorti, il perd ses derniers scrupules : le voici mercenaire, au plus offrant. Il fonde un journal, *The Review*, devient agent secret, notamment en Écosse, vit sous un faux nom. C'est la période la plus louche de sa vie, qui lui vaut de nouvelles persécutions, puis l'emprisonnement sous l'accusation de trahison.

Jusque-là, son rapport à la littérature reste incertain. Il a écrit des pamphlets et des biographies plus ou moins romancées. Parmi ces textes figure l'histoire d'un bandit de grand chemin de Newgate, un dénommé Sam Shepard. Celui-ci est finalement arrêté et condamné à mort. Alors qu'on s'apprête à le pendre, Daniel Defoe surgit, montre le texte à Shepard, le lui fait authentifier, pour repartir tandis que l'autre monte à la potence.

Parallèlement, les affaires de Defoe continuent d'aller mal. Après la mercerie, il monte une briqueterie, une tuilerie, mais rien ne marche comme il le faudrait ; il a besoin d'argent. Aussi va-t-il trouver un éditeur, à qui il propose d'écrire un roman inspiré d'un événement réel. En

1704, un naufrage (volontaire) a défrayé la chronique à travers toute l'Europe : un navigateur écossais du nom d'Alexander Selkirk avait passé plusieurs années sur une petite île au large du Chili. L'idée de Daniel Defoe est de raconter l'histoire d'un navigateur solitaire resté vingt-huit ans sur une île après un naufrage.

Contrat signé, nombre de pages défini, il s'attelle à la rédaction de *Robinson Crusoé* ; nous sommes en 1719, il a cinquante-neuf ans. Pour lui, il ne s'agit pas d'écrire une œuvre mais de gagner sa vie à un moment où émerge une génération bourgeoise et éduquée, qui aime lire et qui veut qu'on lui raconte des histoires.

L'Europe réserve à *Robinson Crusoé* un formidable accueil, cependant le livre est boudé par Jonathan Swift comme par Voltaire. Cinquante ans plus tard, en 1762, Jean-Jacques Rousseau le consacre enfin comme chef-d'œuvre :

« Puisqu'il nous faut absolument des livres, il en existe un qui fournit, à mon gré, le plus heureux traité d'éducation naturelle. Ce livre sera le premier que lira mon Émile : seul il composera durant longtemps toute sa bibliothèque et y tiendra toujours une place distinguée [...]. Il servira d'épreuves durant nos progrès à l'état de notre jugement ; et, tant que notre goût ne sera pas gâté, sa lecture nous plaira toujours. Quel est donc ce merveilleux livre ? Est-ce Aristote ?

Est-ce Pline ? Est-ce Buffon ? Non, c'est *Robinson Crusoé*. »

En attendant, Defoe, lui, a réussi son affaire : quatre éditions en Angleterre en un an, des traductions en français, en allemand, en néerlandais. C'est, pour l'auteur, la gloire comme la fortune, et la reconnaissance de son talent à combler les attentes d'un grand public que les esprits les plus éclairés n'ont pas encore identifié. La rencontre entre l'homme et les aspirations de son temps est totale, et il n'y a guère que Faust ou Don Juan qui aient su incarner la destinée humaine de façon aussi universelle.

Victoire de l'homme sur la solitude, triomphe de l'homme sur la nature : l'essentiel de cette époque est là. Rétrospectivement, on peut affirmer qu'avec *Robinson Crusoé* la voie est toute tracée pour l'émergence du roman moderne.

Nous connaissons tous l'aventure de ce naufragé qui échoue sur une île et mobilise son intelligence, sa réflexion, sa morale religieuse, son courage pour donner un sens à sa nouvelle vie et supporter sa solitude. Solitude qui prend heureusement fin le jour de sa rencontre avec l'Autre, un Autre qu'il nomme lui-même Vendredi.

Le ton est concret et réaliste :

« En 1632, je naquis à York, d'une bonne famille qui n'était point de ce pays. »

Defoe écrit à la première personne du singulier, comme dans une autobiographie fictive, le style est vivant : le récit se lit au premier degré. Qui se douterait que Robinson n'est pas un personnage réel ?

Par-delà ce premier niveau de lecture, l'adhésion du lecteur du XVIIIe siècle aux aventures de *Robinson Crusoé* s'effectue d'autant mieux que le roman répond à bien des aspirations : le rêve des mers chaudes, l'harmonie avec la nature, la colonisation.

C'est évidemment dans la description des relations de Robinson Crusoé avec Vendredi que Daniel Defoe apparaît le plus « idéologique » ; avant l'apparition dudit Vendredi, Defoe imagine que Robinson rêve à l'arrivée de quelqu'un sur son île. Quelques chapitres plus tard, l'improbable se produit.

« C'était un grand beau garçon, svelte et bien tourné, et à mon estime, d'environ vingt-six ans. Il avait un bon maintien, l'aspect ni arrogant ni farouche, et quelque chose de très mâle dans la face. Cependant, il avait aussi toute l'expression douce et molle d'un Européen, surtout quand il souriait. »

Suit une description, et voici comment Defoe poursuit :

« En peu de temps, je commençai à lui parler et à lui apprendre à me parler. D'abord, je lui fis savoir que son nom serait Vendredi, c'était le jour où je lui avais sauvé la vie, et je l'appelai ainsi en mémoire de ce jour. Je lui enseignai également à m'appeler "maître", à dire "oui" ou "non", et je lui appris ce que ces mots signifiaient. Je lui donnai ensuite du lait. »

Robinson apprend à Vendredi à ne plus manger de chair humaine. Le lecteur assiste à une véritable mission d'évangélisation. La trouvaille de Defoe, c'est de raconter l'aventure d'un homme seul face à la nature qui réussit à recréer un îlot de civilisation. Une civilisation qui va de l'éducation du sauvage à la construction — en bon Anglais — d'un parapluie.

Defoe a élaboré une œuvre extraordinairement cohérente : une langue évidente qui parle à tous, un personnage — ordinaire et fraternel — auquel le lecteur ne peut que s'identifier, un luxe de précisions qui concourt à la crédibilité de l'aventure, jusqu'à l'intelligence du happy end. Enfin — idée dans l'air du temps de l'époque —, il fait appel à l'expérience de l'homme. Pas de fatalité, pas de destin, juste un humain qui prend son existence en main. L'ensemble de ces ingrédients fait de *Robinson Crusoé* un chef-d'œuvre et, comme tous les chefs-d'œuvre, un livre indémodable.

À cela, il faut ajouter que la psychanalyse s'est tôt emparée de ce texte. *Robinson Crusoé* sur son île, c'est l'enfant qui recrée le monde, dans l'univers clos de sa petite chambre ou d'une cabane fabriquée au milieu des bois, tel qu'il lui apparaît en observant les adultes. Reste aussi, à l'évidence, une lecture historique et idéologique. Il n'est pas étonnant que la nouvelle bourgeoisie anglaise ait adopté cette histoire, tant elle symbolise sa puissance et le rôle auquel elle aspire. Robinson Crusoé exprime à la perfection le désir de conquête de son époque. De ce point de vue, Daniel Defoe apparaît comme un visionnaire : l'on a fait de son roman l'un des mythes fondateurs de l'Occident partant à l'assaut du monde entier.

L'écho du roman est tel que Daniel Defoe lui écrit une suite, parue sous le titre du *Retour de Robinson Crusoé*. Le second livre a beau être nettement moins bon que le premier, il rencontre de nouveau le succès. Daniel Defoe a compris que la littérature pouvait, d'une certaine manière, ressortir au processus industriel. Travaillant au contrat, à la ligne, il multiplie les textes, se cantonnant pour l'essentiel au genre romanesque. Parmi ceux qui méritent une citation : *En explorant toute l'île de Grande-Bretagne*, sorte d'ancêtre des guides touristiques.

Il convient de s'arrêter plus longtemps sur un autre livre important de Defoe, *Moll Flanders*, paru en 1722. Loin des îles, des tropiques et des fantasmes évangélisateurs, c'est un texte réaliste, citadin, nourri de l'expérience et des choses vues par Daniel Defoe. Sa particularité, dans un monde où le terme « féministe » n'a pas encore été inventé, est de planter l'autobiographie fictive d'un personnage de femme, et de femme de mauvaise vie de surcroît.

Il s'annonce par ces lignes, qui révèlent combien Daniel Defoe a compris l'attente de son public et tiré les leçons du succès de *Robinson Crusoé*.

> *Heurs et malheurs*
> *De la célèbre Moll Flanders*
> *Qui naquit à Newgate,*
> *Et, pendant une vie continuellement variée,*
> *Qui dura soixante ans,*
> *En plus de son enfance,*
> *Fut douze ans une catin,*
> *Cinq une épouse*
> *(dont une fois celle de son propre frère),*
> *douze ans une voleuse,*
> *huit ans déportée pour ses crimes en Virginie,*
> *et enfin devint riche,*
> *vécut honnête et mourut pénitente.*
> *D'après ses propres mémorandums.*

Moll Flanders naît donc à la prison de Newgate, celle-là même où Defoe a été incarcéré, d'une femme qui s'est donnée à son geôlier pour ne pas exécuter sa peine. Defoe, en journaliste, montre combien la solitude de la personne dénuée de tout équivaut à celle de

Robinson Crusoé, de même que l'existence d'une voleuse dans le Londres du XVIIIe siècle peut se révéler aussi périlleuse que celle d'un naufragé sur une île déserte.

Defoe décrit avec talent et entrain la vie des prisonniers comme des malfaiteurs : il en connaît assez pour dépeindre, dans le détail, le quotidien de la rue et des trottoirs de la ville. Pour ce faire, il ne manque pas de courage. Ainsi, dans ce passage où l'héroïne s'enflamme contre un pauvre gars qui a largement abusé de la boisson.

« Il n'y a rien de si absurde, de si extravagant ni de si ridicule qu'un homme qui a la tête échauffée tout ensemble par le vin et par un mauvais penchant de son désir, écrit Defoe, avant de poursuivre : Il est possédé à la fois par deux démons, et ne peut pas plus se gouverner par raison qu'un moulin ne saurait moudre sans eau. Le vice foule aux pieds tout ce qui était bon en lui, oui, et ses mêmes sens sont obscurcis par sa propre rage. »

Moll Flanders est l'histoire d'une femme non dénuée de sensualité, dont le souci majeur est de gagner de quoi vivre.

« Je fus plus confondue de l'argent que je ne l'avais été auparavant de l'amour, et commençai de me sentir si élevée que je savais à peine si je touchais la terre », énonce la malheureuse lorsque, avec son premier baiser, elle reçoit une modeste somme en guinées.

Defoe produit un roman sur la misère, et les amoureux de *Robinson Crusoé* ne pourront que s'intéresser à cette facette sociale et réaliste de l'auteur, qui coïncide avec l'apparition du capitalisme industriel moderne. « Épopée de l'argent et de la vie économique ; mais aussi voyage au bout de la nuit intérieure », résume avec justesse Dominique Fernandez dans une préface à *Moll Flanders*.

Aussi ne faut-il pas minimiser, chez Defoe, la recherche journalistique, qui n'a pas peu contribué à sa réussite. Elle est flagrante dans *Moll Flanders*, comme dans d'autres textes, tel que le *Journal de l'année de la peste (1765-1766)*. On dit de Defoe qu'il a écrit quelque trois cent cinquante livres, payé qu'il était à la ligne, comme Alexandre Dumas. Parmi ces nombreux titres, une *Vie de Cartouche*, qui témoigne du constant intérêt de Defoe pour les déclassés. Il avait compris que la vieille Angleterre était en train de changer. Sans aller jusqu'à affirmer qu'il eut l'intuition de la Révolution, il a pressenti les bouleversements à venir. De cela, il a fait œuvre littéraire, comme après lui Charles Dickens.

Bibliographie

Romans : Gallimard, « Bibliothèque de la Pléiade ».
Robinson Crusoé, Gallimard, « Folio » ; Actes Sud, « Babel » ; Flammarion, « Garnier-Flammarion » ; Le Livre de poche jeunesse.
Moll Flanders, Gallimard, « Folio ».
Lady Roxana, Autrement.
Journal de l'année de la peste, Gallimard, « Folio ».
Le Roi des pirates, José Corti.
Madagascar ou le Journal de Robert Drury, L'Harmattan.
Libertalia, L'Esprit frappeur.

JONATHAN SWIFT
1667-1745

Pour moi, je nageais à l'aventure, poussé à la fois par le vent et la marée. J'essayais parfois, mais en vain, de toucher le fond ; finalement, alors que j'étais sur le point de m'évanouir, et dans l'impossibilité de prolonger la lutte, je m'aperçus que j'avais pied.

Les Voyages de Gulliver, *1726*

Tout comme Daniel Defoe, son contemporain, qui est surtout connu en France pour un ouvrage et un seul, *Robinson Crusoé,* le nom de Jonathan Swift est avant tout associé, dans notre culture, à un titre : *Les Voyages de Gulliver.* La renommée de ce conte est telle qu'elle a éclipsé et son auteur — pourtant un personnage des Lumières invraisemblable et fascinant — et l'objet lui-même : Gulliver, de nos jours, est assimilé à la littérature enfantine alors que ce texte est d'abord un pamphlet violent contre la société du temps de Swift.

Swift, on va le découvrir, est un immense satiriste, peut-être le plus grand de son siècle, un homme révolté, indigné, qui fit rédiger comme épitaphe sur sa propre tombe — il meurt en 1745 à Dublin : « Ici repose la dépouille de Jonathan Swift [...] qui désormais n'aura plus le cœur déchiré par l'indignation farouche. Va ton chemin, voyageur, et imite si tu le peux l'homme qui défendit la liberté envers et contre tout. »

L'histoire personnelle de Jonathan Swift est en elle-même un sujet de roman. Il vient au monde à Dublin en 1667. Il est irlandais, donc, et, bien qu'ayant beaucoup vécu en Angleterre, il n'a jamais oublié son pays d'origine.

Orphelin de père dès sa naissance, il est pris en charge par deux oncles. Sa mère le confie pour trois ans à une nourrice. Il va à l'école, accède à l'université de Dublin, au Trinity College. À l'âge de vingt et un ans, il quitte son pays pour s'établir aux côtés de sa mère, en Angleterre. Il devient alors, dans le Surrey, le secrétaire, pendant dix ans, de sir William Temple, homme d'État et membre du Parlement. Parallèlement, Swift mène des études de théologie et reçoit une formation classique. Il est nommé pasteur en 1692, et terminera sa carrière comme doyen de la cathédrale Saint-Patrick, ce qui représente, surtout pour un Irlandais d'origine, un très beau parcours au sein de l'institution religieuse.

Sir William Temple joue auprès de lui un rôle de protecteur, et l'influence de bien des manières. L'homme est éclairé et fréquente des personnalités à l'avant-garde de leur époque. Grand lecteur, il possède une riche bibliothèque, dans laquelle Swift puise allégrement, ce qui n'a sans doute pas peu contribué à faire de lui un fin observateur du monde.

On imagine sans mal que sir William Temple n'a pas été long à deviner, chez son disciple, des vertus singulières. Il l'encourage à écrire et à développer sa veine satirique — ce n'est pas un hasard si Swift figurera, deux siècles plus tard, dans l'*Anthologie de l'humour noir* d'André Breton.

Swift produit un premier manuscrit, *La Bataille des livres* (1697), dans lequel il prend parti dans la querelle entre les Anciens et les Modernes, puis publie un pamphlet politique, *Discours sur les luttes et les dissensions entre nobles et gens du commun à Athènes et à Rome* (1701), et enfin un troisième texte étonnant, accessible et très amusant : *Le Conte du tonneau*, en 1704. Entre-temps, en 1699, son protecteur est mort, qui lui a confié la tâche de publier ses propres écrits.

Texte admirable, imprégné des codes de son époque et de religion, *Le Conte du tonneau* est une sorte de plaidoyer contre l'obscurantisme — déjà, le sort des opprimés touche Swift, et il entend prendre position en leur faveur. On ne s'étonnera donc pas qu'il ait tenté d'entrer en politique. Au début du XVIIIᵉ siècle, il séjourne longuement à Londres et entre en relation avec les whigs puis, s'étant trouvé en porte à faux sur des questions religieuses, avec les tories. L'échec est patent, mais d'autant moins dramatique que Swift a pris conscience que sa meilleure arme, c'est la plume. Il écrit, de plus en plus, des pamphlets, des essais, grâce auxquels il devient dans les années 1710-1715 un personnage écouté et respecté.

Il y a du Voltaire en Swift : écrivain, il se mêle des affaires publiques et lutte contre l'injustice, pour la paix, pour la défense de son pays. Mais, contrairement à Voltaire, il combat avec succès. En 1724, grâce à un texte, *Les Lettres du drapier*, il parvient à battre en brèche l'hégémonie anglaise sur la monnaie irlandaise. En 1729, il publie un texte radical sous le titre *Modeste Proposition pour empêcher les enfants des pauvres en Irlande d'être à la charge de leurs parents ou de leur pays*.

Jonathan Swift est un rebelle : il défend le progrès, il veut absolument voir changer son pays, sa société. En cela il est véritablement un homme des Lumières, car il a pressenti la fin du monde ancien et anticipé cette évolution. *Modeste Proposition* n'est rien d'autre qu'un plaidoyer suggérant aux Irlandais une solution radicale pour ne plus mourir de faim : manger leurs enfants. Parodie des économistes de l'époque, le texte n'a pas pris une ride. L'idée est simple : la population meurt de faim en Irlande ; il n'y a pas assez d'argent. Quelles solutions peut-on développer ? Que les parents s'emparent des enfants en bas âge et les vendent à la boucherie pour être consommés. Swift se permet même d'insister sur la grande satisfaction gustative que l'on peut en tirer. L'écrivain est vraiment un précurseur de l'humour noir. Ainsi ces quelques mots : « La semaine passée, j'ai vu une femme écorchée. Vous n'avez pas idée comme sa personne y perdait. »

Modeste Proposition obtient un énorme retentissement. Aujourd'hui encore, on ne peut qu'engager chacun à le lire. Swift y développe une manière étonnante de raconter ; ainsi présente-t-il tous les avantages de donner les enfants à la boucherie :

« Sixième avantage : ce serait un grand stimulant au mariage, que toutes les nations sensées ont encouragé par des récompenses ou imposé par des lois et des pénalités. Cela augmenterait le soin et la tendresse des mères pour leurs enfants lorsqu'elles seraient sûres d'un établissement pour ces pauvres petits, subvenant en quelque sorte aux frais et aux profits du public. Nous verrions une honnête émulation entre les femmes mariées, à qui apporterait au marché l'enfant le plus gras. Les hommes deviendraient aussi aux petits soins pour leur femme en état de grossesse qu'ils le sont aujourd'hui pour leurs juments, leurs vaches et leurs truies prêtes à mettre bas. »

Non moins savoureuses sont ses *Instructions aux domestiques* — en réalité des conseils d'escroquerie domestique. Ce texte est constitué de conseils que Swift, en bon maître, donne à ses employés pour s'enrichir. En vérité, il s'agit d'un appel à la révolte, à la rébellion.

« N'hésitez pas à voler dans les armoires. Ne répondez pas quand on vous appelle, c'est insupportable. »

« Chacun sait qu'à l'origine, pour manger un œuf à la coque, on le cassait par le gros bout. Or il advint que l'aïeul de notre empereur actuel, étant enfant, voulut manger un œuf en le cassant de la façon traditionnelle, et se fit une entaille au doigt. Sur quoi l'empereur, son père, publia un édit ordonnant à tous ses sujets, sous peine des sanctions les plus graves, de casser leurs œufs par le petit bout. Cette loi fut si impopulaire, disent nos annales, qu'elle provoqua six révoltes, dans lesquelles un de nos empereurs perdit la vie, un autre, sa couronne. On estime à onze mille au total le nombre de ceux qui ont préféré mourir plutôt que de céder et de casser leurs œufs par le petit bout. On a publié sur cette question controversée plusieurs centaines de gros volumes. Tous les vrais fidèles casseront leurs œufs par le bout le plus commode. Quel est le plus commode ? On doit, à mon humble avis, laisser à chacun le soin d'en décider selon sa conscience. »

Les Voyages de Gulliver sont un texte trompeur. Sa simplicité de ton, sa langue imagée, sa fantaisie font quelque peu passer à l'arrière-plan la force du propos. Jonathan Swift a créé le personnage de Gulliver en 1726. Qui est ce dernier ? Un capitaine, chirurgien de marine, qui veut parcourir le monde mais dont le navire chavire au cours d'une tempête et qui est rejeté par la mer sur des terres inconnues. Le voici d'abord chez les Lilliputiens, puis chez les Géants, à Brobdingnag, enfin sur d'autres îles imaginaires, dont celle des Houyhnhnms, où les habitants sont des chevaux éclairés, sympathiques et intelligents. On se rappellera le retour au pays, bien plus tard, du pauvre Gulliver et comment, en songeant aux Houyhnhnms, il se met à hennir en pleurant.

Personne ne sera surpris de ce que les interprétations philosophiques aient abondé à propos de cette histoire. *Les Voyages de Gulliver* sont assurément un conte philosophique, proche à certains égards des *Lettres persanes* de Montesquieu, mais davantage dans la manière de Voltaire, plus amusant et plus léger. Il y a dans le texte de Swift une ironie permanente dont le lecteur se délecte, et qui se perd quelquefois chez Voltaire.

Swift prend Montesquieu ou Voltaire à contre-pied. Chez les Français, il existe toujours un intrus qui pénètre dans leur monde, l'observe, le critique : un descendant de Mars, un Mammamouchi, un Iroquois. Ici, la crise d'identité s'insinue à l'intérieur du héros. C'est lui qui va voir d'autres mondes, des mondes différents, et qui, à partir de ses observations et de ses découvertes, juge le sien. Swift écrit un livre sur la relativité, un négatif, au fond, de l'Angleterre de son époque.

De quoi est-il question, en vérité ? Des antagonismes entre catholiques et protestants, des conflits entre conservateurs et libéraux, du combat des esprits éclairés contre les obscurantistes. *Les Voyages de Gulliver*, sous leur apparence de conte ludique, sont un terrible portrait à charge contre la société anglaise, en même temps qu'une métaphore de l'Occident. Rappelons-nous le premier épisode des aventures chez les Lilliputiens. Des rivalités y font des ravages, et qu'est-ce qui différencie les protagonistes en conflit, Tramecksan et Smamesksan ? La hauteur de leurs talons. L'histoire aurait aussi bien pu se produire à la cour d'Angleterre.

Le conte est un outil épatant, qui permet de tout dire. Ainsi, lorsque Gulliver est entendu, avec bienveillance, par le roi des Géants, il lui raconte pourquoi son pays est le plus évolué du monde. Il lui explique comment fonctionnent le Parlement, l'armée, la religion. Le bon roi, qui n'est pas idiot, l'écoute longuement et, à la fin, dit :

« J'ai déduit de votre propre récit les réponses que je vous ai à grand-peine tirées et arrachées. Je ne peux que conclure que la masse de vos compatriotes est la plus pernicieuse et la plus odieuse petite vermine dont la nature ait jamais supporté le grouillement sur la surface de la terre. »

Comment Swift aurait-il pu exprimer ailleurs que dans un conte des opinions aussi radicales ?

L'homme, par ailleurs, est étrange ; obsédé par la scatologie, le sale, le nauséabond. Dès 1738, il présente des troubles mentaux graves et finira sa vie sous tutelle, à peu près inconscient de la réalité.

Ce qui ne l'empêcha pas d'être un poète délicieux et raffiné. Il est l'auteur également d'une correspondance qui est l'un des chefs-d'œuvre universels de la littérature amoureuse. La vie sentimentale de Swift a toujours été source de tourment et de complication. Il connut tout de même au moins deux grandes aventures amoureuses — l'une avec Esther Johnson, dite Stella, probablement la fille naturelle de sir William Temple, dont il fut souvent séparé et avec laquelle il échangea un important volume de lettres publiées sous le titre *Journal à Stella.*

Swift a ainsi touché à tous les genres, sauf au

théâtre. Ses œuvres complètes représentent des volumes impressionnants. Après la citation qui suit, extraite de *Modeste Proposition,* qui saura résister à l'envie de le lire ?

« J'ai déjà calculé que les frais de nourriture d'un enfant de mendiant (et je fais entrer dans cette liste tous les *cottagers,* les journaliers et les quatre cinquièmes des fermiers) étaient d'environ deux shillings par an, guenilles comprises ; et je crois qu'aucun gentleman ne se plaindra de donner dix shillings pour le corps d'un enfant bien gras qui, comme je l'ai dit, fera quatre plats d'excellente viande nutritive, lorsqu'il n'aura que quelque ami particulier ou son propre ménage à dîner avec lui. Le *squire* apprendra ainsi à être un bon propriétaire et deviendra populaire parmi ses tenanciers. La mère aura huit shillings de profit net et sera en état de retravailler jusqu'à ce qu'elle produise un autre enfant. »

Un énarque « déjanté » n'aurait pas écrit autre chose !

Bibliographie

Œuvres : Gallimard, « Bibliothèque de la Pléiade ».

Les Voyages de Gulliver, Gallimard, « Folio » ; Flammarion, « Garnier-Flammarion ».

Modeste Proposition…, Mille et une nuits.

Le Grand Mystère ou l'Art de méditer sur la garde-robe, renouvelé et dévoilé, L'Archange Minotaure ; Instant perpétuel.

Journal de Holyhead, Sulliver.

Instructions aux domestiques, Mille et une nuits ; Mercure de France, « Le Petit Mercure ».

La Mécanique de l'esprit, Paris.

Voyages chez plusieurs nations cultivées du monde, Le Seuil.

L'Art du mensonge politique, J. Million.

Journal à Stella, Gallimard.

La Bataille des livres, Rivages.

De la conversation, Rivages.

Le Conte du tonneau, Ressouvenances.

HENRY FIELDING
1707-1754

Il se disposait à se mettre au lit, quand, écartant les draps, il découvrit à sa grande surprise un tout jeune enfant emmailloté de langes grossiers et dormant d'un doux et profond sommeil. Il reste un moment perdu d'étonnement ; mais, son bon naturel prenant toujours le dessus dans son cœur, il commença d'être touché de compassion pour le petit malheureux qu'il avait devant lui.

Tom Jones, *1749*

Une vie comme un roman ! Henry Fielding, qui connut à tant d'égards une existence agitée, fut tour à tour auteur dramatique — censuré —, directeur de journaux et de théâtre, magistrat. Mais, pour nous, il est avant tout l'homme de quatre romans pétris de vie et d'humour, dont le célèbre *Tom Jones*, adapté au cinéma en 1963 par Tony Richardson avec Albert

Finney. Personnage sympathique, il composa une œuvre vivante, tout à fait méconnue en France mais très considérée en Angleterre.

Henry Fielding naît en 1707, dans le Somerset, d'un père général. Sa famille est d'ascendance noble et très aisée mais souffre du tempérament du chef de famille, qui perd des fortunes au jeu. Henry accède toutefois à Eton, excellente école où le jeune homme ne reste pas longtemps : débauché et cavaleur, il en est renvoyé après avoir séduit une jeune fille de bonne famille. Le voici donc à Leyde, en 1725, où il étudie le droit : ses parents imaginent que les mœurs protestantes des Pays-Bas le remettront dans le droit chemin. Bien entendu, rien n'y fait : Henry Fielding aime les tavernes, la racaille et les filles — comme Tom Jones. Quand il revient en Angleterre, il est égal à lui-même. Son père lui coupe les vivres, d'autant qu'il a lui-même épuisé les ressources familiales.

Fielding, désormais, vit à Londres. Esprit frondeur, esprit libre, il a, comme Diderot, dont il est le quasi-contemporain, un goût de la vie, de l'écriture, de l'aventure. Fin lettré, introduit dans le monde, il commence à écrire des pièces, comédies légères qui ne méritent pas toutes de passer à la postérité, mais dont l'une, toutefois, n'est pas tombée dans l'oubli. Il s'agit de l'adaptation théâtrale de *Tom Thumb* — en français, *Tom Pouce*.

Volontiers contestataire en matière politique, il dirige une compagnie de comédiens auxquels il fait jouer des pièces satiriques qui connaissent un important retentissement, font beaucoup rire le public, mais qui, dirigées contre le Premier ministre de l'époque, sir Robert Walpole, lui valent un édit de censure en 1737. Il est désormais exclu de l'univers du théâtre et empêché d'écrire. Plus tard, il saura se venger de Walpole.

Entre-temps, fidèle à lui-même, il a enlevé une femme fortunée, Charlotte Cradock, qu'il a épousée et avec laquelle il a des enfants; délivré des soucis matériels que lui valent la direction d'un théâtre et l'édition de plusieurs journaux, il songe à se ranger.

Il reprend donc ses études de droit et devient avocat en 1740. Cinq ans plus tard, après la mort prématurée de sa femme, il est nommé juge des comtés de Westminster et du Middlesex : tout indique qu'il est un magistrat remarquable.

Henry Fielding observe la société dans laquelle il vit avec acuité et en tire des enseignements. De quoi souffre alors l'Angleterre ? Nous sommes au milieu du XVIIIe siècle, à un moment où la bourgeoisie commence à émerger. Le pays s'est enrichi d'une manière prodigieuse, la révolution industrielle se profile, les ports se développent, les échanges et le commerce s'intensifient. Pourtant, circuler n'est pas sûr : les routes sont infestées de bandits de grand chemin — les fameux *highway men* — qui compromettent la sécurité des transports. En tant que juge de paix, Fielding formule des remarques et des propositions originales. L'insécurité, fait-il valoir, est une conséquence directe de la pauvreté. C'est elle, et non pas le mauvais fond des hommes, qui crée les voleurs. La cause de cette situation est la corruption générale du régime de sir Robert Walpole. Ses déclarations, on l'imagine bien, font l'effet d'un coup de tonnerre. Mais c'est ainsi que Fielding conçoit sa fonction : être au plus près des petites gens, de ces petites gens dont la vie est au cœur de son œuvre romanesque.

La singularité de Fielding est assez bien exprimée dans une phrase du critique anglais Charles Lamb :

« Si Fielding avait passé toute sa vie à prendre paisiblement son thé, il n'aurait jamais laissé derrière lui la renommée que nous connaissons. Il n'y a d'inspiration "tasse de thé" dans aucun de ses romans, qui sont assurément les plus beaux morceaux de la langue anglaise, et nous sommes assez anglais pour les considérer comme les meilleurs du monde. Ils sont indiscutablement les plus anglais de tous les ouvrages écrits par des Anglais. »

Cet avis est partagé par Walter Scott — ce qui n'est pas une mince référence :

« Fielding est le premier des romanciers anglais. Son nom est immortel comme peintre des mœurs naturelles. De tous les ouvrages d'imagination auxquels le génie anglais a donné naissance, les siens sont d'ailleurs les plus anglais. »

Peut-être ce caractère si britannique explique-t-il que Henry Fielding jouisse d'une si grande réputation en Angleterre alors qu'il est oublié de notre côté de la Manche — ce qui est bien cruel pour les lecteurs français.

Il est, en tout cas, le premier Anglais à avoir introduit dans le roman une telle vigueur et un tel sens du récit. Il aurait, d'ailleurs, aimé être Cervantès. Il disait : « J'ai inventé un genre qui est l'épopée comique en prose. » Il possède le sens du picaresque, de l'aventure pétaradante, de la comédie — raison pour laquelle il est si plaisant à lire — et un grand talent dans la construction du récit.

« À quoi servent, demande-t-on, les sommaires placés à la tête des chapitres ? Je réponds que c'est comme l'écriteau d'une hôtellerie pour annoncer au passant la réception qui l'attend, s'il veut faire l'honneur d'entrer, afin que s'il ne trouve pas la chose à son goût, il passe outre. »

Son style est à l'œuvre dès son premier roman, *Les Aventures de Joseph Andrews et de son ami Mr Abraham Adams,* qui paraît en 1742. Joseph Andrews, domestique de son état, est l'objet du harcèlement de son employeuse, lady Booby. Histoire de désirs, comme souvent chez Fielding. Mais Joseph Andrews, fiancé à Fanny, n'a que faire des avances de sa patronne : il doit donc partir. Alors qu'il se rend chez Fanny, il rencontre un personnage délectable, le vicaire Adams, ainsi présenté :

« Il était très savant dans les langues grecque et latine, il avait en outre une parfaite connaissance de l'hébreu, du chaldaïque et du samaritain, il entendait très bien le français, l'espagnol et l'italien, et savait même assez sa propre langue. »

Intelligent, drôle, malin, courageux, Adams, personnage emblématique de la littérature anglaise, a tout de même un défaut : il ne possède aucun sens pratique. Il se perd sans cesse, égare ses affaires, est incapable de s'exprimer correctement quand il le faut ; bref, inadapté à la vie sociale, il a bien besoin d'un compagnon, et ce compagnon, ce sera Joseph Andrews.

Joseph Andrews a quelque chose de *Jacques le Fataliste*, du moins dans la liberté de ton, qui ne fait pas défaut non plus au deuxième grand texte de Fielding, *Vie de Jonathan Wild le Grand*. Publiée en 1743, cette œuvre très particulière pourrait être qualifiée de roman satirique. Conçu comme un pamphlet contre le Premier ministre Walpole, que nous avons déjà évoqué, le livre s'appuie sur un personnage réel, le chef d'une importante troupe de brigands, pendu en 1725, et qui avait déjà inspiré Daniel Defoe. La vengeance de Fielding contre le ministre est violente, l'ironie mordante.

« Le même génie, les mêmes dons se trouvent souvent chez l'homme d'État et chez le truand. Car nous désignerons ainsi ceux que l'on appelle vulgairement des voleurs. Les mêmes facultés, les mêmes exploits promeuvent souvent les hommes à la tête du meilleur monde. »

Cependant, le roman est loin de n'être qu'une charge contre son ennemi personnel. Henry Fielding accède à un thème universel en racontant, avec tendresse, la vie de gens du peuple. Rarement un auteur aussi riche, noble et puissant se sera à ce point placé aux côtés des petits et des exclus ! Fielding s'est toujours plu parmi les simples citoyens, dans les lieux populaires, notamment les tavernes. De là lui vient cette empathie et cette générosité, déjà à l'œuvre dans son travail de juge.

En 1749 paraît l'imposant chef-d'œuvre de Fielding — quelque mille pages —, *Tom Jones, histoire d'un enfant trouvé*. Tom Jones est un enfant adopté par un homme riche du nom d'Allsworthy, ce qui signifie « qui a toutes les valeurs, toutes les vertus ». Très aimé de son père adoptif, il est néanmoins contraint de vivre avec le neveu et héritier de ce dernier, Blifil. Celui-ci le déteste et ne songe qu'à lui nuire. En effet, le pauvre Tom Jones est l'objet des sentiments amoureux d'une jeune fille, Sophie Western, qu'aime Blifil. Tom, quant à lui, préfère largement à Sophie Molly Seagrim, la fille du garde-chasse. Mais voici que Molly le déçoit. Tom se tourne donc vers Sophie, ce qui ne plaît pas à Blifil, qui le fait chasser de la maison par leur tuteur commun, Allsworthy. Tom se voit donc contraint d'errer sur les routes avec un instituteur, Partridge. Le roman conte, au fil de dix-huit volumes, leurs aventures, leurs découvertes du pays, leurs rencontres avec des hommes et des femmes, le tout avec une puissance de description à la fois des lieux et des gens tout à fait extraordinaire, une justesse de ton, un humour et une énergie qui font de *Tom Jones* une œuvre moderne et originale.

« Les ombres commençaient à s'allonger dans leur descente des hautes montagnes ; la gent ailée s'abandonnait au repos. Les humains se mettaient à table, ceux de rang élevé pour le dîner, et ceux d'un rang inférieur pour la soupe. En un mot, l'horloge sonnait cinq heures au moment où Mr Jones prit congé de Gloucester, heure à laquelle (puisque c'était le milieu de l'hiver) les doigts sales de la nuit auraient tiré son rideau de deuil sur l'univers. »

Cette langue n'est-elle pas savoureuse ?

« L'Homère prosateur de la nature humaine », ainsi que le qualifiait lord Byron, publie encore un roman, son dernier, deux ans après *Tom Jones* : *Amélie*. Roman très différent des autres, plus psychologique qu'épique, *Amélie* raconte une histoire incroyable : une jeune femme, très belle, qui a de la tenue et du répondant, épouse un officier, beau lui aussi, mais inconstant. Il est, en outre, de caractère faible et se laisse aller à ses états d'âme. Bientôt, le couple connaît des difficultés matérielles, le mari ayant perdu sa solde. Amélie, qui a de la trempe, pardonne son infidélité à son mari et sauve la situation en jouant de son charme auprès d'hommes qu'elle séduit sans jamais leur céder. D'une incroyable audace pour son temps, Fielding, dans cet épais roman de huit cents pages, captive le lecteur sans jamais le lasser. Il l'entraîne une fois encore au sein du peuple, s'inspire de ses rencontres, de l'image de son joueur de père, de sa femme décédée, pour brosser des portraits d'une grande finesse, avec la générosité qui le caractérise.

En 1754, sa santé chancelant, il part chercher le soleil au Portugal où il meurt, prématurément, après avoir écrit un dernier texte, *Journal d'un voyage à Lisbonne*.

Bibliographie

Romans, Gallimard, « Bibliothèque de la Pléiade ».
Histoire de Tom Jones, Gallimard, « Folio ».
Les Aventures de Joseph Andrews et de son ami Mr Abraham Adams, Flammarion, « Garnier-Flammarion » ; Nouvelles Éditions latines.
Amélie, Mémoire du livre.
Examen des causes de l'augmentation récente du nombre de brigands, éd. des Cendres.

WALTER SCOTT
1771-1832

— *Nous nous retrouverons, je l'espère, dit le templier en jetant des regards de haine à son adversaire, et dans un endroit où nul ne viendra nous séparer.*
— *Si cela n'arrive point, il n'y aura pas de ma faute, répondit le chevalier déshérité. À pied ou à cheval, avec la lance, la hache ou l'épée, je serai toujours prêt à te faire face.*

Ivanhoé, *1819*

Personne n'a plus idée de ce que furent la gloire de Walter Scott et son influence sur la littérature européenne du XIXe siècle. Les plus grands auteurs ont adoré ses romans de chevalerie, d'*Ivanhoé* à *Quentin Durward*. Il a été l'un des écrivains britanniques les plus vendus et les plus lus, jusqu'à ce que l'histoire littéraire immortalise une fois pour toutes son nom dans les manuels scolaires, tandis que les lecteurs finissaient par négliger ses textes.

En France, le nom de Walter Scott, comme celui de Jack London, est associé à la collection « Rouge et Or », autrement dit, à des souvenirs de lectures d'enfance, mais songerait-on, adulte, à reprendre ses livres ? Qui le ferait n'aurait pourtant que l'embarras du choix, tant du point de vue du nombre que de la qualité. Walter Scott a écrit près de quarante romans, dont dix au moins ont été adaptés sous différentes formes : à l'opéra — *Lucia de Lammermoor (La Fiancée de Lammermoor), La Dame du lac* — comme au cinéma. Son œuvre se prête au spectacle parce qu'elle en exprime le mouvement. En effet, Walter Scott entretenait un talent de conteur exceptionnel et une passion pour l'histoire, le voyage, le fantastique, qu'il adapta à l'art romanesque. Il a inventé le genre du roman historique, qui se porte de nos jours à merveille.

Walter Scott est écossais, né à Édimbourg en 1771. Il descend d'une très vieille famille installée dans le pays depuis des siècles. Son père étant magistrat, il suit des études de droit et devient juriste en 1792. Il est de santé fragile et souffre plus particulièrement d'un handicap physique déterminant, conséquence d'une maladie contractée au cours de son enfance, et qui lui vaudra toute sa vie une légère claudication — comme lord Byron. Le même lord Byron qui jouera un rôle décisif dans l'entrée de Walter Scott dans la carrière littéraire.

Car Walter Scott commence son œuvre par la poésie, avec un certain succès. Il entreprend, dès l'âge de vingt ans, des voyages à travers l'Écosse au cours desquels il recueille les ballades récitées par les paysans, et dont il tire ses *Poésies écossaises* (1802-1803). Il comble ainsi son penchant pour l'effusion ainsi que son goût pour l'histoire de son pays. Des histoires populaires, il tire d'autres poèmes narratifs, comme le *Lai du dernier des ménestrels* (1805) et *La Dame du lac* (1810), probablement le plus célèbre et le plus abouti. Toutefois, en 1812, lorsque Byron triomphe avec son *Chevalier Harold*, Walter Scott, pragmatique, choisit de ne pas entrer en concurrence avec son confrère et de délaisser la poésie pour le roman. Bon calcul : par ce genre précisément il accédera à la postérité.

Parallèlement, d'avocat, il devient magistrat. Homme actif, il est, depuis 1799, chargé du maintien de l'ordre dans son comté. Entrepreneur, il ouvre avec des associés une imprimerie qui devient vite une maison d'édition. Mais l'état de ses affaires n'est pas brillant ; en 1813, l'entreprise est en faillite, le laissant criblé de dettes. Il acquiert des terres, construit une maison et tente de développer une exploitation. Il a plus de quarante ans.

L'âge ne le décourage pas dans son désir de devenir romancier, et qu'importe si, parmi ses contemporains, Jane Austen en Angleterre,

Germaine de Staël, Chateaubriand ou Benjamin Constant en France, ont sur lui une longueur d'avance. Il n'a pas tort, puisque le succès lui vient immédiatement, avec un premier roman, *Waverley*, qu'il ne signe pas — il restera un auteur anonyme jusqu'en 1827, ce qui n'est pas rare pour l'époque — et qui paraît en 1814.

Waverley est, dans son genre, un texte magnifique. C'est déjà un véritable roman historique, un roman d'aventures qui puise aux sources familières de Walter Scott : l'histoire de son pays, ses mœurs et coutumes. Waverley, jeune homme romantique, hésite entre deux possibilités : prendre fait et cause pour la famille royale des Hanovre ou pour celle des Stuart. Trahisons, illusions, loyauté, courage, passion amoureuse…, le roman brasse tous ces thèmes, provoque l'émotion et marque ses lecteurs. Walter Scott a trouvé sa voie, sa veine, il n'a plus qu'à s'y engouffrer. Désormais, il publie chaque année un, voire deux romans historiques : sa productivité est comparable à celle d'Alexandre Dumas.

Son succès déborde largement le cadre britannique. Il gagne une renommée européenne. À travers Walter Scott, les lecteurs se passionnent pour le passé ténébreux de l'Écosse, ses histoires de châteaux, ses décors inquiétants, ses destins romantiques, son climat agité. Sa grande force, c'est sa manière formidable d'évoquer son pays, puis plus tard l'Angleterre et la France.

Aujourd'hui, peut-être qualifierait-on ses romans d'« ethniques »...

Walter Scott acquiert d'emblée une technique narrative dont il peut vérifier l'efficacité. Au fond, il appliquera la même à la rédaction de ses romans les plus célèbres : les trois premiers épisodes des *Contes de mon hôte,* dont *Rob Roy* (1818), *Ivanhoé* (1819) et *Quentin Durward* (1823). Sur quoi repose son cocktail romanesque ? Un extraordinaire sens du récit, le souci de la précision et une façon de considérer les sans-grade comme de dignes personnages de romans, au même titre que les têtes couronnées.

« Il avait été pendu à la potence assez longtemps pour se trouver dépourvu de toute vie, quand tout à coup, comme sous l'effet d'une impulsion tout nouvellement administrée, un tumulte se déclencha parmi la multitude. Des quantités de pierres furent jetées sur Porteous et ses gardes ; un jeune gars portant une casquette de marin rabattue sur le visage bondit sur l'estrade et trancha la corde qui soutenait le criminel. Cette apparente insurrection contre son autorité plongea le capitaine Porteous dans une rage si furieuse qu'il en oublia son devoir. Il bondit au bas de l'estrade, arracha son mousquet à l'un de ses soldats, donna l'ordre à son détachement de faire feu et leur donna l'exemple en déchargeant son arme et en abattant un homme sur-le-champ. »

On perçoit bien à travers cet extrait les clés du succès de Walter Scott : sa formidable vigueur de ton, sa façon de faire vivre le peuple dans ses romans. Alexandre Dumas a sans doute lu ses textes, de même que Gogol. Walter Scott nous offre du grand spectacle. On se sent sous la potence avec Porteous, et avec lui encore lorsqu'il est amnistié, puis arrêté de nouveau par la foule pour être jugé encore, pendu de nouveau.

Certains objecteront qu'il existe légion d'écrivains sachant mener des histoires. Mais Walter Scott avait ceci en plus qu'il racontait à ses lecteurs britanniques l'histoire de leur pays.

Prenons l'exemple d'*Ivanhoé* (1819), que beaucoup ont lu, qu'ils ont vu à la télévision également, incarné par Roger Moore. Pour mémoire, le roman se situe au retour de la troisième croisade, alors que Richard Cœur de Lion a été fait prisonnier et que son frère Jean sans Terre cherche à en profiter pour s'emparer du trône. Surgit alors un chevalier, Wilfred d'Ivanhoé, ami fidèle du roi emprisonné.

Au tout début du livre se rencontrent deux esclaves, Gurth et Wamba. Et Gurth d'expliquer à Wamba la différence de mentalité entre Saxons et Normands :

« Tous les animaux sur pied ont un nom saxon, tous les animaux qui ont été en boucherie, qui sont dans l'assiette, ont un nom normand. » Ce que l'on peut encore vérifier aujourd'hui dans la langue anglaise : *sheep* et *mutton*, *ox* et *beef*, par exemple.

En quelques mots, tout est dit. Ainsi également lorsque, à la fin de l'histoire, Ivanhoé redécouvre Richard Cœur de Lion :

« Changer de société comme d'aventure était pour Richard l'attrait de l'existence, et le danger couru et surmonté ne faisait qu'en rehausser le prix. Ce roi au cœur de lion réalisait en grande partie le type brillant mais inutile d'un chevalier de roman. Et la gloire personnelle uniquement due à ses exploits flattait bien plus son imagination enthousiaste que celle dont une ferme et sage politique aurait illustré son nom. »

N'est-ce pas cela que l'on appelle de la critique historique ? On en veut pour preuve la réaction imbécile de Chateaubriand, qui avait le fâcheux défaut d'être jaloux de tous : selon lui, Walter Scott, en mélangeant l'histoire et le roman, en inventant le roman historique, avait brouillé les cartes et n'était ni vraiment romancier ni vraiment historien.

Tous les grands écrivains qui se sont ensuite lancés sur les traces de Walter Scott ont procédé comme lui. Citons Alexandre Dumas et *La Reine Margot*, Balzac et *Les Chouans*, ou encore Victor Hugo dans *Quatrevingt-Treize* : ils ont, à la manière de Scott, mélangé l'histoire et la fiction, sans que jamais cela nuise à la vérité des personnages ni les empêche de saisir très justement leur société. Bien au contraire. Dans le cas de Walter Scott, le talent va au-delà de la juste peinture du monde qu'il connaît et dont il est l'héritier. Il a su, dans *Quentin Durward* (1823), à travers l'histoire d'un page écossais arrivant à la cour du roi Louis XI, décrire la France du XVe siècle.

Scott, comme Dumas, comme Balzac — et ce n'est pas un hasard s'ils écrivirent des romans historiques —, était en proie à de grosses difficultés financières et donc obligé de travailler à la commande, payé à la ligne, peinant jour et nuit pour rembourser ses dettes.

Walter Scott, malgré sa notoriété d'écrivain, son anoblissement en 1818, a mené, lorsqu'il était éditeur, des affaires désastreuses, et il est en faillite — on l'a dit — dès 1813. Le voici donc contraint, puisque son honneur lui commande d'épurer sa situation financière, d'être productif. Il multiplie les romans d'atmosphère écossaise entre 1815 et 1819. En 1826, associé à ses propres éditeurs, en banqueroute également, il se trouve de nouveau au bord du gouffre et, malgré une santé déclinante, reprend la plume pour écrire des chroniques et une *Vie de Napoléon* — son contemporain, qu'à l'instar de Byron il admirait sincèrement. Mais peut-on blâmer un auteur pour sa productivité de forçat ?

On pense alors à Ivanhoé, encore, et au dernier combat, celui qui l'oppose à Bois-Guilbert. Ivanhoé vient juste de désarçonner son adversaire :

« Beaumanoir descendit dans la lice et donna l'ordre de détacher le casque de Bois-Guilbert. Bois-Guilbert avait les pupilles closes, la face encore injectée de sang. Pendant qu'on le regardait avec stupeur, ses yeux s'ouvrirent, mais ils étaient ternes et fixes, et les ombres livides de la mort envahirent son visage. On ne remarqua sur lui aucune blessure : il avait succombé à la violence de ses passions.

« — C'est le véritable jugement de Dieu ! dit le grand maître en levant les yeux au ciel. Que sa volonté soit faite ! »

Magistral, non ?

Bibliographie

Œuvres, Gallimard, « Bibliothèque de la Pléiade ».
Ivanhoé, Gallimard, « Folio Junior » ; Le Livre de poche jeunesse.
Quentin Durward, Hachette jeunesse, « Idéal-Bibliothèque ».
La Veuve des Highlands et autres contes surnaturels, Terre de brume.
Le Cœur du Mid-Lothian, Gallimard, « Folio ».
Richard Cœur de Lion, éd. C. Columbus.
Démonologies et sorcelleries, Payot.

JANE AUSTEN
1775-1817

C'est une vérité universellement reconnue qu'un célibataire pourvu d'une belle fortune doit avoir envie de se marier, et, si peu que l'on sache de son sentiment à cet égard, lorsqu'il arrive dans une nouvelle résidence, cette idée est si bien fixée dans l'esprit de ses voisins qu'ils le considèrent sur-le-champ comme la propriété légitime de l'une ou l'autre de leurs filles.

Orgueil et préjugé, *1813*

Jane Austen demeure très lue en Grande-Bretagne comme en France et, en cela, elle est une exception parmi ses contemporains du romantisme naissant. Son œuvre, en France, est constamment rééditée et disponible en livre de poche. Remarquable conteuse, Jane Austen est, en effet, particulièrement douée pour traquer au plus près le jaillissement des émotions féminines. *Orgueil et préjugé,* son roman le plus fameux, atteste son talent — au demeurant très anglais — dans l'art de marier l'humour et la retenue. La littérature de Jane Austen appelle l'image d'une aquarelle, évoque la peinture de Mary Cassatt ou de Berthe Morisot. Elle est à part, très différente par exemple de ses continuatrices, les sœurs Brontë. Ses livres mettent en scène des histoires simples en apparence, où aucun événement important ne se produit jamais : il y est question de bals, de pique-niques, de salons de thé. Ni bruit ni fureur, mais une mélodie qui emporte et retient le lecteur. « Son ciel est un peu bas, un peu vide ; mais quelle délicatesse dans la peinture des sentiments ! » écrivait André Gide. Tout, effectivement, chez Jane Austen, se situe dans l'étude des caractères.

Elle a beaucoup compté, jusqu'à devenir un auteur-culte, pour les femmes en premier lieu, et pour des écrivains tels que Virginia Woolf ou Henry James. Jane Austen est une contemporaine, en France, de Chateaubriand et en Angleterre des premiers romantiques, Wordsworth, Coleridge, ou encore de Walter Scott, auquel elle n'est en rien comparable, mais qui a toutefois été le premier à reconnaître son talent. Un talent qui n'a guère été valorisé de son vivant, en dépit de Scott, et dont elle n'a en tout cas jamais pu vivre, gagnant seulement cent livres çà et là. Ce n'est que bien plus tard qu'elle sera lue et constamment étudiée.

Jane Austen naît en 1775 à Steventon, dans le Hampshire. Sa célébrité repose sur assez peu de textes puisqu'elle est morte jeune, à quarante et un ans, d'une tuberculose.

D'elle, nous savons peu de chose, du moins de sa propre vie privée, ce qui est d'autant plus étrange que l'intimité est au cœur de son œuvre, qu'il n'y est même question que de cela. En revanche, parce qu'elle vécut toute sa vie parmi les siens, on connaît bien l'univers dans lequel elle a évolué. La famille compte cinq enfants. Le père, un pasteur protestant, meurt en 1805 et, ses frères servant dans la marine, Jane s'occupe de l'éducation de ses nombreux neveux et nièces. Elle est tout à fait représentative de la petite bourgeoisie de province.

Nous n'avons pas de portrait d'elle. La seule description connue est l'œuvre de Virginia Woolf, qui elle-même avait lu des commérages de personnes ayant croisé Jane Austen. Virginia Woolf écrit : « Elle était d'une raideur perpendiculaire, méticuleuse et taciturne. »

Les spécialistes de l'œuvre de Jane Austen, confrontés aux lacunes de sa biographie, s'efforcent de comprendre comment elle a pu matériellement rédiger ses livres. Faisant figure, après le décès du père, de chef de famille, elle ne dispose que de très peu de temps et, les Austen s'étant appauvris, elle porte le souci du quotidien. Où trouve-t-elle donc le temps de s'asseoir à une table pour écrire ? Mystère. D'autant que Jane Austen a l'élégance de ne jamais faire état de son travail. Elle est consciente de sa dimension d'écrivain, puisqu'elle écrit : « Il faut que je suive ma voie. » On sait qu'elle espère être un jour reconnue, mais elle ne cherche pas pour autant à faire profession de sa plume. Elle est l'illustration parfaite de cet admirable mot anglais : *Never explain, never complain*, « Ne jamais expliquer, ne jamais se plaindre ».

Pour comprendre toutefois d'où lui vient, sinon sa vocation à écrire, du moins son désir et son application à se donner les moyens de travailler, il convient de revenir sur l'univers de son enfance. Nous l'avons dit, son père, pasteur, est un homme qui lit et qui écrit. Le révérend Austen possède une très belle bibliothèque, à laquelle Jane accède, ce qui n'est pas si fréquent, en ces temps, pour une jeune fille. Sa mère versifie, écrit des poèmes, cela se faisait beaucoup à l'époque, et l'un de ses frères, qu'elle adore, Henry, écrit durant ses études dans des journaux étudiants. Le goût du texte est solidement ancré chez les Austen.

Dans cette famille, on correspond également. En particulier Jane et sa sœur adorée, Cassandra. Les deux sœurs ne se sont jamais mariées. Ont-elles connu des passions ? On ne le sait pas. Le seul épisode qui paraisse désormais établi concerne Jane, qui aurait vécu une relation amoureuse avec un officier. Ensemble, Jane et Cassandra s'occupent des nombreux enfants qui vivent dans la maison familiale. Dès qu'elles sont séparées, elles prennent la plume et s'écrivent longuement, jusqu'à établir une formidable correspondance... correspondance qui aurait pu être une source d'informations essentielle sur Jane Austen si Cassandra n'avait fait cette chose terrible — terrible mais sans doute explicable par l'époque : détruire toutes les lettres de sa sœur dans lesquelles celle-ci évoquait sa part intime.

Ses romans restent donc l'unique moyen d'aller à la rencontre de Jane Austen. Elle commence à écrire vers l'âge de vingt ans, concevant des histoires pour les membres de sa famille, et rédige les trames de ses trois premiers romans dans les cinq années qui suivent. Ses premiers textes sont de forme épistolaire ; ses principaux romans reposent sur une structure assez comparable et les personnages sont presque interchangeables.

Les romans de Jane Austen se déroulent dans le cadre qui est le sien, celui du sud-est de l'Angleterre, dans ces régions superbes où se nichent de très grandes propriétés entourées de jardins, où l'existence est, finalement, pour la bourgeoisie en tout cas, douce et agréable. Il s'y déroule une vie communautaire au sein de laquelle les gens se respectent, ce qui n'exclut pas l'hypocrisie et les ragots mais permet des rencontres : là se tissent des histoires d'amour entre les jeunes gens.

Chez Jane Austen, ces histoires d'amour sont toujours contrariées. Les protagonistes sont épris les uns des autres, mais, pour des raisons sociales ou psychologiques — mesquineries et autres vanités —, rien ne se passe jamais comme ils le voudraient. Telle apparaît, de manière globale, la trame singulière de chacun des romans de cette mystérieuse Anglaise. À partir de cette trame, Jane Austen développe ses thèmes romanesques de prédilection : l'éveil à l'amour d'une jeune fille, voire de quelques jeunes filles qui, autant que possible, sont sœurs et intimes et comparent leurs émois contrariés par tous les défauts de la société bourgeoise provinciale. Osons avancer l'idée que si les lectrices sont particulièrement réceptives à cette œuvre, c'est en raison de la manière, magnifique, dont Jane Austen évoque la solitude des cœurs, la solitude des âmes, et la difficulté, pour les femmes, de résister aux préjugés et aux orgueils masculins.

Pénétrons plus avant dans la bibliographie de l'auteur. Elle commence la rédaction de différents récits à partir de 1796. L'un, *Première Impression*, est refusé par un éditeur l'année suivante. Découragée d'être jamais éditée, Jane Austen cesse un moment d'écrire, quand est finalement publié, en 1813, de façon anonyme,

Orgueil et préjugé — *Pride and Prejudice.* Dans le courant du XIXe siècle, ce roman sera vite reconnu comme un classique, et ensuite constamment analysé dans les salles de classe. C'est, à coup sûr, son meilleur livre.

De quoi s'agit-il ? Des drames causés par l'arrivée dans un calme comté d'un jeune homme riche, Charles Bingley, qui attire les convoitises des parents qui ont des filles à marier. C'est le cas dans la famille Bennet, qui compte cinq sœurs — dont Jane, qu'aime bientôt Charles — et une mère sans grand talent de diplomate. L'une des filles, Élisabeth (la belle Lizzie), connaît une histoire d'amour difficile et compliquée avec Fitz-William Darcy, jeune homme issu d'un milieu social bien plus privilégié que le sien. Les conflits sont dès lors prévisibles. Ils se produisent inéluctablement, d'autant que Darcy n'a pas son pareil pour faire sentir à Élisabeth l'effort que représente pour lui le mariage avec une femme qui n'est ni de son milieu ni de son rang. Par fierté, Élisabeth refuse cette union dont elle rêve. Plus tard, Élisabeth et Darcy se rencontrent à nouveau ; voici comment Jane Austen décrit leurs retrouvailles :

« Vingt mètres à peine les séparaient et son apparition avait été si subite qu'il était impossible à Élisabeth d'échapper à sa vue. Leurs yeux se rencontrèrent et tous deux rougirent violemment. Monsieur Darcy tressaillit et resta comme figé par la surprise. Mais se ressaisissant aussitôt, il s'avança vers le petit groupe et adressa la parole à Élisabeth, sinon avec un parfait sang-froid, du moins avec la plus grande politesse. Celle-ci, en l'apercevant, avait esquissé instinctivement un mouvement de retraite, mais s'arrêtant et le voyant approcher, reçut ses hommages avec un indicible embarras. »

Cet extrait est un véritable concentré de l'écriture de Jane Austen : « Subit », « tressaillit », « figé », « adressa la parole », « parfait sang-froid », « esquisser », « s'arrêta », « indicible embarras », tout est dans le détail des attitudes et la précision des sentiments. Le lecteur est emmené au plus proche de l'épiderme des personnages. Il perçoit leur « chair de poule », ressent les poussées d'adrénaline, vit avec eux l'apparition des émotions, que les protagonistes eux-mêmes n'osent encore s'avouer.

On comprend alors pourquoi Jane Austen est considérée comme un écrivain très moderne, un auteur qui, par-delà les anecdotes romanesques, incarne la transition du XVIIIe au XIXe siècle. Contrairement à des romanciers antérieurs, comme Fielding ou Smollett, peu importe ici l'avancée de l'intrigue, c'est l'intériorisation des situations qui prime toute autre forme de progression dramatique.

Ce n'est d'ailleurs pas par hasard que Jane Austen a été portée à l'écran : les cinéastes ont utilisé son sens exceptionnel du dialogue et ont été sensibles à sa manière de raconter, de mettre en scène des personnages et des lieux. On peut s'interroger, en passant, sur la raison pour laquelle James Ivory, qui a tant aimé Forster et si bien su le filmer, ne s'est jamais tourné vers Austen. Il y a pourtant une forte similitude entre Forster et Austen dans la manière de cerner l'intimité des sentiments.

Reste que Jane Austen n'est pas, loin s'en faut, une simple provinciale éprise de romantisme. La satire est présente dans tous ses romans, et féroce. Jane Austen a, somme toute, un côté pervers. Virginia Woolf a très bien exprimé cette ambiguïté. « On dirait parfois que Jane Austen fait naître ses personnages dans le seul but de se procurer le suprême plaisir de leur trancher la tête », et elle ajoute, s'agissant de la famille Bennet : « Elle est heureuse et satisfaite, pour rien au monde elle ne voudrait changer un seul cheveu de place, déplacer une brique ou un brin d'herbe, dans un monde qui lui offre des plaisirs aussi délicieux. »

Le plaisir de Jane Austen, c'est de montrer ces gens-là comme ils sont.

Évoquons ses autres chefs-d'œuvre, *Raison et sensibilité ou les Deux Manières d'aimer,* ou encore *Catherine Morland ou l'Abbaye de Northanger.* Bien que publié après sa mort, en 1818, ce livre curieux, atypique parce que volontiers farceur, est l'un de ses premiers textes, ébauché dès 1798 sous le titre *Susan*.

Catherine Morland s'y éprend d'un jeune homme très fortuné et est invitée, par le père de celui-ci, à séjourner dans l'abbaye de Northanger, vieille bâtisse médiévale. Catherine est pétrie de littérature romantique, dont celle que l'on a appelée la littérature gothique. Celle-ci, peuplée d'ombres, secouée d'éléments déchaînés, hantée de revenants, est un genre que déteste Jane Austen. Elle a en horreur la manière dont les personnages se laissent aller à leurs passions — dans la gentry de la campagne anglaise, dont elle est issue, on se tient, on a des habitudes, on satisfait aux devoirs qui incombent aux héritiers des civilisations anciennes.

Catherine Morland, à force de lire des romans terrifiants, se met à fantasmer une histoire complètement folle : la voilà qui imagine que son futur beau-père, général respectable et estimé, aurait commis naguère un crime inexpliqué, dont témoigneraient de vieux manuscrits. Et Catherine de mener son enquête, et de se livrer au pire : fouiller dans les affaires des autres. Le scandale éclate, Jane Austen jubile de pouvoir ainsi se gausser des modes qu'elle réprouve. Car la dame sait être impitoyable.

Henry James s'est beaucoup intéressé à Jane Austen. Il lui reprochait toutefois une certaine faiblesse dans ses descriptions. Rien n'est moins sûr, même si, à l'évidence, elle privilégiait, et de loin, le souci de sonder les cœurs et les reins. Ses romans sont également des tableaux, ainsi qu'en témoigne cet extrait d'*Orgueil et préjugé* :

« La distance jusqu'à Londres n'était que de vingt-quatre miles, et partis dès le matin, les voyageurs purent être chez les Gardiner à Gracechurch Street vers midi. Jane, qui les guettait à une fenêtre du salon, s'élança pour les accueillir dans le vestibule. Le premier regard d'Élisabeth fut pour scruter anxieusement le visage de sa sœur. Elle fut heureuse de constater qu'elle avait bonne mine et qu'elle était aussi fraîche et jolie qu'à l'ordinaire. Sur l'escalier se pressait toute une bande de petits garçons et de petites filles impatients de voir leur cousine ; l'atmosphère était joyeuse et accueillante et la journée se passa très agréablement, l'après-midi dans les magasins et la soirée au théâtre. »

Cette courte saynète ressemble sans doute fort à des moments vécus par Jane Austen, auxquels la maladie mit prématurément un terme. Elle meurt en 1817 à Winchester, où elle s'était rendue en compagnie de Cassandra pour consulter un médecin. Son neveu et premier biographe, James Edward Austen Leigh, se chargea ensuite d'éditer les fragments inachevés de ses derniers écrits, comme un devoir rendu à une tante qu'il avait peut-être grandement contribué à déranger, enfant, tandis qu'elle attendait que le calme se fasse dans la grande salle de séjour pour reprendre sa plume.

Bibliographie

Romans, Omnibus.
Œuvres complètes, Gallimard, « Bibliothèque de la Pléiade ».
Sanditon, Le Livre de poche.
Mansfield Park, « 10-18 ».
Emma, Le Livre de poche ; « 10-18 ».
Persuasion, « 10-18 ».
Orgueil et préjugé, « 10-18 ».
Juvenilia, « 10-18 ».
Northanger Abbey, « 10-18 ».
Raison et sentiments, « 10-18 ».
Lady Susan, « 10-18 ».
Catherine Morland, Gallimard, « L'Imaginaire ».

LORD BYRON
1788-1824

Il est temps que ce cœur se fige,
Qui cesse d'émouvoir les autres :
Or, lorsqu'on ne peut plus m'aimer,
Que j'aime encore !

J'achève ce jour ma trente-sixième année, *1824*

Lord Byron est un personnage de légende. Dandy provocateur et contradictoire, il fut une sorte de Casanova britannique, séduisant chacun, chacune en Europe sur son passage, tandis qu'il composait l'une des grandes œuvres du romantisme. Il revêt, par excellence, la grâce des poètes mélancoliques.

Comme bien des auteurs mythiques, lord Byron n'est plus très lu de nos jours. En France, c'est une certitude ; en Angleterre, il reste une figure considérable de l'histoire des lettres britanniques sans que pour autant sa poésie circule beaucoup. Pour l'homme de la rue, sans doute, lord Byron est avant tout une image, l'incarnation du romantisme. Il représente jusqu'à la caricature le mal du siècle et la figure d'un jouvenceau promenant sa solitude, son ennui, son insolence, son esprit de révolte dans le monde des brumes, du Nord à la Méditerranée.

Au reste, qui se souvient même de son prénom ? Lord Byron s'appelle George Gordon Byron ; il devient lord Byron en 1798, après avoir hérité le titre et les biens de son grand-oncle. Contemporain de Lamartine, il naît en 1788 à Londres, une douzaine d'années après la première génération des grands romantiques anglais, Wordsworth et Coleridge, dont les noms furent ensuite largement éclipsés par le sien. Seul le poète Percy Bysshe Shelley (1792-1822), qui fut son ami et avec lequel il voyagea souvent, partage avec lui la gloire intacte du romantisme anglais.

Tout baron qu'il soit devenu, George Gordon Byron connaît, dans sa petite enfance, un certain nombre de difficultés. Son père, le capitaine John Byron, surnommé Jack le Fou en raison d'un caractère passablement instable, quitte tôt sa mère, Catherine Gordon of Gicht, descendante du roi d'Écosse, elle-même personnalité largement extravagante. À la maison, la situation matérielle est très mauvaise.

L'enfant souffre d'une malformation physique

au tendon d'Achille, déterminante dans son mal-être. Il a ce que l'on appelle un pied-bot, qu'il ne parvient à compenser que par un culte du sport, de l'exploit physique et de la bravoure, et une énergie hors du commun.

Chez les Byron, de manière générale et collective, on n'aime que les sentiments forts. On peut imaginer que l'enfant, élevé en partie en Écosse, est également forgé par les éléments de la nature : il connaît des paysages qui invitent aux passions extrêmes.

Jeune héritier de son oncle, lord Byron a enfin d'importants moyens financiers à sa disposition. Il fait ses études dans une *public school* extrêmement célèbre, celle de Harrow, et de là se rend à Cambridge, à Trinity College ; il suit ainsi le cheminement habituel des jeunes aristocrates. Ce qui est moins courant, en revanche, c'est le manque d'éducation dont il fait preuve tout au long de sa jeunesse. Lord Byron est un incorrigible chahuteur. Il est ce que l'on appelle volontiers un débauché et se livre en particulier à une activité sexuelle débordante, tant avec les filles qu'avec les garçons. Il ne lui faut pas longtemps pour se forger une solide réputation d'amateur d'orgies, réputation qu'il s'acharnera ensuite toute sa vie à ne pas faire mentir. Il vit, tel un don Juan, à toute vitesse, comme s'il avait le pressentiment que le temps dont il dispose est limité, et qu'il ne saurait s'accommoder d'aucun compromis avec les us et coutumes de son époque, et encore moins se passer de ce qu'il désire. Lord Byron n'est pas de ceux qui pratiquent la frustration.

Il devient poète, encore étudiant, avec l'écriture d'un premier récit en vers, *Lara*, qui ne sera publié qu'en 1814, puis de vers satiriques, qui paraissent, avant le chant précédent, en 1807. Alors qu'il vient de s'installer dans le manoir familial, il part effectuer le « grand tour », ce voyage coutumier aux jeunes gens de son rang. Il descend vers le Sud, traverse le Portugal, l'Espagne, l'Italie, la Grèce pour aller jusqu'au Levant. On imagine ce garçon, la tête ceinte d'un turban, portant brandebourgs et pantalons bouffants ; il va alors sur ses vingt ans. Malgré son caractère irrémédiablement décalé, il possède un charme indéniable et plaît énormément — il exerce son emprise sur tous ceux dont il croise le chemin.

On prétend que les romantiques furent malheureux. Lord Byron, par-delà sa mélancolie fondamentale, l'était-il vraiment ? En tout cas, il ne se prive pas de jouir de l'admiration des groupes qui se constituent autour de lui.

En 1811, il rentre en Angleterre, à l'évidence plus mûr qu'à son départ. Peu après son retour, il publie les deux premiers chants d'un long poème qui en comptera quatre, *Le Chevalier Harold*, et dont il a commencé la rédaction en

Albanie. Les aventures de ce personnage qui n'est, à bien des égards, qu'un double de Byron, recueillent un succès immédiat. Du jour au lendemain, le poète devient une vedette. Idole du Tout-Londres, il est reçu partout.

Le poème contient tous les ingrédients du possible succès. Il y est question des voyages et des réflexions d'un homme qui chemine à travers l'Europe, dans les pays les plus appréciés de l'aristocratie, en quête de rencontres, de plaisirs, de distractions. Chaque chant est une histoire en elle-même, chaque halte le prétexte à des digressions historiques, le tout constituant une sorte de guide du « grand tour ».

« Je me suis couché pauvre et inconnu et je me réveille riche et célèbre », écrit lord Byron lorsqu'il constate le formidable écho rencontré par ses textes. Depuis *Le Chevalier Harold*, il a publié nombre de nouvelles en vers qui ont toutes suscité un grand engouement chez ses lecteurs. Plus reconnu que jamais, il n'en est du même coup que plus courtisé, plus adulé : il multiplie les maîtresses, joue jusqu'à l'extrême de son image de dandy romantique et désespéré.

« Entre deux mondes, la vie est suspendue comme une étoile, entre la nuit et le matin, à la lumière de l'horizon. Combien peu nous savons ce que nous sommes. Combien nous savons moins encore ce que nous pourrons être. L'éternelle lame de fond du temps roule toujours, emporte au loin nos bulles, et cependant que les vieilles crèvent, d'autres naissent. »

Lord Byron ne sait pas résister au plaisir de provoquer. Il est à la mode, il se permet toutes les extravagances, et Oscar Wilde saura se le rappeler. Il aime l'élégance, les foulards, les conquêtes, les bals. Il est l'homme le plus fêté, celui que toute lady digne de ce nom veut avoir à son bal ou à sa table. En outre, il est lord et siège à la Chambre éponyme, où il prononce son premier discours, qui fera date, en 1812. Rallié aux rangs du parti whig, il prône la clémence envers les ouvriers coupables de s'être révoltés. Il ne dédaigne pas d'arborer un esprit progressiste, même s'il vit loin des réalités des classes laborieuses.

Néanmoins, être le roi de Londres ne permet pas tout. Lord Byron suscite des passions qui vont bientôt lui nuire, dont celle de lady Caroline Lamb, qui le traque, fait courir des rumeurs et contribue à forger de lui une image négative. Car nul n'ignore combien le personnage est mouvant et contradictoire ; il en convient volontiers, ainsi, dans une lettre adressée à l'une de ses nombreuses maîtresses :

« Ce que je pense de moi-même, c'est que je suis tellement changeant, étant tour à tour tout et rien longtemps, je suis un si étrange mélange de bien et de mal qu'il serait difficile de me décrire. »

En 1815, il prend la décision qui va provoquer sa chute : il se marie. En soi, rien de plus banal, sauf que Byron impose à son épouse la présence de sa demi-sœur, Augusta Leigh, née d'un premier lit de son père, et aime à laisser entendre qu'il existe entre Augusta et lui une relation incestueuse. Un an après leur union, sa femme fuit et demande la séparation. Le fait crée un scandale public, d'autant que Byron a assez d'ennemis pour enrichir d'éléments sulfureux une réputation qui n'en a guère besoin.

La roue tourne. Lord Byron n'est plus si apprécié à Londres. En 1816, après avoir accepté la séparation, il quitte l'Angleterre pour toujours. Il trouve refuge dans le nord de l'Europe, se rend à Waterloo, près de Bruxelles, puis s'installe en Suisse, à Genève. Il n'a rien perdu de son insolence, rien non plus de son talent. Là, il rencontre quelques auteurs célèbres, notamment le poète Shelley et sa femme, Mary. Côte à côte, ils écrivent — Byron le troisième chant du *Chevalier Harold* ; ensemble, ils passent du bon temps à rire et à boire.

Des anecdotes fantastiques circulent sur ceux qui constituent, comme on les appelle, la bande des gothiques : Mary Shelley rédige son *Frankenstein* ; un certain docteur Polidori, le médecin personnel de Byron, et sans doute un peu plus, compose (d'aucuns soutiendront que Byron en est l'auteur) *Le Vampire*, petit chef-d'œuvre de la littérature gothique.

Byron est au cœur d'une sorte de cénacle d'écrivains qui se promène alors entre la Suisse et l'Italie. En 1816, il part pour Milan, puis Vérone, et s'installe, pendant trois ans, à Venise, au palais Nani-Mocenigo, sur le Grand Canal. Il y conforte sa double réputation : celle de poète, car il écrit énormément et fréquente tous les salons littéraires ; celle de dandy libertin, parce qu'il fait la fête sans interruption et séduit sans relâche les femmes comme les hommes dans sa demeure transformée en harem.

En septembre 1818, il entame la rédaction de son plus beau poème, *Don Juan, satire épique*, chef-d'œuvre dans lequel il prend à contre-pied le mythe du héros. Son texte, composé de seize chants, et publié entre 1819 et 1824, est comique et burlesque. L'auteur s'y révèle plus libre que jamais et mène son récit sur un mode et un ton endiablés. Son style est des plus étonnants, qui mêle le théâtre, la poésie, mais également le journal intime, et reste aujourd'hui encore tout à fait moderne dans la manière de s'autoriser des digressions, d'introduire dans le corps du texte toutes sortes d'éléments.

Sa vitalité, alors, est à l'image de son inspiration. Il tombe amoureux de la femme de son boulanger, Margherita Cogni, dite la Fornarina, fréquente les gondoliers et se rapproche des mouvements autonomistes italiens, grâce au frère de sa nouvelle et durable compagne, Teresa

Gamba, jusqu'à mener des activités quasi secrètes aux côtés des Carbonari. Plus tard, en 1823, après la mort de Shelley, lassé de sa vie italienne, il conforte son identité d'homme de progrès, qu'il avait déjà révélée à la Chambre des lords, en épousant la grande cause de l'époque, celle des indépendantistes grecs.

Lord Byron est affaibli. Voit-il enfin venir le châtiment qu'en bon romantique il redoute et appelle depuis sa sulfureuse jeunesse ? Profite-t-il encore de sa capacité à s'enchanter du spectacle de la nature, à goûter sa beauté et son désordre ? Par une nuit d'orage, il meurt en Grèce, en 1824, d'une fièvre ou d'une méningite. Il a trente-six ans. La Grèce décrétera un deuil national, ce que ne feront pas les Anglais. On trouvera des médecins pour l'autopsier et lui ouvrir le crâne, dans l'espoir d'y découvrir des éléments susceptibles d'expliquer son goût pour la débauche. Il sera ensuite enterré, non pas à Westminster, comme on aurait pu l'imaginer, mais à Harrow-on-the-Hill, signe que décidément Byron n'aura jamais pu être tout à fait à sa place dans son pays.

« Lord Byron restera dans l'esprit des hommes comme un de ces êtres fantastiques qui semblent créés par la magie plutôt que par la nature, qui éblouissent l'imagination, qui passionnent le cœur, mais ne satisfont ni la raison, ni la conscience. »

Cette conclusion est de Lamartine.

Bibliographie

Le Corsaire, Ressouvenances.
Chevalier Harold/Childe Harold, Aubier-Montaigne, bilingue ; Ressouvenances.
Manfred, poème dramatique, Ressouvenances.
Poèmes, Allia.
Le Prisonnier de Chillon et autres poèmes, Sulliver.
Journal de Ravenne, José Corti.
Beppo, histoire vénitienne, L'Âge d'homme.

CHARLES DICKENS
1812-1870

Alors il me battit comme s'il voulait me tuer. Par-dessus tout le bruit que nous faisions, j'entendais courir sur l'escalier, puis pleurer ; j'entendais pleurer ma mère, et Peggotty. Il s'en alla, ferma la porte à clef, et je restai seul, couché par terre, tout en nage, écorché, brûlant, furieux comme un petit diable.

David Copperfield, *1849-1850*

Et si Charles Dickens était tout simplement le plus grand écrivain de son époque ? De celle-ci comme de son pays, il a tout entrevu, notamment les misères, qui l'ont touché — faut-il le préciser ? — plus que les grandeurs. En outre, Oliver Twist, Nicolas Nickleby, David Copperfield et Pip, des *Grandes Espérances*, demeurent d'insurpassables figures de l'enfance.

L'un de nous, Olivier Barrot en l'occurrence, a commencé à aimer la lecture grâce à Dickens.

Son père, qui plaçait cet auteur au-dessus de tous les autres, a lu à son fils, soir après soir, *David Copperfield, Oliver Twist, Pickwick, Le Magasin d'antiquités, Les Grandes Espérances*... À relire ces textes à l'occasion des émissions que nous avons consacrées à la littérature anglaise, puis pour préparer ce livre, nous nous sommes vite rendu compte que ces romans nous touchaient de la même façon. Risquons un banal adjectif, un seul : Dickens est immense !

Enterré à l'abbaye de Westminster — c'est dire que nous ne sommes pas les seuls à partager cette opinion —, il a été, comme l'écrit si justement Stefan Zweig, l'un des écrivains qui a été le plus aimé de ses lecteurs. Ils sont légion, les auteurs admirés, adorés, adulés, mais lui était aimé, ce qui est différent. On attendait ses feuilletons, on se précipitait pour écouter ses causeries en public, on n'hésitait pas à faire la queue pendant vingt-quatre heures pour être certain d'obtenir une place tant il était brillant et drôle. Dickens possédait un formidable talent d'acteur — il avait rêvé de l'être, d'ailleurs — et aimait monter sur scène pour ses lectures. Il s'est produit ainsi quelque cinq cents fois : il consacrait à cette activité presque autant de temps qu'à l'écriture. Sa mort, en 1870, a suscité un véritable deuil national.

Il naît à Landport, près de Portsmouth, le grand port militaire du sud de l'Angleterre, en

1812. Issu d'une famille modeste — son père est employé à la Trésorerie de la marine —, il ne va guère à l'école. Les fonctions paternelles obligent à de multiples déménagements, aussi Charles Dickens est-il un autodidacte, qui découvre seul les livres et s'enthousiasme très jeune pour le théâtre.

La situation familiale se dégrade rapidement. Très tôt, le père croule sous les dettes. L'époque est économiquement et socialement rude : en 1819, Charles Dickens a donc sept ans, c'est, près de Manchester, la grande répression de Saint Petersfield ; une loi est votée qui interdit le travail des enfants de moins de neuf ans, mais qui n'est évidemment pas appliquée. Les temps sont à l'industrialisation massive de la Grande-Bretagne : la violence des riches contre les petites gens est effrayante — on adopte des lois contre l'aide aux pauvres. Dans ce contexte, l'enfant est, très jeune, sensibilisé à la question sociale.

À l'âge de douze ans, Charles est obligé d'aller travailler comme commis dans une fabrique de cirage. C'est pour lui un drame insurmontable, à quoi s'ajoute l'emprisonnement de son fantasque de père, pour dettes, à Marshalsea : cet épisode fait l'objet d'une scène transposée par Dickens dans *Les Papiers posthumes du Pickwick Club*.

Cet événement est fondateur. Charles Dickens

fait l'apprentissage de l'humiliation à travers l'incarcération paternelle. Tandis que toute la famille part vivre avec le père derrière les barreaux pour des raisons économiques, il se retrouve seul dans les rues de Londres, contraint de coller des étiquettes toute la journée. Cela signe le glas de ses grandes espérances. Les pauvres, désormais, il les connaît, il vit avec eux. Il sera, pour toujours, de leur côté, celui des hors-la-loi, des petits brigands, des délinquants en tout genre.

Le père sort de prison au bout de trois mois, trois mois qui ont paru un siècle à son fils. Il est muté hors de la capitale, et Charles peut reprendre de courtes études où, étonnamment, il apprend la sténographie ; il devient, en 1827, clerc de notaire, et découvre d'autres aspects de ce monde, qui décidément le dégoûtent. Désormais saute-ruisseau, il porte les plis à gauche et à droite. Une sainte horreur de la justice des hommes est ancrée en lui, ainsi qu'une puissance d'indignation que la rédaction de ses livres n'épuisera pas.

Il poursuit néanmoins sa route : de sténographe, le voici journaliste, puis chroniqueur. Ses textes paraissent dans les journaux sous forme de feuilletons, comme ceux d'Alexandre Dumas. Ses premiers romans ont pour nom *Les Esquisses de Boz*, sortes de carnets de croquis qu'il publie en 1835 ; il a un peu plus de vingt ans. Il s'agit en réalité de billets sur les aspects très ordinaires du quotidien : un homme qui passe, des travaux sur la chaussée, une fleuriste aperçue au coin d'une rue… Ces essais de commande, qui ont pour objet d'accompagner de petits dessins de presse, sont un succès et forgent sa réputation.

La presse est déjà très importante en Angleterre : elle est très lue. Presse à contenu, elle se fait l'écho de l'actualité tout en publiant quantité de feuilletons, de textes et d'illustrations.

Le premier grand livre de Dickens s'appelle *Les Papiers posthumes du Pickwick Club* et paraît en volume en 1837. C'est un texte prodigieux qui reste aujourd'hui encore la meilleure introduction possible à l'œuvre de Dickens. Ce recueil d'un humour délicat est composé d'instantanés de la vie en Angleterre à cette époque. Il y est question d'un groupe d'amis, le Pickwick Club, dirigé par Samuel Pickwick, Esquire. Des figures inoubliables traversent les récits : le domestique de Mr Pickwick, Sam Weller, qui est un peu son Sancho Pança. Personnage haut en couleur, homme du peuple, il a un verbe bien à lui. Pickwick, en revanche, est un bourgeois parvenu, à la retraite, et qui regroupe autour de lui un certain nombre de ses amis avec lesquels il entreprend des voyages à vocation prétendument scientifique. Parmi les amis, l'un est animé par une envie compulsive des femmes, un autre est un poète raté, un troisième se laisse séduire par une veuve... Tout cela revêt un charme et un agrément extraordinaires.

« On ne saurait dissimuler que Mr Pickwick se trouvait fort peu confortable et fort mélancolique. En effet, quoique la prison fût pleine de monde et qu'une bouteille de vin lui eût immédiatement procuré la société de quelques esprits choisis sans aucun embarras de présentations formelles, il se sentait absolument seul dans cette foule grossière. »

Tandis qu'il connaît ses premiers succès, Charles Dickens se marie avec Catherine Hogarth, dont il aura dix enfants.

Évoquons deux ouvrages aux sujets très proches : *Oliver Twist* et *Nicolas Nickleby*, publiés respectivement en 1837 et 1838, mais mûris ensemble. L'un comme l'autre révèlent la préoccupation sociale de Dickens, de même que son rare talent romanesque.

Tout le monde se souvient d'*Oliver Twist*. Petit garçon abandonné dans un orphelinat, Oliver Twist va être récupéré par une bande de malfrats, dirigée par l'ignoble Fagin. Remarquons, en passant, à quel point Dickens a le sens des noms et des prénoms, de même qu'une habileté hors pair à créer des personnages. Cette bande de malfrats est déterminée à faire d'Oliver Twist un voleur : ils l'initient à la « carrière » de pickpocket sur un mannequin. Chez Dickens, les affreux sont de vrais affreux, mais, heureusement, les gentils sont eux aussi de vrais gentils : Mr Brownlow parviendra à extraire Oliver Twist de la rue pour l'adopter.

Nicolas Nickleby repose sur les mêmes ressorts dramatiques, avec l'histoire d'un jeune garçon, dont la mère, après le décès du père, doit faire appel à la générosité de l'oncle, l'affreux Ralph Nickleby, un avare autant qu'un tyran. Après de multiples péripéties, Ralph se pend, Nicolas se marie, et tout finit bien.

Hantise de l'enfance : les grands livres de Dickens ont tous pour personnage principal un petit garçon, qui véhicule les peurs, les cauchemars, les chagrins de Charles enfant lui-même. Car si Dickens vieillit, comme tout un chacun, découvre d'autres mondes, en particulier les États-Unis en 1840, affine et précise son analyse de la société, il ne se défait pas de sa hantise. En 1849, il publie *David Copperfield*, autre sommet insurpassable dans l'évocation des jeunes années et du malheur. C'était son livre préféré, et nous sommes certains que tous les garçons qui lisent *David Copperfield* partagent ses peurs et ses angoisses. Nous avons gardé de nos lectures de jeunesse le souvenir de cet extrait, quand David va vendre sa veste chez le fripier :

« Dans cette boutique qui était petite et basse de plafond, qui était assombrie plutôt qu'éclairée par une petite fenêtre recouverte de vêtements et dans laquelle on descendait par quelques marches, je pénétrai le cœur battant. Mes battements de cœur ne furent pas atténués quand un hideux vieillard, qui avait le bas de la figure entièrement recouvert d'une barbe grise, raide et dure, sortit précipitamment d'un taudis repoussant situé derrière la boutique et me saisit par les cheveux. Ce vieil homme était épouvantable à voir, il portait un gilet de flanelle crasseux, il sentait terriblement le rhum. »

Et David de demander une demi-couronne pour sa veste, et le fripier de lui en proposer un shilling : le garçon ressortira de la boutique avec trois pence, à peine de quoi manger. *David Copperfield* raconte ce monde-là, cette laideur, cette cruauté.

Écrit à la première personne du singulier, fourmillant d'épisodes autobiographiques, *David Copperfield* est l'histoire d'un garçon tendre, bientôt tyrannisé par son beau-père et contraint de fuir. Là encore, les événements se multiplient, mettant l'enfant aux prises tantôt avec des êtres atroces, comme Uriah Heep, tantôt avec d'autres qui sont meilleurs, notamment un personnage merveilleux et inoubliable pour tout lecteur : celui de Mr Micawber, double du propre père de Dickens. Mélodramatique, au sens des *Misérables*, le roman est un pur chef-d'œuvre.

La carrière de Dickens connaît un élan formidable : il gagne énormément d'argent, voyage, quitte bientôt sa femme après une rencontre passionnelle, en 1858, avec une comédienne, Ellen Ternan, qui ne lui procure pas, d'ailleurs, le bonheur auquel il aspire. Charles Dickens souffre, et cette douleur lui inspire un autre de ses très grands romans, *Les Grandes Espérances*, qui paraît en 1861 : radiographie de la Grande-Bretagne, il s'agit également d'un autoportrait, même s'il est plus distancié que *David Copperfield*, véhiculé par la figure de Philip, dit Pip, un enfant pauvre qui, parce qu'il a aidé un ancien forçat, se trouve élevé richement dans un milieu social qui n'est pas le sien. Ce récit d'une transgression sociale fondée sur un malentendu, comme très souvent chez Dickens, est l'histoire de la fin des grandes espérances ou le parcours d'un garçon obligé d'apprendre à vivre avec ce qu'il est en vérité.

Ne résistons pas au plaisir d'en citer un passage illustre. Il intervient dans le roman alors que, se promenant dans le cimetière de son village de province, Pip voit tout d'un coup se profiler une ombre terrifiante.

« L'homme, après m'avoir dévisagé un moment, me mit la tête en bas et vida mes poches. Il ne s'y trouvait rien d'autre qu'un morceau de pain. Quand l'église revient à elle — car son geste avait été si brusque et si violent qu'il avait fait basculer l'église d'un seul coup à mes yeux, et que j'avais vu le clocher sous mes pieds —

quand l'église revint à elle, disais-je, j'étais assis sur une haute pierre tombale, tandis qu'il mangeait mon pain avec voracité.

« — Espèce de petit chien ! me dit l'homme en se léchant les babines. Ce que t'as les joues rondes ! J' te jure que j' serais capable de les manger, dit l'homme avec un hochement de tête menaçant, et que j'en ai une fameuse envie. »

L'homme en question est Abel Magwitch, l'ancien forçat, un personnage typique de l'œuvre de l'auteur. Il terrifie avant que de dévoiler une humanité extraordinaire.

Charles Dickens a écrit d'autres textes éblouissants, dont *Les Chants de Noël*, qu'il produisait au rythme d'un par an et qui restent une référence chez les plus jeunes. Cependant, après *Les Grandes Espérances*, il est épuisé, notamment par ses voyages et tournées de lectures de ville en ville. Il meurt prématurément en laissant un roman inachevé.

Bibliographie

Romans, Omnibus.
Œuvres, Gallimard, « Bibliothèque de la Pléiade » ; Robert Laffont, « Bouquins ».
Les Grandes Espérances, Gallimard, « Folio » ; Le Livre de poche ; Classiques Garnier ; L'École des lettres.
David Copperfield, Hachette jeunesse, « Grandes Œuvres » ; Gallimard jeunesse, « Mille Soleils » ; Le Livre de poche ; Garnier, « Garnier-Flammarion ».
Oliver Twist, Le livre de poche jeunesse ; Gallimard ; J'ai lu ; Gallimard, « Folio ».
Un chant de Noël, Gallimard jeunesse ; Gallimard, « Folio junior ».
La Chronique de Mudfog, Le Rocher.
Temps difficiles, Gallimard, « Folio ».
Histoires policières, Calmann-Lévy.
Voyage en Amérique, Phébus.

LES SŒURS BRONTË

Charlotte (1816-1855)
Emily (1818-1848)
Anne (1820-1849)

— Tu ne m'avais jamais dit que je parlais trop peu ou que ma compagnie te déplaisait, Cathy ! s'écria Heathcliff, très agité.
— Ce n'est pas une compagnie du tout, quand les gens ne savent rien et ne disent rien, murmura-t-elle.

Emily Brontë, Les Hauts de Hurlevent, *1847*

Elles étaient trois sœurs, Charlotte, Emily et Anne, nées respectivement en 1816, 1818 et 1820 ; trois filles de pasteur minées par la tuberculose, presque elles-mêmes des personnages de roman. Elles avaient tout d'héroïnes romantiques : elles connurent des passions funestes dans un paysage d'éléments déchaînés, où la violence des sentiments faisait loi. Chacune a publié un grand roman avant que la mort ne s'empare d'elle.

Le décor, tout d'abord. Un presbytère, celui

de Haworth, perché au sommet d'une petite montagne. Un paysage désolé alentour. Des chemins raides, puis des bruyères, des landes, un cimetière. Dans ce presbytère, devenu aujourd'hui un lieu de pèlerinage extrêmement visité, vivaient les parents Brontë et leurs six enfants, cinq filles et un garçon.

Les sœurs Brontë sont des vedettes, des vedettes posthumes, car si l'aînée d'entre elles, Charlotte, a connu tout de suite le succès avec *Jane Eyre*, tel n'est pas le cas de sa cadette, Emily, et encore moins d'Anne. Il est d'ailleurs fascinant, rétrospectivement, d'imaginer une famille où, sur cinq sœurs, trois ont écrit des livres, publiés la même année.

Outre les sœurs, il convient de mentionner le frère, Patrick Branwell, dont on parle peu généralement, parce qu'il a mal fini, entre passion du jeu et abus de l'alcool, mais qui joue dans l'histoire familiale un rôle important.

À observer les éléments dont on dispose sur les Brontë, on peut éprouver le sentiment légitime d'une famille marquée par la damnation, si ce n'est par la folie. Le père est d'origine irlandaise ; pasteur, il veille de près à l'éducation de ses enfants. Ils vont d'abord à l'école, puis, après la mort — de tuberculose — de deux d'entre les sœurs (Maria et Elizabeth), leur père les éduque peu ou prou. Il appartient à cette génération de pasteurs qui rédigent eux-mêmes leurs prêches. Il consacre ainsi du temps à l'écriture non seulement de ses sermons, mais également de contes et de poèmes, qu'il publie. Personnage hors du commun, à tout point de vue, il n'est pas sympathique, loin de là : tyrannique, habité par une forme de délire mental, il exerce sur ses filles un pouvoir extrême. Quant à elles, confrontées à une existence lourde et pénible, heureusement très unies, elles ressentent très jeunes le besoin d'un dérivatif et se réfugient dans le rêve et la poésie. Les empêchant de vivre, leur père les aura du moins conduites vers la littérature.

Les femmes manquent : la mère tout d'abord, qui meurt prématurément, en 1821, après la naissance d'Anne, ensuite une tante, qui a beaucoup compté pour les enfants et qui disparaît également, au grand désespoir du garçon particulièrement. Les trois sœurs se trouvent donc à la tête de la maisonnée. Socialement isolées, après avoir tenté les unes et les autres de vivre hors du presbytère, notamment à Bruxelles pour Charlotte et Emily, elles ne parviendront pas à s'épanouir dans une relation amoureuse. Seule Charlotte se mariera, tardivement, avec un certain Nichols, pasteur, à qui l'on doit d'avoir conservé l'ensemble des textes de jeunesse des trois sœurs. Précisons d'emblée que leurs vies seront courtes : elles meurent de la tuberculose les unes après les autres, Anne à vingt-neuf ans,

Emily à trente ans et Charlotte à trente-neuf ans. Leur père, en revanche, vivra jusqu'à son quatre-vingt-cinquième anniversaire. Avant de mourir, il aura l'idée curieuse de prendre contact avec Elizabeth Gaskell, écrivain et essayiste, amie de Charlotte, pour lui demander d'écrire une biographie de sa fille. Ce qu'elle acceptera, et qui ne contribuera pas peu à forger la légende de Charlotte et à consolider sa gloire posthume.

Légende ? Réalité ? La vie dans le presbytère de Haworth est telle qu'il est malaisé de démêler le vrai du romanesque. On sait que, la vingtaine révolue, les trois sœurs tentent d'ouvrir une école, mais, les frasques de leur frère aidant, elles ne parviennent pas à conserver leurs élèves. Que faire ? Elles s'essaient à l'écriture. L'histoire raconte que l'aînée, Charlotte, fouille dans un tiroir d'Emily, qu'elle sait poétesse à ses heures perdues, et découvre des textes que sa sœur ne lui a pas montrés. Elle juge les poèmes magnifiques et pousse Emily à les publier. Celle-ci ne voulant pas s'y résoudre, les trois sœurs décident d'éditer à compte d'auteur leurs écrits à toutes trois. Paraissent ainsi, en 1845, les *Poésies des sœurs Brontë*, dont la tradition prétend qu'elles n'auraient trouvé que deux acquéreurs. Malgré l'échec, patent, elles décident de se lancer dans l'univers romanesque et écrivent chacune une histoire. *Le Professeur* pour Charlotte, *Les Hauts de Hurlevent* pour Emily et *Agnes*

Grey pour Anne. *Le Professeur* n'ayant pas trouvé d'éditeur, Charlotte se remet au travail et rédige *Jane Eyre*. En 1847, cas sans doute unique dans la littérature mondiale, sont publiés les romans des trois sœurs. Le nom de Brontë toutefois reste inconnu. Ensemble, elles adoptent le même pseudonyme : Bell. Elles se différencient par des prénoms respectant leurs initiales originelles. Ce sera donc Currer Bell pour Charlotte, Ellis Bell pour Emily et Acton Bell pour Anne.

Jane Eyre connaît immédiatement un succès colossal. Durant des mois, on s'interroge sur l'identité de son signataire. S'agit-il d'un homme ? De plusieurs hommes ? Personne n'imagine que les auteurs sont des femmes.

À lire ensemble les trois romans, on peut penser qu'ils proviennent d'un seul et même concepteur ou qu'ils constituent une œuvre collective, tant les univers des trois sœurs sont proches. Il est étonnant, à cet égard, que *Jane Eyre* ait été à ce point distingué par la critique et les lecteurs, eu égard à la qualité des deux autres. Cela est d'autant plus étrange que la postérité, finalement, a plutôt consacré *Les Hauts de Hurlevent*. Seul *Agnes Grey* est resté vraiment méconnu.

Revenons, par-delà l'histoire des auteurs, aux romans eux-mêmes. *Jane Eyre*, de Charlotte Brontë, tout d'abord. On se souvient de la trame romanesque de cet épais volume. Il y est question d'une jeune femme engagée dans une très belle demeure comme gouvernante, fonction qu'a exercée un temps l'auteur. Jane Eyre arrive dans la demeure des Rochester, où règne un personnage ombrageux mais séduisant et doté d'une belle allure. C'est déjà une sorte de héros romantique, avec lequel Jane Eyre noue un lien extraordinairement complexe. Car si Rochester s'éprend de la jeune gouvernante, il est déjà marié avec une femme folle qu'il cache dans sa maison, ce qu'il dissimule à Jane — cette dissimulation étant bien dans la manière de l'univers des Brontë. Voilà ainsi la jeune femme aux prises avec une passion qui ne peut être assouvie.

Jane Eyre est un roman romantique et dramatique, ce que l'on appellerait aujourd'hui un mélo. Un mélo, qui, globalement, se termine bien, même si Rochester est devenu aveugle, puisque les deux amants finiront par se marier au terme d'imprévisibles rebondissements.

Si le livre a été bien reçu à sa sortie, c'est en raison de la manière — assez inhabituelle à cette époque — dont Charlotte Brontë peint l'exaltation des sentiments. On a d'ailleurs écrit qu'elle avait été la première à traiter de la passion féminine non pas uniquement comme expression d'un sentiment, mais comme manifestation physique, Charlotte n'hésitant pas à faire de cet amour une passion charnelle.

Écoutons ce que dit Jane à Rochester lorsqu'il lui propose enfin de l'épouser :

« — Monsieur Rochester, si j'ai jamais fait une bonne action dans ma vie, si j'ai jamais eu une pensée élevée, un noble désir, si j'ai jamais adressé au Ciel une prière pure et sincère, j'en suis récompensée à cet instant. Être votre femme est le plus grand bonheur que je puisse avoir sur terre.

« — Parce que vous aimez à vous sacrifier.

« — Me sacrifier ! Où est mon sacrifice ? J'avais faim, je serai rassasiée ; j'attendais, mon attente sera comblée. Avoir le privilège d'entourer de mes bras ce qui est sans prix pour moi, presser de mes lèvres l'objet aimé, me reposer en celui qui a ma confiance, est-ce là un sacrifice ? S'il en est ainsi, je me complais, en effet, dans le sacrifice. »

Les Hauts de Hurlevent sont le roman unique de la deuxième sœur, Emily, qui meurt un an après la publication de son livre. Littérairement, nul doute que *Les Hauts de Hurlevent* soient plus intéressants que *Jane Eyre*. Ce roman est plus difficile, plus construit et plus sophistiqué que celui de Charlotte puisque, polyphonique, il introduit plusieurs niveaux de lecture et de récit. Poétique, il témoigne du rapport entretenu par Emily avec la nature, Emily dont la courte vie limita les expériences et qui ne nourrit son imagination qu'à la source de son inspiration intérieure.

Il n'est pas aisé d'en résumer l'intrigue. C'est un roman sur l'amour, la mort, la vengeance et la transmission des sentiments à travers les générations, trois en l'occurrence. Les deux personnages principaux, Heathcliff et Catherine Earnshaw, sont entrés dans le panthéon des grands personnages romanesques.

Les Hauts de Hurlevent sont tout imprégnés de l'univers des sœurs Brontë. Emily puise dans l'image du presbytère paternel pour créer la maison des Earnshaw. Rappeler que le cimetière et les terres désolées furent les principaux terrains de jeux des trois sœurs permet d'éclaircir tant le rapport à la mort des personnages que la violence de leurs relations. Reste qu'Emily doit à son génie propre la force de ses intuitions sur la répétition générationnelle et la justesse de ses descriptions des ravages de la passion contrariée ; et à son génie, encore, le titre formidable du roman. *Wuthering Heights,* qui a causé tant de soucis aux traducteurs et que l'on a transcrit successivement par Hauteplaintes, Hurlemonts, est un nom qui fait entendre le bruit du vent dans les cheminées, qui évoque la tempête : tempête extérieure, tempêtes intérieures. Dès le titre, le lecteur est immergé dans le décor et l'atmosphère du livre.

« L'habitation de M. Heathcliff se nomme

Hurlevent, appellation provinciale qui dépeint de façon expressive le tumulte d'atmosphère auquel la situation de cette demeure l'expose quand la tempête souffle. En vérité, c'est au milieu d'une rafale d'air pur et vivifiant que l'on doit vivre là-haut par tous les temps. On imagine aisément la force des vents du nord qui balaient la crête, rien qu'à voir quelques sapins chétifs, voisins de la maison, inclinés à l'extrême, et une haie de maigres aubépines qui toutes allongent leurs branches du même côté, comme si elles recherchaient humblement des aumônes du soleil. »

Il reste difficile de concevoir comment une jeune fille âgée de moins de trente ans et ayant si peu vécu a pu trouver en elle le souffle et l'énergie qui agitent ce récit de la première à la dernière page. C'est un texte d'une étrangeté quasi gothique, où les sentiments sont poussés à l'extrême.

Ne négligeons pas enfin l'assez méconnu *Agnes Grey*, d'Anne Brontë, la troisième sœur. Il est moins passionné que les deux autres, encore qu'on y retrouve quelques notations similaires. On l'a beaucoup comparé aux romans de Jane Austen, ce qui n'est pas faux dans la mesure où *Agnes Grey* raconte une histoire d'amour de facture assez classique, dans un univers britannique plus proche de la tasse de thé que de la ciguë.

Anne eut le temps d'écrire encore *La Dame du château de Wildfell*. Charlotte, quant à elle, confrontée à la douleur causée par la disparition successive de ses sœurs et de son frère, ne put jouir de sa notoriété littéraire. Elle choisit de résider au presbytère, où elle continua à écrire — *Shirley* paraît en 1849. À la mort de son père, elle épousa son suppléant. Quelques mois plus tard, la tuberculose l'emportait elle aussi.

Bibliographie

Emily, Anne, Charlotte Brontë, Gallimard, « Bibliothèque de la Pléiade » ; Robert Laffont, « Bouquins » ; LGF, « La Pochothèque ».
Emily Brontë, *Poèmes, 1836-1846*, Gallimard, « Poésies ».

La majorité des œuvres des sœurs Brontë est publiée dans les différentes collections de poche.

THOMAS HARDY
1840-1928

Elle rentra chez elle pour apprendre que l'enfant était tombé brusquement malade depuis l'après-midi. La chose était à craindre tant il était délicat et chétif; néanmoins ce fut un coup pour Tess. Elle oublia l'offense commise par le pauvre bébé contre la société en venant au monde ; de toute son âme elle désirait assumer cette offense en conservant la vie de l'enfant.

Tess d'Urberville, *1891*

Écrivain de la campagne, d'abord tenté par l'architecture rurale, Thomas Hardy se voue une fois pour toutes à la littérature à l'âge de vingt-sept ans. Éminent poète et romancier de l'époque victorienne, il a fait de Tess d'Urberville et de Jude l'Obscur des personnages classiques.

Thomas Hardy naît en 1840, dans le Dorset, qui prendra, environ trente ans plus tard, une place décisive dans son œuvre. Il grandit paisiblement dans sa province, à Dorchester — son père est maître maçon —, et dès l'âge de seize ans devient l'assistant d'un architecte, avant que de se rendre à Londres pour poursuivre son apprentissage chez un autre, Arthur Blomfield. Cependant, Thomas Hardy est un poète dans l'âme. S'il s'oriente vers l'architecture, reprenant probablement pour le transcender l'héritage professionnel de son père, il est avant tout attiré par la littérature : le roman, mais plus particulièrement la poésie. C'est un jeune homme extrêmement sensible.

Il fréquente l'école du dimanche ; il y apprend le violon. Occasion pour lui de rencontrer une dame patronnesse sympathique et attirante. Le jeune Thomas Hardy éprouve pour cette personne un véritable sentiment amoureux. Sentiment payé de retour. Les parents interviennent, fin de la liaison.

Dans le cadre de son apprentissage, Thomas Hardy étudie la restauration des vieilles églises. Au contact de cet environnement s'installent définitivement ses dispositions littéraires pour le moins étonnantes. Car Thomas Hardy a deux cordes — au moins — à son arc. Il est, on l'a dit, ce jeune homme tranquille du Dorset qui se prépare à devenir le chantre talentueux du monde rural. Mais il est aussi un homme « scandaleux », et les deux personnages, à cette époque victorienne, ne coexistent pas harmonieusement. Par sa littérature, Thomas Hardy va ravir tout autant que choquer.

Comme beaucoup d'écrivains du XIXe siècle, il sent en lui les pulsions du corps. Il est hanté par la sexualité, par le désir, toutes choses qui, dans cette Angleterre, n'ont pas droit de cité ; on n'en parle pas et on ne l'écrit pas.

Aussi l'Angleterre de Thomas Hardy, bien qu'en apparence pétrie de bonnes manières, est violente : dans les paysages bucoliques de ses années de formation, il a vu poindre la part d'ombre. Il se raconte, au sujet de l'enfance de Hardy, des épisodes tout à fait éclairants. Il assiste, par exemple, à des exécutions. À l'époque, on n'y va pas par quatre chemins : les coupables de vol à main armée, d'inceste, d'adultère, sont arrêtés puis pendus. À dix-huit ans, Hardy se procure une longue-vue et observe attentivement une exécution. On en retrouvera la trace à la fin de *Tess d'Urberville* (1891), lignes hallucinantes où l'on voit Angel Clare, l'amant, laisser exécuter Tess d'Urberville.

« Au milieu du bâtiment, une vilaine tour octogonale au sommet plat s'élevait sur l'horizon, et vue ainsi, à contre-jour, elle paraissait la seule ombre sur la beauté de la ville. Peu de minutes après l'heure, quelque chose fut hissé lentement en haut du mât et s'allongea sous la brise. C'était un drapeau noir. »

Il existe souvent, chez Thomas Hardy, l'idée

que le châtiment, même cruel, a, d'une certaine façon, été mérité. Dans ses intrigues pèse sur tous une sorte de justice immanente, qui n'est pas celle des hommes : c'est le destin, la fatalité qui se manifestent.

Revenons à l'écrivain rural. Cet aspect de son identité, rappelons-le, a été à l'origine de son succès. Même si le nom de Dorset n'est jamais mentionné dans ses écrits, c'est tout de même le décor de son enfance qui a inspiré ses plus belles pages. Seulement Hardy est attaché à une certaine représentation du passé et a préféré rebaptiser le Dorset Wessex, du nom d'un comté de l'ancienne Angleterre, que l'on retrouve dans certains des premiers romans écrits en langue anglaise. Cette description, extraite de *Jude l'Obscur*, en témoigne :

« Le hameau, aussi vieux qu'il était petit, reposait dans le creux d'un plateau onduleux, contigu au coteau du nord du Wessex. Si vieux qu'il fût pourtant, le puits était sans doute le seul reste authentique des temps passés qui demeurât absolument intact. Bien des chaumières à lucarne avaient été démolies depuis quelques années, et bien des arbres étaient tombés sur la petite place. Et surtout, la vieille église bossue à tourelle de bois, curieusement déhanchée, avait été abattue et mise en pièces, soit pour former des tas de cailloux dans les ruelles, soit pour être utilisée comme mur de porcherie, banc, pierres de clôture ou rocaille dans les jardins du voisinage. Pour la remplacer, on avait érigé sur un autre lieu une grande bâtisse neuve de style gothique allemand, d'aspect étrange pour les yeux anglais. »

Ce qui intéresse Hardy, c'est le temps qui passe, le mouvement qui entraîne, petit à petit, la disparition de sa campagne. Cet Anglais a lu Darwin, dont il se sent très proche. Thomas Hardy aime le monde qui change, apprécie la modernité et, dans une première période, dans les années 1870, il s'attache à les décrire, avec une surabondance de détails qui peut provoquer un sentiment d'ennui, mais qui explique en partie que *Tess d'Urberville* et *Jude l'Obscur* aient inspiré les cinéastes.

Toutefois l'intérêt l'emporte face à l'ennui : ses romans sont bien autre chose que des descriptions. Il est de ceux qui savent donner la parole aux gens de la campagne. Ses textes exaltent l'émotion, et de l'émotion, Thomas Hardy en a beaucoup à communiquer.

Pendant ses études, il a rencontré la femme de sa vie, Emma Lavinia, qu'il épouse en 1874 et qui disparaît en 1912. Dans l'intervalle, l'amour s'est éteint, le couple s'est délité, la fidélité du mari n'a pas été exemplaire. Néanmoins, lorsque Emma meurt, Hardy est brisé. Survient alors un épisode inouï, digne d'une invention littéraire : Thomas Hardy déniche une correspondance ou, plus exactement, des lettres éperdues d'amour que son épouse lui adressait sans les lui envoyer. Il découvre la passion dont il a été l'objet, et qui lui est comme révélée par-delà la vie terrestre. Il en est bouleversé, et de cette émotion intime il nourrit désormais son œuvre, particulièrement sa poésie.

Poète, homme de théâtre — puisque, lorsqu'il vient à Londres, il est fasciné par l'art dramatique, fréquente assidûment les actrices et écrit des pièces —, romancier enfin et, pour le public français, surtout. En 1867 — il a donc vingt-sept ans —, il écrit son premier roman, qui ne sera jamais publié. Viendront ensuite, édités ceux-ci, *Les Remèdes désespérés*, en 1871, *Sous la feuille verte* l'année suivante, puis *Deux Yeux bleus*, en 1874, inspiré de sa rencontre avec Emma Lavinia.

À partir de *Loin de la foule déchaînée* (1874), il publie régulièrement des livres très aboutis. En 1891, ce sera le célèbre *Tess d'Urberville* puis, en 1895, *Jude l'Obscur*... en tout, quatorze romans.

Ceux-ci ne s'imposent pas sans difficulté sur la scène littéraire anglaise. Les histoires de Tess puis de Jude font scandale. L'Angleterre victorienne n'est pas disposée à entendre les doutes de Thomas Hardy, qui fait apparaître les raisons du corps et la possibilité de se laisser guider par elles. Il faut relire ce passage anticonformiste de *Tess d'Urberville*.

« Mais alors que son chagrin purement moral

commençait à disparaître, un autre vint la frapper dans ses affections naturelles, ignorantes de toute loi sociale. Elle rentra chez elle pour apprendre que l'enfant était tombé brusquement malade depuis l'après-midi. La chose était à craindre, tant il était délicat et chétif. Néanmoins, ce fut un coup pour Tess. Elle oublia l'offense commise par le pauvre bébé contre la société en venant au monde. De toute son âme elle désirait assumer cette offense en conservant la vie de l'enfant. Mais il devint trop évident que l'heure fixée pour l'émancipation de ce petit prisonnier de la chair allait arriver plus tôt que Tess ne l'avait imaginé dans ses pires appréhensions. Quand elle le comprit, elle tomba dans un désespoir dont la violence n'était pas causée par la seule perte de l'enfant ; c'est que l'enfant n'était pas baptisé. »

Thomas Hardy a le courage de mettre en scène des infanticides, des unions libres, des corps vivants, des relations amoureuses. Non moins scandaleuse pour l'époque, et inacceptable, et combien intéressante pour nous, est également la manière si moderne de Hardy d'envisager la fatalité, ainsi qu'en témoignent les dernières lignes du roman, après l'exécution de Tess :

« Justice était faite, et le président des Immortels (pour parler la langue d'Eschyle) », ajoute-t-il, pour bien montrer que c'est un drame, un drame antique, « avait fini de jouer avec la vie de Tess. Et les chevaliers d'Urberville dormaient, ignorants dans leurs tombes. »

Thomas Hardy transmet à ses lecteurs sa conviction que l'homme ne peut rien contre son destin. Il n'y a pas de morale chez Hardy. De ce fait, il incite à une forme de révolte, puisque les hommes sont damnés d'une manière définitive et que, quelles que soient leurs actions sur cette terre, la tragédie est en eux. Il ne s'agit donc pas d'un hasard si l'on a perçu, dans les romans de Hardy, le ferment sinon de la révolution, du moins de l'insurrection. Que son époque ait essayé de lutter contre celui par qui le scandale pouvait arriver n'a en soi rien d'étonnant.

Si on ne lit plus beaucoup Hardy en France, il est toujours très présent dans les bibliothèques en Angleterre. Qui est Tess d'Urberville, en vérité ? Une transfuge, une fille de ferme qui a une aventure avec un seigneur, dont naît un enfant (qui disparaîtra). Hardy est là, tout entier, dans la transgression. Reste que l'auteur se fait sans doute rattraper par les mentalités de son temps, puisque la transgression, si elle existe bel et bien, est toujours, chez lui, sévèrement punie. Tess est pendue, Jude meurt d'ivrognerie. Il existe une très jolie phrase du grand Gilbert Keith Chesterton, qui excellait dans l'art de commenter ses contemporains : « Il [Hardy] aurait pu inventer Dieu rien que pour montrer à quel point il est inutile. »

Toutefois, en Grande-Bretagne, si Hardy romancier a été loué, c'est surtout Hardy poète qui a été célébré. Après avoir publié plusieurs recueils de nouvelles, entre 1890 et 1913, il se tourne vers ce genre qu'il aime depuis l'adolescence. En outre, en 1914, il s'est remarié avec Florence Emily Dugdale, qui n'a aucun goût pour les romans sulfureux de son nouvel époux — elle a rebaptisé *Jude l'Obscur*, « Jude l'Obscène »…

Il connaît un premier bonheur en matière de poésie avec *Dynasties* (1904-1908), à la suite d'une de ses rares entorses à la sédentarité : il a effectué un petit tour en Europe qui l'a conduit vers la Hollande, la Belgique, puis est allé à Waterloo qui lui a inspiré un long poème consacré à la saga napoléonienne.

En 1883, il s'était installé dans une maison qu'il avait fait construire à Dorchester, où il passera désormais le plus clair de son temps. Ses dernières années s'y déroulent, et il n'y écrit que de la poésie, régulièrement rassemblée et publiée en volume. Il meurt, en 1928, au cœur des terres qu'il a tant aimées.

Bibliographie

Romans, Omnibus.
Jude l'Obscur, Le Livre de poche.
Les Petites Ironies de la vie, POL.
Les Yeux bleus, Rivages, « Rivages Poche ».
Tess d'Urberville, Le Livre de poche.
Remèdes désespérés, Le Seuil, « Points Romans ».
Contes du Wessex, Imprimerie nationale.
Le Trompette-Major, Phébus.
Les Forestiers, Phébus.
Loin de la foule déchaînée, Mercure de France.
Nobles Dames, nobles amours, Circé.
Le Bras flétri, L'Échoppe.
À la lumière des étoiles, Flammarion, « Garnier-Flammarion ».
Retour au pays natal, Nouvelles Éditions latines.

ROBERT LOUIS STEVENSON
1850-1894

Près d'un an plus tard, au mois d'octobre 18..., un crime d'une rare férocité, rendu plus frappant encore par la position dominante de la victime, suscita l'émotion des Londoniens. Les détails furent d'autant plus saisissants qu'ils étaient peu nombreux. Une femme de chambre fut le témoin de la scène.

L'Étrange Cas du Dr Jekyll
et de Mr Hyde, *1886*

Robert Louis Stevenson s'est imposé à la fin du XIXe siècle avec trois textes, *L'Île au trésor*, parue en 1883, *L'Étrange Cas du Dr Jekyll et de Mr Hyde* (1886) et *Le Maître de Ballantrae* (1889). Si ces textes continuent de faire rêver des générations de jeunes — et de moins jeunes — lecteurs dans le monde entier, on connaît généralement mal l'étrange personnalité et la vie de cet Écossais, obsédé par l'ailleurs et le dédoublement.

Stevenson naît en 1850 à Édimbourg, dans

une famille éclairée et de tradition calviniste par la mère. Son grand-père comme son père sont des constructeurs de phares. Il grandit dans un paysage de mer et de falaises, assez reclus en raison d'une santé très fragile. Il reste allongé durant de longues périodes, cloué au lit par ce que l'on appelle alors une maladie pulmonaire, qui est en réalité la tuberculose. Il se réfugie dans la lecture, passion précoce, que ses parents ne cherchent pas à contrarier, même si ultérieurement ils entretiendront avec elle de sérieux différends.

Par les livres, le garçon nourrit son besoin d'évasion et de mouvement, car, s'il est chétif, il est doué intellectuellement. À quinze ans, il entre à l'université d'Édimbourg, théoriquement pour mener des études d'ingénieur — qu'il néglige volontiers au profit d'une femme —, puis de droit, qu'il conduit à leur terme sans pour autant jamais se décider, par la suite, à exercer la profession d'avocat. Il a élu la voie littéraire. Son seul désir affirmé, c'est l'écriture.

La vie du jeune Stevenson se déroule au rythme d'une alternance entre deux états, la maladie et la rémission, et deux résidences, l'une pluvieuse entre Édimbourg et Londres, l'autre ensoleillée dans le sud de la France. On retrouvera cette même dualité au cœur de ses obsessions littéraires.

Si son œuvre est avant tout inspirée par ses

origines écossaises, c'est en France qu'il vit de la manière la plus agréable. Il s'y sent bien, probablement parce que sa santé y est meilleure et que le pays est plus propice à la vie de bohème à laquelle il aspire. Là, il connaît une grande renommée et fréquente les milieux artistiques — notamment les peintres —, parmi lesquels il aime à évoluer. On lui octroie un surnom : Stennis.

À l'époque, le voyage d'écrivain est encore une tradition. Faire « le grand tour » le séduit. Il l'effectuera une première fois, à l'anglaise, de manière détendue, ce qui donnera naissance à des premiers textes vraiment intéressants : *La Sambre et l'Oise*, une descente des fleuves, et *Un voyage sur le continent*, une croisière par les canaux d'Anvers à Pontoise. Il gagne encore en puissance d'évocation, l'année suivante, en 1879, avec *Voyage avec un âne dans les Cévennes*.

Voyage avec un âne dans les Cévennes raconte l'histoire d'un drôle de couple : d'un côté Robert Louis Stevenson, qui parle bien le français, ne connaît pas les Cévennes et découvre des coutumes qui lui sont étrangères ; de l'autre sa compagne de voyage, Modestine, une ânesse qu'il a payée au père Adam soixante-cinq francs et un verre d'eau-de-vie. Ils vont ainsi ensemble se promener à travers la France, ce qui nous vaut les pages merveilleuses d'un livre chaleureux, plein de charme et de lumière. On sent que ce jeune Stevenson, même s'il ne comprend pas toujours les gens qu'il rencontre, les apprécie.

« Pendant douze jours, nous avions été d'inséparables compagnons, nous avions parcouru sur les hauteurs plus de cent vingt kilomètres, traversé plusieurs chaînes de montagnes considérables, fait ensemble notre petit bonhomme de chemin, avec nos six jambes, par plus d'une route rocailleuse et plus d'une piste marécageuse. Après le premier jour, quoique je fusse souvent choqué et hautain dans mes façons, j'avais cessé de m'énerver. Pour elle, la pauvre âme, elle en était venue à me considérer comme une providence. Elle aimait manger dans ma main, elle était patiente et élégante de forme et couleur d'une souris idéale, inimitablement menue. Ses défauts étaient ceux de sa race et de son sexe, ses qualités lui étaient propres. Adieu, et si jamais. Le père Adam pleura quand il me la vendit ; quand je lui ai vendue à mon tour, je fus tenté de faire de même, et comme je me trouvais seul avec le conducteur du coche et quatre ou cinq braves jeunes gens, je n'hésitai pas à céder à mon émotion. »

En France, Stevenson voyage ; là, il va rencontrer la femme de sa vie. À ce propos, une parenthèse pour évoquer l'étrangeté du destin amoureux de Stevenson. Quand il était plus jeune, à Édimbourg, il fréquentait un professeur d'université, critique très influent, Sidney Colvin, qui jouera un rôle important dans la publication de ses textes, puisqu'il deviendra son éditeur. Sidney Colvin est le mari d'une certaine Fanny, Fanny Sitwell, qui a une bonne dizaine d'années de plus que notre Stevenson. Ils vivent une grande passion, puis rompent. Un peu plus tard, Stevenson est en France, dans la région de Fontainebleau, où il fréquente les peintres de l'école de Barbizon. À bord d'une péniche sur le Loing habite une autre Fanny, américaine celle-ci, et excentrique, Fanny Osbourne. C'est une sorte de gitane, dont on dit qu'elle roulait ses cigarettes à la main, une femme étonnante, avec un tempérament de feu, le même âge que l'autre Fanny, un physique semblable, la même situation, c'est-à-dire mariée et mère de deux enfants. Leur rencontre provoque une passion incandescente, Fanny Osbourne retourne en Amérique afin de divorcer, et bientôt Robert Louis Stevenson la rejoint en Californie.

La famille Stevenson s'oppose à cette aventure, jusqu'à couper les vivres à son rejeton indiscipliné. Mais Robert persiste dans son choix amoureux. Quelques années plus tard, avec Fanny, il reviendra vivre en Europe, entre Angleterre et France, et le couple se mariera en 1880.

Mais venons-en au premier de ses livres essentiels, mythiques, publié en volume en 1883, *L'Île au trésor*. Son auteur a alors trente-trois ans.

« Chapitre 1, le vieux loup de mer de l'amiral Benboe. C'est sur les instances de monsieur le chevalier Trelawney, du docteur Livesey et de tous ces messieurs en général que je me suis décidé à mettre par écrit tout ce que je sais exactement de l'Île au trésor. Depuis A jusqu'à Z, sans rien excepter que la position de l'île, et cela excepté parce qu'il s'y trouve toujours une partie du trésor. Je prends donc la plume en cet an de grâce 1700 et quelque, et commence mon récit à l'époque où mon père tenait l'auberge de l'amiral Benboe, en ce jour où le vieux marin au visage basané et balafré d'un coup de sabre va prendre gîte sous notre toit. »

Si *L'Île au trésor* a été beaucoup lue par les enfants, elle n'a pas été conçue pour eux seulement. Ce récit de pirates, qui se déroule au XVIIIe siècle, est une aventure extraordinaire racontée par son principal protagoniste, Jim Hawkins. Une chasse au trésor qui oppose deux groupes d'hommes : le premier — le légitime — mené par Jim Hawkins et soutenu financièrement par un chevalier ; le second, constitué de pirates dotés d'un chef à la jambe de bois, John Silver.

À propos de la genèse de ce livre, il se raconte curieusement deux versions. Stevenson, tout d'abord, qui, comme Joseph Conrad, était capable de partir d'une image pour créer tout un univers et élaborer un livre, raconte la chose suivante : « J'ai dessiné une carte, comme ça, à main levée, je me suis dit : c'est mon livre, ce sera *L'Île au trésor*. » Les souvenirs de son beau-fils Samuel Lloyd Osbourne, qui a collaboré à plusieurs de ses livres, sont tout autres : « J'étais dans ma chambre, j'avais dessiné une jolie petite île aux crayons de couleur, et Stevenson entre et me dit : "C'est très intéressant", et le lendemain, il décide d'en faire un livre. »

L'Île au trésor contient tous les ingrédients d'un succès possible. Et le livre s'impose, en effet. Entre réel et fantastique, avec cette distance induite par le recours à un narrateur principal, développant des péripéties à un rythme qui ne faiblit jamais, *L'Île au trésor* s'inscrit dans une tradition toute britannique du roman d'aventures se déroulant sur des terres et des mers reculées.

Stevenson est alors dans une période féconde. Après un long moment passé à Hyères, puis à Nice, il vit principalement en Angleterre, à Bournemouth. Sa santé étant de nouveau fragile, il ne quitte pas la chambre et écrit. En 1886, il publie son deuxième grand ouvrage, en réalité une nouvelle, qui s'impose plus encore que le premier et devient un phénomène international. *L'Étrange Cas du Dr Jekyll et de Mr Hyde* se vend à quarante mille exemplaires en quelques semaines. C'est bien évidemment dans ce texte que le thème du dédoublement, si caractéristique de Stevenson lui-même, le fait confiner au génie. En effet, Stevenson n'a pas résolu, bien au contraire, sa part d'ambivalence, entre son désir d'une vie au Nord et celui d'une vie au soleil, mais aussi entre son envie de voyages et son goût pour l'intimité familiale et amoureuse.

Cependant *L'Étrange Cas du Dr Jekyll et de Mr Hyde* est plus que cela, qui révèle combien Robert Louis Stevenson est obsédé par la question du bien et du mal, et probablement avant tout par le mal. Entre Jekyll et Hyde, c'est Hyde qui l'attire, ainsi que la façon dont Jekyll est régulièrement submergé par les pulsions de son double. Si, dans sa version définitive, la nouvelle impose l'existence d'un Jekyll désireux d'être bon, mais hanté par la menace du mal au point de préférer se donner la mort, dans un premier temps Stevenson avait imaginé un Jekyll mauvais dissimulant par intermittence sa nature profonde sous des dehors d'indulgence...

La fascination, toute puritaine, de Stevenson pour le mal s'exprime très bien dans l'une des dernières pages des confessions du Dr Jekyll, à un stade du récit où celui-ci pense pouvoir se débarrasser du personnage désastreux qui l'habite :

« Je m'installai au soleil sur un banc, l'animal en moi léchait des bribes de souvenirs, le côté spirituel somnolait à demi, se promettant une réforme ultérieure, mais sans désir de l'entreprendre. Après tout, me disais-je, je suis comme mes voisins, et je souriais en me comparant aux autres, en comparant ma bonne volonté agissante avec leur lâche et vile inertie. Et à l'instant même de cette pensée vaniteuse, il me prit un malaise, une horrible nausée accompagnée du plus mortel frisson. Ces symptômes disparurent, me laissant affaibli, et puis à son tour, cette faiblesse s'atténua. Je commençai à percevoir un changement dans le ton de mes pensées, une plus grande hardiesse, un mépris du danger, une délivrance des obligations du devoir. J'abaissai les yeux : mes vêtements pendaient, informes, sur mes membres rabougris ; la main qui reposait sur mon genou était noueuse et velue, j'étais une fois de plus Edward Hyde, un gibier de potence. »

Les lecteurs ne seront pas étonnés à la lecture du troisième livre essentiel de Robert Louis Stevenson, publié en 1889, *Le Maître de Ballantrae*. Dans une intrigue de roman de cape et d'épée, Stevenson invente deux personnages, deux frères, dont l'un porte le prénom de Henry et l'autre, celui de James, manière de clin d'œil à son ami Henry James. L'un personnalise le bien, l'autre, le mal. Là encore, Stevenson se passionne pour l'incarnation du mal, dans une histoire qui ne se termine pas bien.

Entre-temps, entre *L'Étrange Cas du Dr Jekyll et*

de Mr Hyde et *Le Maître de Ballantrae,* l'auteur a de nouveau changé de cadre de vie. En 1887, il est reparti avec sa femme et son beau-fils pour les États-Unis, dans l'État de New York tout d'abord, puis à San Francisco. L'année suivante, il embarque, de manière définitive, pour les mers du Sud, et découvre l'archipel des Samoa. Il s'y installe et se fait construire une belle maison à Vailima. Il continue néanmoins à voyager : en Australie en 1890, aux îles Gilbert, aux Marshall, en Nouvelle-Calédonie, puis en Australie encore. Il se sait malade, et probablement condamné ; il se passionne pour l'histoire locale des Samoa, rédige son autobiographie et meurt, en 1894, à quarante-quatre ans, sous le soleil des tropiques.

La dernière partie de sa vie aura donc constitué un tournant important pour Stevenson. On sait qu'il y a déployé un don inouï pour raconter. Aux îles Samoa, il était surnommé *tusitala,* ce qui signifie le « conteur ». On a plaisir à imaginer que, sous les branches d'un palmier, il narrait des histoires aux indigènes. Durant cette période, en effet, Stevenson continue à écrire, notamment des recueils de nouvelles. Celles-ci ne sont pas la partie la plus connue de son œuvre, mais on y retrouve un souffle, un appel en direction de l'autre comme de l'ailleurs, qui nous touche infiniment. Et aussi cette impression qu'il ne nous dit pas tout. Il y a chez Stevenson une part d'ombre qui ne s'est jamais dévoilée : est-ce la part de l'autre ? Est-ce l'envie de partir ? Est-ce la folie qui l'habite ? Est-ce la prégnance de la maladie et l'imminence de la mort ?

Voici un court extrait d'un livre peu connu de Stevenson, composé de nouvelles magnifiques publiées sous le titre *Les Nouvelles Mille et une nuits*. Bel exemple de son talent dans l'art de mener le récit, le texte commence de la manière suivante :

« Harry était inapte, par nature aussi bien que par formation, à toutes les carrières qui réclamaient du zèle et de l'ardeur au travail. [...] Blond et rose, avec des yeux de colombe et un doux sourire, il avait un air de tendresse et de mélancolie charmante, et les manières les plus dociles et les plus caressantes. Et cela dit, il n'était pas homme à prendre la tête d'une troupe de guerre ni à diriger le conseil d'un État. Un hasard heureux et quelques protections valurent à Harry, à l'époque de son deuil, le poste de secrétaire particulier du général de division sir Thomas Vandler, compagnon de l'Ordre du Bain. »

Qui n'aurait envie de connaître la suite des aventures de Harry ? Peut-on ouvrir un seul ouvrage de cet auteur et le refermer avant la dernière page ?

Bibliographie

Œuvres complètes, Robert Laffont, « Bouquins ».
Œuvres, Gallimard, « Bibliothèque de la Pléiade ».
Intégrale des nouvelles, Phébus.
Coffret Stevenson, Le Seuil, « Points ».
Correspondance, NiL.
La majeure partie des œuvres de Stevenson est disponible dans les différentes collections de poche.

OSCAR WILDE
1854-1900

— *Il me serait impossible d'être heureux si je ne le voyais pas tous les jours. Il m'est devenu absolument indispensable.*
— *Comme c'est extraordinaire ! Et moi qui croyais que rien ne compterait jamais pour vous que votre art.*
— *Désormais, il représente pour moi tout mon art, fit gravement le peintre.*

Le Portrait de Dorian Gray, *1891*

« La faute suprême, c'est d'être superficiel », écrivait Oscar Wilde, l'auteur du *Portrait de Dorian Gray*. Cet esthète si soucieux de plaire dissimulait sous le masque de l'ironie la haute idée qu'il se faisait de l'art. Il a payé cher son exigence et ses passions et termina sa vie dans la pauvreté et la solitude.

Pourtant, l'histoire d'Oscar Wilde commence heureusement. Irlandais, il naît à Dublin, en

1854, dans une famille plutôt enviable. Son père, médecin et spécialiste des yeux, est un homme intelligent et cultivé, sa mère, une poétesse inspirée. Le jeune Oscar grandit donc dans un milieu sensible, ouvert et fécond. Après le secondaire, le jeune homme entre à l'université pour suivre des études classiques dans le meilleur collège irlandais, Trinity College, puis à Oxford.

Apparemment, il se présente comme un étudiant brillant, mais excentrique. Il se fait remarquer à Trinity College parce que, après des vacances en Italie, il ne reparaît pas à la rentrée. Le voilà exclu, puis réintégré ; il passe son diplôme avec succès. De son voyage en Italie, il tire un splendide poème, *Ravenne*, qui lui vaut un premier prix remarqué. Dès lors, il acquiert à Oxford une notoriété certaine. Franc-maçon, il fréquente des personnalités comme l'écrivain John Ruskin, de plus de trente ans son aîné. Son originalité vestimentaire, sa verve font qu'il ne saurait de toute façon passer inaperçu. Il est déjà une figure marquante. Passionné d'esthétisme, il précise ses analyses au cours de voyages, en Grèce puis en Amérique, et, en 1883, il s'installe à Paris.

En ce temps déjà la France et l'Angleterre diffèrent largement en matière de tolérance. Pour les Anglais, le mode de vie d'Oscar est étrange. À Paris, en revanche, il se découvre des amitiés profondes avec les écrivains en vogue, Paul Bourget ou Edmond de Goncourt ; il ne se soucie guère de la norme, on ne lui en fait pas reproche. Toujours volubile, il fait figure d'esthète, exhibant des gilets fleuris extravagants, ornés de fleurs de lys ou de tournesol. Oscar Wilde est un scandaleux : il a le don de la formule et l'ironie mordante.

« La bigamie, c'est une femme de trop... la monogamie aussi », déclare-t-il volontiers.

Ses voyages aux États-Unis sont l'occasion de nombreux bons mots : « L'Amérique est le seul pays qui soit passé directement de la barbarie à la décadence sans jamais passer par la civilisation. »

Ou encore : « Je crains de ne pouvoir peindre l'Amérique comme un paradis. Il est vrai que pour les choses courantes, je n'en connais presque rien. Je suis incapable d'en donner la latitude ou la longitude, d'établir la valeur de ses textiles, et sa politique m'est à peu près inconnue. Ces sujets peuvent manquer d'intérêt pour vous, ils n'en ont aucun pour moi. »

Le personnage sait amuser ses contemporains. Il fréquente des actrices, se lie d'une amitié forte avec Sarah Bernhardt. Oscar Wilde pense à écrire pour le théâtre mais, en 1884, il retourne s'installer en Angleterre, à Londres, pour s'y livrer à une chose stupéfiante : se marier avec une amie d'enfance. Cyril vient au monde l'année suivante, en 1885, puis Vyvyan, en 1886.

Très vite, cependant, il déserte son foyer pour vivre une homosexualité désormais assumée depuis sa rencontre amoureuse avec un jeune homme, Roger Ross, qui deviendra son exécuteur testamentaire. L'amour lui donne des ailes. En 1887 il devient rédacteur en chef d'un magazine féministe, tandis qu'il publie des contes et des nouvelles. Manque encore le roman, tâche à laquelle il s'attelle, mais dont les prémices méritent qu'on s'y arrête.

Durant l'été 1889, un éditeur américain, J. M. Stoddart, à la recherche de talents littéraires pour une revue anglo-américaine, le *Lippincott's Monthly Magazine*, invite à dîner des écrivains, dont Oscar Wilde et Conan Doyle. De ce repas sortira *Le Signe des quatre*, du père de Sherlock Holmes, et *Le Portrait de Dorian Gray*, publié dans le magazine à l'été 1890 puis en volume, augmenté de quelques chapitres, en 1891. *Le Portrait de Dorian Gray*, premier roman de Wilde, sera aussi son dernier.

À bien des égards, le texte rappelle le *Faust* de Goethe. C'est l'histoire d'un jeune homme, très beau, raffiné et élégant, dont un peintre, Basil Hallward, tombe esthétiquement amoureux et peint son portrait à l'huile. Conscient de sa beauté, Dorian Gray en joue allégrement, notamment auprès des hommes et d'un ami du peintre, lord Henry Wotton, qui va lui révéler à lui-même sa face cachée, sa noirceur sous son physique angélique. Par ailleurs, Dorian Gray est séduit par une jeune actrice du nom de Sybil Vane.

Le temps, on le sait, ne fait pas de cadeaux. Dorian Gray, horrifié de penser que bientôt le tableau seul attestera ce qu'il a été, émet le souhait que le portrait vieillisse à sa place. Et c'est ce qui advient. Le temps s'arrête pour Dorian tandis que son image seule s'abîme, s'enlaidit, vieillit au fil de ses péchés. Lui dissimule le tableau de sorte que personne ne le voie et ne découvre sa véritable nature, révélée par l'art. Pour avoir percé Dorian Gray à jour et avoir vu son portrait tellement enlaidi, le peintre meurt, assassiné.

« Le péché est quelque chose qui s'inscrit sur le visage d'un homme. Impossible de le dissimuler. Les gens parlent parfois de vices cachés. Cela n'existe pas. Si un misérable a un vice, ce dernier se voit dans les rides de sa bouche, dans l'affaissement de ses paupières, et jusque dans la forme de ses mains. »

Réflexion tant sur l'existence que sur l'art, *Le Portrait de Dorian Gray* est le roman très abouti d'un homme passionné d'esthétique, mais non moins inscrit dans la vie, Oscar Wilde, qui confiait à André Gide : « J'ai mis mon génie dans ma vie. Je n'ai mis que mon talent dans mes œuvres. »

Écoutons encore, au sujet de cette dualité — l'art, la vie —, ces phrases qu'Oscar Wilde place dans la bouche du peintre :

« Il n'est rien que l'art ne puisse exprimer, et je sais que l'œuvre que j'ai réalisée depuis que j'ai rencontré Dorian Gray est une belle œuvre, la plus belle que j'aie réalisée de ma vie, mais d'une façon étrange, je ne sais si vous me comprendrez. Sa personnalité m'a suggéré un style artistique totalement neuf, une manière entièrement nouvelle. »

Le roman étonne par son caractère lucide et sans concessions. On pourrait imaginer que le tableau se contente de vieillir tandis que le modèle reste égal à lui-même. Le génie d'Oscar Wilde, c'est de faire que le portrait adopte les traits de caractère de Dorian Gray. Il prend par exemple un pli d'amertume et se charge d'une expression de cruauté lorsque Dorian quitte la pauvre Sybil, qui se suicide de la manière la plus atroce qui soit pour une comédienne. Alors qu'elle a du talent, elle choisit d'être mauvaise sur scène pour montrer à Dorian que son amour pour lui est plus fort que son goût pour l'art.

Les critiques de l'époque ne s'y trompent pas. Dans les milieux victoriens, le livre, jugé pervers, est mal reçu.

Cet accueil n'a rien pour surprendre Oscar

Wilde, qui connaît ses contemporains et ne nourrit aucune illusion sur le rejet dont il est l'objet. Il poursuit donc son œuvre, malgré les critiques, en publiant des contes, sous le titre : *Le Crime de lord Arthur Saville et autres histoires*. Il y développe son talent à manier l'humour noir.

Le Crime de lord Arthur Saville se déroule à trois heures sonnantes. Un homme qui s'apprête à se marier rencontre un chiromancien ; ce dernier lui annonce qu'il ne vivra libre et heureux que lorsqu'il aura commis un meurtre. Alors notre personnage essaie de tuer quelqu'un de sa famille, sans succès.

On retrouve le même esprit dans une autre nouvelle, *Le Fantôme de Canterville* : un fantôme qui hante un château en Angleterre voit bientôt celui-ci racheté, à son grand désarroi, par des Américains.

Pour Sarah Bernhardt, Oscar Wilde se lance à corps perdu dans l'écriture théâtrale, avec *L'Éventail de lady Windermere*, suivi d'autres comédies, dont *Une femme sans importance*, *Un mari idéal*, et surtout *De l'importance d'être constant*, qui fait rire sans réserve l'Angleterre tout entière.

Pour autant, l'image d'Oscar Wilde est loin d'être réhabilitée. Le drame qui couve depuis toujours est même très proche. En 1891, l'auteur a rencontré lord Alfred Douglas, fils de l'influent marquis de Queensberry, l'un des plus éminents aristocrates du pays. L'année suivante, Oscar et

Alfred sont amants. Accusé d'obscénité par lord Queensberry, Wilde intente un procès pour diffamation, et le perd en 1895. Les conséquences sont tragiques. Wilde doit faire face à son tour à plusieurs actions en justice. Le scandale est immense : la société victorienne n'est que trop heureuse de pouvoir se venger de cet homosexuel excentrique. Le voici contraint de gagner Paris, puis condamné à deux ans de travaux forcés. En novembre 1895, il entre en prison à Reading sous le matricule C.3.3. Sur les affiches de ses pièces jouées à Londres, on fait retirer son nom. Dans le même temps, sa famille le renie : sa femme et ses enfants changent de nom. L'épreuve pour ce dandy est trop pénible. Il sort de prison épuisé et ruiné, abandonné de tous, y compris de son amant.

Il rédige encore un texte absolument magnifique, *La Ballade de la geôle de Reading*, publié en 1898 sous son ancien numéro de matricule. Par-delà la dénonciation de l'enfer de la prison et des conditions de vie des détenus, c'est un poème admirable écrit selon les canons les plus stricts de la poésie anglaise et inspiré par un épisode réel. Il s'agit en l'occurrence de l'exécution d'un homme, Charles Thomas Woolridge, coupable d'avoir assassiné par jalousie la femme qu'il aimait. Dans ce texte aux accents chrétiens, où est présente l'idée de la rédemption, Oscar Wilde exprime, sous une réprobation certaine, son sentiment que l'amour, la passion — pour un être, pour un art —, peut expliquer le geste le plus répréhensible.

« Notre lamentable et fatale amitié s'est terminée pour moi par la ruine et la honte publique. Mais le souvenir de notre ancienne affection est souvent avec moi, et je m'attriste à l'idée que le dégoût, l'amertume et le mépris pourraient prendre à jamais dans mon cœur la place que l'amour y tenait naguère. »

Oscar Wilde, exilé en France, meurt seul à Paris en 1900. Derrière le corbillard qui conduit sa dépouille au cimetière de Bagneux, les derniers amis, André Gide et Pierre Louÿs.

Bibliographie

Œuvres complètes, LGF, « La Pochothèque »; Gallimard, « Bibliothèque de la Pléiade »; Stock ; Mercure de France.
Nouvelles fantastiques, Stock.

JOSEPH CONRAD
1857-1924

Pour les Blancs qui tenaient les commerces du port et pour les capitaines de navires il était simplement Jim — rien de plus. Il avait, bien entendu, un autre nom mais il veillait jalousement à ce qu'il ne soit jamais prononcé.

Lord Jim, *1900*

Joseph Conrad, l'illustre auteur de *Lord Jim*, est né en Pologne, en 1857, Teodor, Józef, Konrad Korzeniowski. Il adopte l'anglais lorsqu'il arrive en Angleterre à l'âge de vingt et un ans : « Je connaissais six mots d'anglais », raconta-t-il lui-même. Au prix d'efforts insensés, il parvint à s'imposer comme l'un des classiques de la littérature britannique de la fin du XIXe siècle. Il faut remonter au siècle précédent pour trouver d'autres exemples de passage littéraire d'une langue à une autre : on pense aux Vénitiens,

Casanova et Goldoni, qui écrivirent leurs Mémoires en français. Mais s'il est, certes, un auteur anglais, Joseph Conrad est plus que cela, un écrivain universel.

Le choix linguistique de Joseph Conrad est surprenant, et on ne peut qu'être en admiration devant cet homme déraciné, parlant, outre sa langue maternelle, le français et le russe, et qui réussit à édifier l'une des plus belles œuvres de la langue anglaise, œuvre qui le classe assurément parmi les plus grands. Néanmoins, le chemin vers l'Angleterre ne se parcourut pas aisément.

Enfant, il perd très tôt son père, déporté en raison de son engagement patriotique pour libérer la Pologne de la domination russe, puis sa mère, qui succombe de maladie comme de chagrin ; il est élevé par son oncle, Taddeuz, qui jouera dans sa vie un rôle déterminant, de la même manière que Conrad sera à jamais marqué par les positions politiques de son père et la persécution dont il fut l'objet.

À l'école, il manifeste un goût certain pour la géographie et se destine à la carrière de marin. À dix-sept ans, il débarque à Marseille avec une envie, une obsession, dont son œuvre sera pénétrée : la mer, le voyage, l'ailleurs. À vingt et un ans, déçu par son expérience de marin, il traverse la Manche. Peut-on imaginer que si Marseille l'avait davantage conquis nous aurions aujourd'hui inscrit à notre patrimoine littéraire un Joseph Conrad français ?

D'où lui vient ce goût de la mer ? La chose est un peu mystérieuse. Joseph Conrad, Ukrainien de Pologne, voit le jour dans une famille éclairée – son père est homme de lettres, auteur dramatique et traducteur. Il est par définition un terrien, a connu Lvov et Cracovie. Qu'importe. Notons simplement que rien ne le prédestinait au métier de marin.

Si sa première expérience maritime, comme il vient d'être mentionné, ne le satisfait pas, rien n'indique que la mer y soit pour quelque chose. On sait qu'il travaille sur divers bâtiments, dont certains se livrent à des transports illégaux pour le compte des milieux légitimistes et aristocratiques que Conrad fréquente volontiers. La désillusion est grande. Pour autant, il ne trahit pas sa vocation première, bien au contraire. En Angleterre, où après Marseille il réside, Conrad accomplit de petites traversées, puis prend de l'assurance. Il obtient finalement un brevet de capitaine et adopte, en 1886, la nationalité britannique — alors qu'il n'était jamais parvenu à obtenir de papiers d'identité en France. Cette deuxième période — la première étant sa jeunesse en Pologne — dure une vingtaine d'années, qu'il passe essentiellement sur les océans dans la marine marchande britannique. Le troisième temps de sa vie coïncidera avec l'installation en Grande-Bretagne et l'édification de l'œuvre — treize romans, vingt-huit nouvelles et deux recueils de récits de voyages —, écrite en relativement peu de temps — il meurt en 1924 — et dans laquelle mer et terre s'affichent en conflit permanent.

Si les océans occupent l'esprit et de nombreuses années de la vie de Joseph Conrad, écartons d'emblée l'idée, trop souvent répandue, que Conrad serait à proprement parler un écrivain de la mer, même si, en naviguant, il a incontestablement accumulé de l'expérience, des histoires, des images. Certes, il raconte admirablement les bateaux, les naufrages, la folie maritime, cependant, le fond de l'œuvre n'est pas là, mais plutôt, à travers des aventures exotiques, dans la complexité de l'analyse et la force symbolique. En outre, notre auteur n'est pas un grand professionnel mais, au contraire, un marin très moyen, qui ne recueille pas beaucoup de commandements. Joseph Conrad, à ne pas confondre avec les personnages de ses romans, n'est pas un héros des mers ; il finit d'ailleurs par poser son sac à terre en 1894, parce que son dernier navire, à bord duquel il devait emmener des immigrants au Canada, ne quitte le port de Rouen que pour aller désarmer de l'autre côté de la Manche, en Angleterre.

1894 : l'homme devient écrivain. Évidemment, la mutation ne se fait pas du jour au lendemain. Au cours de ses traversées, lisant Shakespeare dans les moments de répit, Conrad a commencé à penser au matériau que sa vie lui a déjà permis de rassembler, notamment ses voyages en Asie (Inde, Singapour, Bornéo) et en Afrique. Il s'est déjà essayé à la rédaction d'un texte — *Le Matelot noir* — grâce à l'impulsion d'un concours organisé par une revue en 1886. Ensuite, trois ans plus tard, il s'est lancé dans la rédaction de ce qui deviendra *La Folie Almayer*, qu'il interrompt finalement pour reprendre la mer et commander un vapeur du haut Congo.

À partir de 1895, toutefois, la littérature prend toute sa place et son expérience en mer nourrit les intrigues de *La Folie Almayer* (1895), d'*Un paria des îles* (1896), d'*Au cœur des ténèbres* (1899), de *Lord Jim* (1900), ou encore de *Typhon* (1902).

Rien de tel que la lecture d'une page de *Typhon* pour illustrer l'art de Joseph Conrad. *Typhon*, incontestablement l'un de ses textes les plus prodigieux, a été traduit en français par André Gide, qui figura parmi le petit nombre de personnes éclairées qui reconnurent le génie de Conrad. Rappelons, à cette occasion, combien André Gide a œuvré pour faire connaître, en France, certains auteurs d'outre-Manche !

Typhon, comme son nom l'indique, est en apparence l'histoire de la tempête que traverse un navire, le *Nan-Shan*, commandé par un marin, le capitaine Mac Whirr, qui semble assez falot et n'a physiquement rien d'extraordinaire. Ce n'est pas le propos de Conrad que de planter des personnages hors du commun. Ce qui l'intéresse, ce sont les microsociétés. Le bateau en est une. Dans cette mesure, la tempête n'est rien d'autre que l'événement qui va permettre aux individus de se révéler : ce sera le cas du capitaine Mac Whirr. Présentons également le nom du second de Mac Whirr, Jukes. Dans cet extrait, nous sommes plongés dans l'épisode du déchaînement des eaux.

« Jukes eut la vision de deux paires de bossoirs vides, surgis, noirs et sinistres, hors de la dense obscurité. Après eux pendait un bout de filin rompu, flottant au vent, et un débris de chaîne au bout d'une poulie de métal, qui bringuebalait à l'aventure, grâce à quoi Jukes comprit ce qui venait de se passer à moins de trois mètres de lui. Il allongea le cou, la bouche, hésitant vers l'oreille de Mac Whirr. Ses lèvres enfin le rencontrèrent, énormes, molles et trempées. Il cria : "Nos canots sont en train de filer, capitaine." Alors, il entendit de nouveau cette voix de tête assourdie, dont la vertu pacifiante était telle, parmi la discordance affreuse des bruits, qu'on l'eût dit venue de quelque contrée reculée, loin, au-delà du sombre empire de la tempête. Il entendit cela, une espèce de cri venu de très loin : "C'est bien." Jukes pensa d'abord qu'il n'était pas parvenu à se faire comprendre. Il insista : "Nos embarcations — je dis embarcations —, les canots, capitaine, deux ont disparu !" La même voix, à quelques pouces de lui et toutefois si lointaine, aboya judicieusement : "On n'y peut rien." »

Arrêtons-nous là un instant : les éléments se déchaînent, la tempête s'annonce, le ciel devient noir, arrivent des nuages incroyables, le vent se lève, et des hommes se retrouvent face à eux-mêmes ; les courageux seront peut-être des lâches, les lâches se révéleront des hommes courageux. Dans le huis clos isolé du bateau, tout peut arriver, en particulier du côté des humains.

Cette même problématique était déjà au cœur du roman que Joseph Conrad avait publié deux ans plus tôt, *Lord Jim*, et qui est également l'un de ses maîtres récits. Dans les deux cas, les navires transportent des cargaisons humaines ; dans *Typhon*, des coolies chinois, dans *Lord Jim*, des pèlerins qui vont à La Mecque.

Lord Jim, c'est l'histoire d'un homme qui a, par le passé, abandonné son navire et ses hommes au cours d'un naufrage et qui erre de port en port, aux confins de l'Asie, jusqu'à ce qu'un trafiquant, Brown, lui offre une chance de se conduire en héros.

On voit bien en quoi l'aventure maritime tient lieu de cadre pour une œuvre qui traite inlassablement de l'homme. Mac Whirr ou lord Jim ont-ils connu des vies trop singulières pour incarner des visages de l'humanité ? À cette question, Joseph Conrad devait répondre lui-même, en juin 1917 :

« [...] Peut-être mon Jim n'est-il pas d'un type largement répandu. Mais je peux sans crainte affirmer à mes lecteurs qu'il n'est pas le résultat d'une réflexion dévoyée de propos délibéré. Il n'est pas non plus une créature sortie des brumes du Septentrion. Par un matin ensoleillé, dans le décor banal d'une rade de l'Orient, j'ai vu passer sa silhouette émouvante et significative — sans l'ombre d'un nuage — parfaitement silencieux. Et c'est bien ainsi. C'est à moi qu'il revenait, avec toute la sympathie dont j'étais capable, de chercher les mots qui diraient ce qu'il signifiait. Il était "l'un de nous". »

Citons encore l'exemple du *Nègre du « Narcisse »* (1897), l'un des romans favoris de l'un de nous, Bernard Rapp en l'occurrence. Jimmy Whites, un grand Noir, forte gueule, arrive à bord d'un bateau. Il est malade et, aussi longtemps qu'il ne sera pas mort, il y aura des problèmes à bord — tempête ou calme plat. Tout l'équipage attend la fin de Jimmy Whites. Là encore, la mer est un décor, le bateau, une situation ; l'important est ailleurs, dans les cœurs et les âmes.

Chez Conrad, il est une manière d'approcher les hommes, de les raconter, qui est la plus humaine du monde. On a beaucoup répété que ses thèmes de prédilection étaient les éléments, la trahison ; il faut y ajouter ce regard « à hauteur d'homme ». On pense à l'un de ses personnages, Singleton, un vieux marin en fin de carrière, très touchant. Son bateau arrive à terre, les marins vont se faire payer.

« Un par un, ils s'avancèrent jusqu'à la table pour toucher le salaire de leur glorieux et obscur labeur. Ils raflaient l'argent avec soin dans leur large paume, le fourraient, confiants, dans leur poche de pantalon ou, tournant le dos à la table, comptaient avec difficulté dans le creux de leurs mains raides. "Le compte est bon, signez le reçu, là, là", répétait le commis avec impatience. "Que ces matelots sont stupides", pensait-il. »

C'est alors que Conrad se surpasse.

« Singleton se présenta, vulnérable, et embarrassé par la mauvaise lumière. Des gouttes brunes de jus de tabac pendaient dans sa barbe blanche. Ces mains qui n'hésitaient jamais à la grande lumière du large pouvaient à peine trouver le petit tas d'or dans la profonde obscurité du rivage. "Savez pas écrire ? dit le commis, choqué. Faites une marque, alors." Singleton traça péniblement une lourde croix et macula la page. "Quel répugnant vieux rustaud", pensa le commis. »

Singleton incarne dans le roman la mémoire des marins, c'est donc un personnage indispensable, essentiel, que le commis observe avec tant de mépris. On pense à la mythologie de Baudelaire dans *L'Albatros* : ces petites gens n'existent que dès lors qu'ils sont à bord du navire. Quand ils débarquent, leur vie s'éteint, perd son sens, et pour exister de nouveau ils n'ont pas d'autre choix que d'attendre un prochain bateau, un engagement qui leur fera reprendre vie et corps.

Il y a chez Conrad une humanité, une fraternité qui nous touchent infiniment, et qui justifient le qualificatif d'auteur universel. Paradoxalement, est-il vraiment un écrivain anglais ? En tout état de cause, il convient de souligner sa prouesse linguistique, car on sait à quel point il eut du mal à apprendre l'anglais. Son apprentissage s'est fait dans la douleur, à grand renfort de dictionnaires et de grammaires — on peut douter en effet de la légende qui veut qu'il ait acquis cette langue par ses lectures de Shakespeare —, et, s'il est parvenu à ses fins, c'est en grande partie grâce à ses amis, notamment Ford Madox Ford ou Galsworthy.

Reste que la démarche qui consiste à s'exprimer dans une langue qui n'est pas la sienne est bouleversante et réclame des efforts inouïs —

on pense à Baudelaire maîtrisant l'anglais pour traduire Edgar Poe. Chez Joseph Conrad, cela donne une chose assez bizarre, que l'on peut décrire comme une façon tout à fait particulière de mêler des préoccupations intimes, psychologiques, à des intrigues où les personnages sont sans cesse confrontés à l'action. Les romans de Conrad sont écrits en anglais par un auteur dont l'univers mental, le mode de narration, la manière dont les personnages occupent la scène ne sont pas britanniques. Cette dichotomie forme le cœur même de l'œuvre, aucun des deux aspects ne cédant le pas à l'autre, puisque l'on aurait tort de définir Joseph Conrad comme un écrivain abstrait, à l'unique ambition philosophique. Le talent qu'il déploya dans ses récits explique qu'un metteur en scène comme Hitchcock ait choisi de l'adapter au cinéma — *Agent secret* —, tout comme Coppola, qui s'inspira d'*Au cœur des ténèbres* — écrit en 1899 — pour réaliser *Apocalypse Now*. Le cadre de la guerre du Vietnam est au centre de la transposition, mais le cœur de la problématique est bien celui de Conrad : l'histoire d'un individu qui va en chercher un autre, en l'occurrence le colonel Kurtz, incarné à l'écran par Marlon Brando.

Conrad n'a pas été sous-estimé par ses contemporains. Des auteurs comme T. S. Eliot ou Virginia Woolf ont tôt fait référence à son œuvre, la première que traverse une mise en cause de la colonisation – on est au temps de Kipling. Pour la première fois, un auteur affirmait : « Tout cela n'est pas possible. »

Pour autant, malgré la reconnaissance de certains de ses pairs, la carrière d'auteur de Conrad ne s'est pas réalisée facilement : Conrad était un immense pessimiste, un homme torturé, passant son temps à se dénigrer. Écrire lui était une vraie souffrance, et il n'est que de se reporter à sa correspondance pour en prendre la mesure. Évoquant *Au Cœur des ténèbres*, il note : « Je suis en train d'écrire une mélasse impossible » ; à propos de *Lord Jim* : « C'est de la camelote. »

Il ne se faisait par ailleurs que peu d'illusions sur ses chances d'être compris d'un public qui le jugeait obscur, et qu'il avait tendance à mépriser, se plaignant de l'« inconcevable stupidité » de lecteurs enfantins en demande d'intrigues simplettes. Au fond, on peut établir un parallèle entre l'accueil de Conrad en Grande-Bretagne et celui de Saint-Exupéry en France, dont on a également prétendu que, pour être peut-être un auteur brillant, il n'en écrivait pas moins une œuvre sans objet et décorative.

D'où le choix de clore ces pages sur ces quelques lignes, que Conrad écrivit en préface au *Nègre du « Narcisse »*, et qui répondent à ses détracteurs, dont E. M. Forster, qui l'a beaucoup attaqué.

« La tâche que je m'efforce d'accomplir consiste, par le seul pouvoir des mots écrits, à vous faire entendre, à vous faire sentir et avant tout à vous faire voir. Cela et rien d'autre, mais c'est immense. Si j'y parviens, vous trouverez là, selon vos mérites, encouragement, consolation, terreur, charme, tout ce que vous exigez, et peut-être aussi cet éclair de vérité que vous avez oublié de réclamer. »

Bibliographie

Nouvelles complètes, Gallimard, « Quarto ».
Œuvres, Gallimard, « Bibliothèque de la Pléiade ».
Jeunesse, Gallimard, « Folio ».
La Folie Almayer, Gallimard, « Folio ».
La Rescousse, Gallimard, « Folio ».
Un paria des îles, Gallimard, « Folio ».
Gaspar Ruiz, « 10-18 ».
Au cœur des ténèbres, Mille et une nuits ; Gallimard, « Folio » bilingue ; Flammarion, « Garnier-Flammarion » ; Le Livre de poche bilingue.
La Flèche d'or, Gallimard, « Folio ».
Le Frère de la côte, « Folio ».
Le Nègre du « Narcisse », École des loisirs ; Gallimard, « L'Imaginaire ».
Typhon, Flammarion, « Garnier-Flammarion » ; Gallimard, « Folio » bilingue ; Gallimard jeunesse, « Mille soleils ».
Amy Foster, Flammarion, « Garnier-Flammarion ».

La Ligne d'ombre, « 10-18 » ; Flammarion, « Garnier-Flammarion ».
Le Duel, Gallimard, « Folio » bilingue ; Rivages, « Rivages Poche ».
Sous les yeux de l'Occident, Flammarion, « Garnier-Flammarion ».
Falk, Autrement.
L'Agent secret, Le Livre de poche ; « 10-18 » ; Gallimard, « Folio ».
Lord Jim, Flammarion, « Garnier-Flammarion » ; Gallimard, « Folio » ; Gallimard jeunesse, « Mille soleils ».
Une victoire, « 10-18 ».
Freya des Sept-Îles, Autrement.
Le Compagnon secret, Mille et une nuits.
Au bout du rouleau, Autrement ; Gallimard, « L'Imaginaire ».
Karain, Autrement.
Un sourire de la fortune, Autrement.
Sextuor, Le Livre de poche.
Les Idiots, Alfil.
Fortune, « 10-18 » ; Gallimard, « Folio ».
Un avant-poste du progrès, Actes Sud.
Paroles de sagesse, Calmann-Lévy.
Nostromo, Gallimard, « Folio » ; Flammarion, « Garnier-Flammarion ».
En dehors de la littérature, Critérion.
Inquiétudes, Gallimard, « Folio ».
Le Miroir de la mer, Gallimard, « Blanche ».
Histoires inquiètes, Gallimard, « Du monde entier ».
En marge des marées, Gallimard, « Blanche ».

ARTHUR CONAN DOYLE
1859-1930

— *Je crois que je ferais mieux de m'en aller, Holmes.*
— *Pas le moins du monde, docteur. Restez à votre place. Sans mon historiographe, je suis un homme perdu. Et puis, l'affaire promet ! Ce serait dommage de la manquer.*

Les Aventures de Sherlock Holmes, *1891-1892*

S'il est né à Édimbourg, en Écosse, en 1859, Arthur Conan Doyle — devenu sir Conan Doyle en 1900, pour avoir rédigé des textes patriotiques — est issu d'une famille irlandaise et catholique. Études chez les jésuites, diplôme de médecine en 1881, il existe assurément dans la biographie de Conan Doyle une vie avant Sherlock Holmes. Une vie plutôt bien remplie, puisque le jeune homme s'engage dans la marine après l'obtention de son titre de docteur en ophtalmologie et voyage dans les mers arctiques et le long des côtes africaines. Parallèlement, cette force de la nature — sportif accompli, pas loin de deux mètres de haut —, par goût, mais aussi pour compléter des fins de mois apparemment difficiles après son mariage, commence à écrire des intrigues policières. Sa première publication, *Une étude en rouge*, en 1887, lui fait abandonner sa première vocation.

Débute alors pour lui une seconde existence, intimement liée à l'invention, en 1887, d'un personnage — Sherlock Holmes — qui survécut largement à son créateur et demeure inscrit dans les imaginaires occidentaux. On en veut pour preuve l'existence, aujourd'hui encore, d'un fan club international, « Les Irréguliers de Baker Street » — Baker Street car Sherlock Holmes y habita, au numéro 221 B —, où le nom de Conan Doyle reste interdit, ses membres ne pardonnant pas à ce dernier d'avoir osé — à sa trente-sixième aventure — tuer leur héros. Conan Doyle, les habitués du club l'appellent seulement : « l'imprésario du docteur Watson ».

La première carrière du créateur de Sherlock Holmes a largement contribué à nourrir son invention. On sait que c'est alors qu'il étudie la médecine en Écosse que Conan Doyle rencontre un chirurgien du nom de Joseph Bell, dont la fréquentation ne contribue pas peu à la définition du personnage du futur détective. Le docteur Bell, en effet, arbore des manières assez inhabituelles. Il a coutume de recevoir ses malades, de les regarder, pour leur déclarer, par exemple, au terme de son observation : « Vous, vous avez trois enfants... et vous souffrez du foie. » On suppose, à la lecture des *Souvenirs et aventures* de Conan Doyle, qu'il tombait juste. Donc, le docteur Bell d'une part, le goût pour la science de l'autre : « Je ne vous parle pas de ce que je crois, je vous parle de ce que je sais », déclarera l'auteur pour qualifier une manière d'écrire où la science fait bon ménage avec l'enquête policière.

Conan Doyle aborde la littérature par la forme de la nouvelle, qui est en Angleterre un genre essentiel et reconnu. Au terme de son œuvre, il en aura publié cinquante-six, pour quatre romans. La première, *Une étude en rouge*, lui rapporte vingt-cinq livres et peu de lecteurs. Mais dès *Le Signe des quatre*, en 1890, il rencontre un public, en Grande-Bretagne et aux États-Unis. Ce pont entre les deux rives de l'Atlantique, on le retrouve à la source de son inspiration : l'Écossais Walter Scott d'un côté, l'Américain Edgar Poe de l'autre. Cependant, si Conan Doyle a, en matière de thèmes, des références affirmées, il élabore très rapidement une structure et des techniques narratives qui lui sont propres, originales autant qu'intéressantes.

Entre Sherlock Holmes et le docteur Watson, il impose un esprit. Chez Holmes, la déduction, une manière de mener enquêtes et raisonnements ; chez Watson, un mélange de naïveté, de maladresse, d'amateurisme qui met en valeur l'intelligence du premier. Le docteur Watson est en quelque sorte le lecteur lui-même : il est présent pour poser les mauvaises questions et permettre à Holmes d'apporter les bonnes réponses. Cependant Watson est utile à d'autres égards, puisqu'il est souvent le narrateur, tient la plume, exalte les qualités de Holmes et, d'intrigue en intrigue, développe à l'égard de son compagnon une admiration complice — qui est celle qu'éprouve du même coup le lecteur — en même temps qu'une amitié remarquable. Tellement remarquable qu'elle supporte des exemples caractérisés de maltraitance, comme en témoigne ce passage du *Chien des Baskerville* (1902) :

« J'ai peur, mon cher Watson, que la plupart de vos conclusions ne soient erronées. Quand je disais que vous me stimuliez, j'entendais par là, pour être tout à fait franc, qu'en relevant vos erreurs j'étais fréquemment guidé vers la vérité. »

Pour n'être pas très agréables à entendre, ces propos ne traumatisent pas Watson, lequel sait bien — comme le lecteur, d'ailleurs — que, s'il ne comprend pas grand-chose, c'est parce que tout est fait pour qu'il ne comprenne rien. En outre, il ne mâche pas ses mots lui non plus lorsqu'il brosse le portrait de Holmes.

« Sherlock Holmes, ses connaissances : en littérature, nulles ; en philosophie, nulles ; en astronomie, nulles ; en politique, faibles ; en botanique, spéciales ; en géologie, pratiques mais restreintes ; en chimie, approfondies... » En revanche, Watson lui concède élégamment certaines qualités : « joue bien du violon ; il est très adroit à la canne, à la boxe et à l'escrime, et il a une bonne connaissance pratique des lois anglaises ».

En vérité, la relation entre les deux hommes est plus équilibrée qu'elle n'en a l'air, et ce n'est pas un hasard s'ils partagent non seulement leurs aventures mais également leur logement. Il s'agit d'une relation classique de maître à disciple. Holmes apporte à Watson protection, sécurité, compétence et intelligence. Watson, pour sa part — médecin tout comme Conan Doyle —, est un auxiliaire précieux, voire indispensable, fiable, tenace et zélé.

Conan Doyle sait manier le chaud et le froid, les conventions et les transgressions. Ainsi, il n'est pas innocent que la plume de ce médecin ait inventé un Holmes héroïnomane, opiomane, cocaïnomane. Seuls les succès de l'enquêteur expliquent que le lecteur du début du siècle parvienne à passer outre de telles provocations. Il faut rappeler que Conan Doyle commence à écrire à la fin du règne de la reine Victoria, alors que l'Angleterre est sous le choc d'un certain nombre de crimes inexpliqués et vit dans la peur de Jack l'Éventreur.

Conan Doyle, de façon talentueuse, immerge ses textes dans cette atmosphère. Il dépeint admirablement le Londres des docks, la ville industrieuse et ses quartiers populaires. Au fond, il livre une sorte de manuel de la ville — il existe d'ailleurs un guide du Londres de Conan Doyle. On retrouve chez cet auteur, comme chez Defoe ou Stevenson, un souci documentaire. Conan Doyle connaît bien le monde dont il parle et y promène son personnage. Simenon ne s'y prenait pas autrement.

Conan Doyle et Sherlock Holmes sont indissociables, le second témoignant pour le premier. L'ironie et la distance rendent le procédé toujours plaisant, ainsi, lorsqu'un coupable est décrit de la sorte :

« Il a plus d'un mètre quatre-vingts, il est dans la force de l'âge, il porte des brodequins à talons carrés, il est venu ici avec sa victime dans un fiacre tiré par un cheval, qui avait trois vieux fers et un neuf à la patte antérieure droite. Son visage est haut en couleur et les ongles de sa main droite sont remarquablement longs. »

Conan Doyle se pastiche lui-même. C'est un

joueur. Citons cet extrait sur les pipes tiré des *Souvenirs sur Sherlock Holmes* :

« Les pipes sont parfois d'un intérêt extraordinaire, je ne connais rien qui ait plus de personnalité, sauf peut-être une montre ou des lacets de chaussures. Ici, toutefois, les indications ne sont ni très nettes, ni très importantes ; le propriétaire de cette pipe est évidemment un gaucher, solidement bâti, qui possède des dents excellentes, mais qui est assez peu soigné et qui ne se trouve pas contraint de pratiquer la vertu de l'économie. »

Comme on le voit, la particularité des histoires de Conan Doyle, par opposition à ce qu'écrira plus tard Agatha Christie, tient à une certaine manière d'appréhender le réel. Quand la mère d'Hercule Poirot sonde le factuel, le père de Sherlock Holmes joue de la déduction pure, rendue possible par une approche scientifique des énigmes. Le fil conducteur de Holmes se résume à cette trilogie : indices, déduction, hypothèses.

On se trouve alors aux balbutiements de la police scientifique, et l'irruption des romans de Conan Doyle à cette période doit peu au hasard. L'auteur s'appuie sur les débats de son temps : on ne parle que d'empreintes digitales, des théories de Lombroso, d'essais de criminologie. Il est tellement pris au sérieux que de véritables enquêtes lui ont été commandées. Il a fait libérer des présumés coupables, notamment un malheureux incarcéré parce qu'il était soupçonné d'avoir égorgé un cheval. Conan Doyle démontra que, le crime ayant été perpétré en pleine nuit, le suspect — à moitié aveugle — ne pouvait en être le responsable.

Cependant, si Conan Doyle est dans le roman policier comme un poisson dans l'eau, il arrive un moment où il éprouve un besoin impérieux de passer à autre chose. Son jumeau littéraire, Holmes, l'obsède, l'étouffe, et il décide un beau jour de le tuer, en le précipitant dans le gouffre d'Irenschenbach, en Suisse. « Ce sera lui ou moi », déclare-t-il.

Conan Doyle commence à écrire de vrais romans qui, pour avoir été publiés, tels que *La Compagnie blanche* ou *Le Brigadier Gérard*, ne méritaient sans doute pas de passer à la postérité. Quoi qu'il en soit, cette reconversion littéraire avait peu de chances de succès : Doyle avait sous-estimé la force de son invention première. La mort de Sherlock Holmes consterne les lecteurs, le public réclame son héros, la famille de Conan Doyle également, sa mère surtout. Alors le voici qui se résigne — probablement également pour des raisons financières liées à une offre très alléchante d'un éditeur américain — à ressusciter le détective, dans un nouvel épisode de ses aventures.

Sherlock Holmes revient donc, en 1902, de

manière assez maladroite, l'auteur faisant croire que cette nouvelle histoire est antérieure à la disparition du détective. Mais qu'importent ces petits arrangements, puisque ce retour s'incarne dans l'un des plus grands textes de Conan Doyle, *Le Chien des Baskerville,* texte dont Watson est au reste la figure dominante — ce qui atteste la permanence du malaise de Doyle à l'égard de Holmes.

C'est Watson qui est chargé de veiller sur le jeune Baskerville et lui encore qui nous présente l'intrigue par le truchement de sa correspondance et de son journal.

C'est dans ce texte également que Holmes sera contraint d'avouer à son ami :

« En vérité, Watson, vous vous surpassez. Je suis obligé de dire que dans tous les récits que vous avez bien voulu consacrer à mes modestes exploits, vous avez constamment sous-estimé vos propres capacités. Vous n'êtes peut-être pas une lumière par vous-même, mais vous êtes un conducteur de lumière. Mon cher ami, je vous dois beaucoup. »

Le Chien des Baskerville doit sans doute son impact au savant mélange de fantastique et d'enquête policière. Conan Doyle s'inspire d'une légende tenace du Norfolk datant de la première moitié du XVIIIe siècle, qu'il a entendue alors qu'il était venu y passer quelques semaines en villégiature. Il se racontait qu'il existait dans la lande un chien quasi surnaturel qui traversait régulièrement les terres à grande allure. L'auteur se nourrit de cette histoire pour tenir le lecteur en haleine. Le livre obtient un immense succès.

Quand le roman paraît, Conan Doyle est engagé dans la guerre des Boers, en Afrique du Sud, pour laquelle il s'est porté volontaire. L'homme est courageux. Il continue à écrire, cependant qu'à la suite de la mort d'un fils il s'adonne au spiritisme, tâchant de se convaincre qu'il pourrait, par ce biais, rester en contact avec son enfant. Après de nouveaux succès, et un tour du monde en famille, de conférence en conférence, il meurt dans le comté du Sussex en 1930.

Bibliographie

Œuvres complètes, Librairie des Champs-Élysées, « Les Intégrales du Masque » ; Robert Laffont, « Bouquins ».
Inédits et introuvables, Robert Laffont, « Bouquins ».
Les Exploits du Pr. Challenger et autres aventures, Robert Laffont, « Bouquins ».
Le Brigadier Gérard, Robert Laffont, « Bouquins ».

La majorité des œuvres de Conan Doyle est également disponible dans les diverses collections de poche. Certains titres sont publiés en version bilingue aux éditions Bordas, « Easy Readers ».

RUDYARD KIPLING
1865-1936

En ces jours-là, Baloo lui enseignait la Loi de la Jungle. Le grand ours brun, vieux et grave, se réjouissait d'un élève à l'intelligence si prompte.

Le Livre de la jungle, *1894*

Il a été, et de loin, l'écrivain anglais le plus célèbre de son temps, une légende vivante. Les palmes et les honneurs qu'a reçus Rudyard Kipling sont saisissants, et nous étonnent d'autant moins que, comme l'Angleterre de la reine Victoria, nous l'avons nous aussi beaucoup aimé. Il a su dire à ses contemporains et à ses compatriotes ce qu'ils voulaient entendre, mais aussi les mettre en garde : il n'est d'empire qui ne finisse par s'effondrer.

Mais qui lit d'autres livres de Kipling aujourd'hui que *Le Livre de la jungle* ? Cet homme fut le premier Prix Nobel de littérature anglais, en

1907, à l'âge de quarante-deux ans, il fut couronné en 1926 de la médaille d'or de la Royal Society of Literature, et fut l'ami — le confident — du roi d'Angleterre et un proche du président Roosevelt. Comment ce personnage extraordinaire, couronné de toute part, a-t-il pu peu à peu s'estomper dans les mémoires ?

Il existe des explications à cette relative occultation. Si, à compter de l'après-guerre et dans les années qui suivirent, on cessa de glorifier l'œuvre de Kipling, c'est qu'il avait été le chantre de l'Empire colonial britannique triomphant et qu'à ce titre il porte un lourd fardeau. Rappelons-nous qu'il est l'auteur d'un poème célèbre chantant les louanges de l'impératrice des Indes !

Kipling est né en 1865, à Bombay, dans une famille anglaise, ce qui explique déjà beaucoup. Il a vécu en Inde et il a aimé ce pays, qu'il a su admirablement raconter. S'il a cru très sincèrement à la mission civilisatrice des Anglais et glorifié l'importance des bâtisseurs de ponts, des constructeurs de chemins de fer, des fonctionnaires qui essayaient de faire de l'Inde un grand pays, il a également détesté les excès de la colonisation. S'il l'a peu dit, il l'a écrit — moins cependant qu'il n'en a mis en valeur les aspects à ses yeux éminemment positifs.

« De tous les rouages de l'administration que dirige le gouvernement indien, il n'en est pas de plus important que le service des bois et forêts. Le reboisement de la totalité des Indes est entre ses mains, ou le sera quand le gouvernement en aura les moyens financiers. Ses agents se battent avec des torrents de sable erratiques et des dunes mouvantes, qu'ils rejettent sur le côté, retiennent par des barrages à l'avant, et fixent sur le dessus par un tapis d'herbes grossières et des rangées de pins élancés selon les méthodes de Nancy. Ils sont responsables de tout le bois des forêts domaniales de l'Himalaya. »

On mesure combien ces discours sont devenus politiquement incorrects : on n'imagine pas aujourd'hui que l'on puisse célébrer les mérites de la colonisation ! Cela dit, Kipling peut faire penser, à certains égards, à deux auteurs français : Anatole France, écrivain officiel de la IIIe République, qui lui aussi reçut le prix Nobel et que personne ne lit plus, et Albert Camus, qui souffrit grandement, durant des années, de ses prises de position sur l'Algérie. Camus, comme Kipling, dans un autre genre, aima profondément le pays colonisé dans lequel il était né. À lire les propos de Kipling sur le petit peuple des fonctionnaires anglais en Inde, on songe inévitablement à la situation des Français d'Algérie, qui contribuèrent à la prospérité de l'Afrique du Nord et pour qui la décolonisation fut un déchirement. Ne doutons pas que les

Anglo-Indiens aient été profondément attachés à la vice-royauté des Indes ; de cet attachement, Kipling s'est fait le porte-parole attentif.

Enfant, il vit en Inde, donc, puis est élevé durant quelques années en Italie avant d'être envoyé en Angleterre, dans un collège du Devonshire, au sud du pays, où il connaît, avec sa bande de copains, toutes sortes d'aventures ; il les a racontées dans un livre qui demeure délicieux : *Stalky et Compagnie.*

À l'âge de dix-sept ans, il retourne en Inde et entame une carrière de journaliste à Lahore. Il écrit également des nouvelles pour des quotidiens de la métropole. Il sait, à l'évidence, que le succès ne viendra que de Londres. Déjà, il a accumulé la substance dont il fera toute son œuvre. De ce point de vue, Kipling appelle l'analogie avec Joseph Conrad.

Les nouvelles de Kipling exaltent les parfums de l'Inde victorienne, tels que humés par un Anglais. Un grand écrivain contemporain, Kingsley Amis, qui aimait beaucoup Kipling, disait : « L'Inde et Kipling étaient faits l'un pour l'autre. » La phrase est tout à fait juste, et leur rencontre a produit une œuvre. L'écriture déborde d'énergie, le regard de l'auteur est aiguisé. Le jeune écrivain et journaliste s'y montre plein d'allant et habile à croquer personnages et situations. Au fil de sept recueils de récits, il affirme son parti pris de réalisme, qui explique que l'on ait vu en lui un précurseur du roman de reporter à la Hemingway.

Puis Kipling voyage. À l'époque, l'Empire britannique comprend quatre autres grandes nations : l'Afrique du Sud, l'Australie, la Nouvelle-Zélande et le Canada. Il en fait le tour, poursuit la rédaction de ses nouvelles indiennes pour se fixer finalement aux États-Unis, dans le Vermont, durant quatre années. Là, il va écrire la part de son œuvre qui continue à nous être familière, en l'occurrence *Le Livre de la jungle*. Il a alors un peu moins de trente ans. Nous sommes en 1894.

« Il y eut un petit froissement de buisson dans le fourré. Père Loup, ses hanches sous lui, se ramassa, prêt à sauter. Alors si vous aviez été là, vous auriez vu la chose la plus étonnante du monde : le loup arrêté à mi-bond. Il prit son élan avant de savoir ce qu'il visait, puis tenta de se retenir. Il en résulta un saut de quatre ou cinq pieds droit en l'air, d'où il retomba presque au même point du sol qu'il avait quitté.

« — Un homme ! hargna-t-il, Un petit d'homme. Regarde ! »

Le Livre de la jungle — deux volumes, en réalité — raconte, comme chacun s'en souvient, l'histoire d'un petit garçon abandonné, Mowgli, qui va être élevé par les animaux de la jungle indienne. *Le Livre de la jungle* fourmille de noms formidables : les singes sont les Bandar-logs, la panthère noire, Bagheera, le si sympathique serpent, Kaa, le tigre félon aux yeux jaunes, Shere Khan, et le merveilleux ours, Baloo.

« La loi de la jungle, qui est de beaucoup la plus vieille du monde, a prévu presque tous les accidents qui peuvent arriver aux peuples de la jungle, et maintenant, son code est aussi parfait qu'ont pu le rendre le temps et la pratique. »

Il va sans dire que *Le Livre de la jungle,* dont nous venons de citer le début du deuxième tome, paru en 1895, n'est pas uniquement un charmant conte pour enfants, même si ceux-ci adhèrent à l'histoire avec délices et se sentent spontanément en empathie avec Mowgli et ses amis de la jungle. Les lecteurs anglais ne s'y sont pas mépris, d'ailleurs, et ce dès la sortie du livre. L'histoire est savoureuse, le propos riche en symboles, philosophique : il s'agit du récit d'une initiation, ou comment un garçon apprend à appréhender le monde à travers la flore et la faune puis s'impose comme le petit roi de ce monde qui l'a pourtant devancé dans le temps. Supérieur forcément parce que humain, il devra, au terme de son apprentissage, s'en retourner vers l'univers auquel il appartient, celui des hommes. Il y a de l'idéologie impériale dans cette histoire. Mais à quoi bon bouder le plaisir que procure cette lecture ?

Kipling excelle dans la veine du roman d'aventures et, comme Charles Dickens, a été largement captivé par le monde de l'enfance. Il publie en 1901 un autre livre savoureux, *Kim*. Il y est également question des aventures d'un enfant en Inde, fils d'un soldat d'origine irlandaise, qui est tué, et d'une mère, qui meurt de maladie. Kim est alors recueilli par des Indiens et bientôt chargé de toutes sortes de missions à caractère secret pour le compte du contre-espionnage anglais. Il va traverser le sous-continent indien, passer de Lucknow à Lahore, et rencontrer des personnages tous plus extravagants les uns que les autres. Une fois encore, on se situe du côté du récit d'apprentissage. Mais c'est surtout un magnifique tableau de l'Inde. On en voit le ciel, on en sent la mousson, les odeurs… *Kim* est un livre magique.

Bien avant *Kim*, en 1896, Rudyard Kipling a regagné l'Angleterre, où il s'est établi et qu'il ne quittera plus, sauf pour effectuer quelques voyages. Cependant, durant ses périodes indienne, américaine, anglaise, jamais il ne se départira de sa passion pour l'Empire. Nous conservons, à ce titre, une tendresse particulière pour certains de ses très courts textes, sortes de ballades de chambrée, consacrés à la vie sous la tente des soldats coloniaux, en Inde comme au Pakistan : la nature, la vie de caserne, le sentiment tout britannique de l'honneur… Il y a là quelque chose de vrai, de sincère, d'infiniment touchant. On retrouve d'ailleurs ces mêmes personnages, de simples soldats, dans une nouvelle splendide si heureusement adaptée au cinéma en 1975 par John Huston, avec Sean Connery et Michael Caine, *L'homme qui voulut être roi* : deux anciens soldats de l'armée coloniale se rendent au Kafaristan, par-delà l'Afghanistan, et deviennent des héros mythiques après avoir aidé un village à combattre contre une ville voisine. Leur prestige dure jusqu'à ce qu'une femme révèle aux villageois que les deux amis ne sont que des hommes.

Il y a incidemment du Hemingway dans Kipling, un sens de la nature et de la destinée ; du Hemingway mais aussi du Joseph Conrad, comme nous l'avons déjà mentionné. Kipling a d'ailleurs beaucoup écrit sur la mer, notamment ce roman héroïque qu'est *Capitaines courageux* (1897). Mais Kipling livre aussi des nouvelles, folles et merveilleuses, telle que *Le Perturbateur de trafic*, portrait d'un homme en charge d'une passe dans les Célèbes et qui devient fou parce qu'il ne supporte plus que les bateaux dessinent des sillages sur la mer. Il va donc planter de fausses bouées d'épaves pour empêcher les navires d'emprunter le détroit.

Kipling est un auteur aux multiples facettes. Citons encore les *Histoires comme ça*, écrites pour sa petite-fille, qu'il appelle Mieux-Aimée. Dans *Histoires comme ça*, il évoque un certain nombre de mythes, telles la naissance de l'écriture ou la relation étrange entre les animaux et les hommes, notamment dans les pays chauds. On trouve dans ce recueil l'histoire du rhinocéros qui change de peau selon les saisons. Et ne voilà-t-il pas qu'un jour un parsi, c'est-à-dire un adepte de la religion parsie, décide de faire une farce au rhinocéros. Qu'invente-t-il ? Comme il fabrique des gâteaux, il s'amuse, tandis que le rhinocéros mue, à glisser des raisins secs très durs dans la peau que revêt le rhinocéros. Celui-ci commence à se gratter et bientôt souffre atrocement. De là provient l'idée répandue, légendaire, de la mauvaise humeur du rhinocéros.

Jamais Kipling ne se trouva en manque d'imagination pure, ce qui est paradoxal tant on pourrait penser que les événements vus et vécus par lui ont façonné son œuvre. Dans *La Plus Belle Histoire du monde*, une très courte nouvelle, un jeune homme vient voir un éditeur, lequel se rend compte que ce garçon n'est pas très intelligent, mais qu'il a le souvenir de toutes ses vies passées. Or ce garçon a vécu de nombreuses existences : il a été, entre autres, galérien et gladiateur. Et l'éditeur de lui demander de raconter tout ce dont il se souvient. Une restriction, et de taille, lui est imposée : si ce jeune homme tombe amoureux, il perdra la mémoire. Inutile de préciser ce qui va advenir.

La mémoire, Rudyard Kipling n'en a jamais

manqué. Outre ses romans et ses nouvelles, il a écrit des textes autobiographiques, publiés après sa mort, survenue à Londres en 1936. Le moins que l'on puisse faire, aujourd'hui, c'est de redécouvrir son œuvre.

Bibliographie

Œuvres complètes, Gallimard, « Bibliothèque de la Pléiade » ; Robert Laffont, « Bouquins ».

Par ailleurs, la majorité des livres de Rudyard Kipling est publiée dans les diverses collections de poche et dans plusieurs éditions pour enfants.

GILBERT KEITH CHESTERTON
1874-1936

— Eh bien ! Quelle est votre théorie ?
Le père Brown rit.
— Pour une fois, je suis en vacances, dit-il. Je ne bâtis aucune théorie. Seulement cet endroit me rappelle des contes de fées et, si vous voulez, je vais vous en raconter un.

La Sagesse du père Brown, *1914*

Gilbert Keith Chesterton est sans doute l'un des rares écrivains dont les œuvres figurent dans trois rayons notablement différents des grandes bibliothèques : critique littéraire, essai historique et roman policier. Le lire est une expérience mémorable, tant sa pensée est surprenante, notamment pour les Français. Sans compter qu'on lui doit l'invention d'un fameux détective portant soutane, le père Brown.

Gilbert Keith Chesterton — G. K. Chesterton

— est un esprit paradoxal, indépendant, extraordinairement anglais. Ses livres sont, pour certains, très amusants à lire, même si la première lecture est quelquefois un peu troublante : il n'est pas toujours aisé de comprendre exactement de quoi il est question — volontiers métaphysique, mêlant les styles et les influences, l'auteur déroute les esprits par trop cartésiens. Cet écrivain, peu connu en France, occupe une place considérable dans le monde anglo-saxon, et à juste titre.

Lorsqu'il voit le jour à Londres, en 1874, nul doute que les fées font cercle autour de lui, penchées sur son berceau. Il sera à la fois écrivain, journaliste, polémiste, philosophe, excellent dessinateur, conférencier, économiste — et inventeur d'un genre, le « distributisme », qui fait sourire. Entre le moment où il commence à écrire, vers l'âge de seize ans, et sa mort, à soixante-deux ans, il produit plus de cent livres. Référence en même temps que célébrité, il est le contemporain du grand quatuor français — Gide, Claudel, Valéry, Proust.

Journaliste dans l'esprit dès l'adolescence, Chesterton est porté par ses goûts et son talent vers une formation artistique. Parallèlement à des cours de lettres imposés par son père, qui rêve pour lui d'une carrière d'écrivain, en rupture avec ses parents il se consacre au dessin et à la peinture, dont il étudie l'histoire et la technique. Il illustre des textes de copains. Cependant, très vite il écrit lui aussi des articles, vigoureux, dans l'organe de débats de son collège. Il ne tarde d'ailleurs pas à illustrer ses propres travaux. L'essai le motive plus que la fiction : articles de polémique où il défend ses positions démocrates et libérales, analyses littéraires..., il exerce avec brio son esprit singulier. Critique violent des positions impérialistes de Rudyard Kipling, il s'intéresse à l'approche biographique de gloires littéraires telles que Robert Louis Stevenson ou Charles Dickens. Il a tout juste dépassé la trentaine lorsqu'il publie sur ce dernier un texte qui, par sa violence, a de quoi laisser le lecteur stupéfait. Sa vision de la littérature anglaise est toujours en rupture avec les sujets sur lesquels il s'exprime. Dialecticien, il n'aime rien tant que l'opposition.

L'homme est en effet paradoxal. Avec ses grands amis, H. G. Wells, George Bernard Shaw, socialistes et hommes de gauche, il polémique ardemment sur les questions politiques, religieuses, philosophiques ou économiques. Bien que leur vouant une amitié chaleureuse, il n'a de cesse que de les affronter avec véhémence. Favorable à la famille et à une certaine idée du capitalisme, il déteste leurs options, qu'il juge collectivistes. Sa simple manière d'être avec les autres le rend sympathique et intéressant : toujours en discussion mais n'oubliant jamais l'amitié. Ce balancement est son mode de fonctionnement pour toute chose.

Les critères français nous feraient dire qu'il pense un peu tout et son contraire, du fait même de son esprit de révolte : il est à la fois pour le progrès et contre l'organisation du progrès ; il n'aime pas les syndicats, ni tout ce qui ressemble à de l'embrigadement, mais il est ferme sur ses convictions idéologiques, comme l'anti-impérialisme. Durant la guerre des Boers, en Afrique du Sud, il prend parti pour ces derniers, chose rare en Angleterre, et témoigne d'un vrai courage. En vérité, Chesterton est tout autant démocrate que réactionnaire, mais réactionnaire au sens étymologique du mot, c'est-à-dire celui qui réagit contre les idées reçues. On peut lire, en 1910, dans *Ce qui cloche dans le monde*, texte qui provoqua sa rupture avec certains de ses amis libéraux, ces propos sur la démocratie :

« L'Angleterre est gouvernée par une oligarchie. Il me suffit pour m'en rendre compte de savoir qu'un homme a pu s'endormir il y a une trentaine d'années en lisant son journal, qu'il s'est réveillé la semaine dernière en lisant le dernier numéro de ce même journal, et qu'il a pu croire en le lisant qu'il s'agissait des mêmes personnes. Dans le premier journal, il aurait trouvé un lord Robert Cecil, un M. Gladstone, un M. Windom, un Churchill, un Chamberlain, un Trevelian ou un Buxton. Dans le dernier, il aurait trouvé un lord Robert Cecil, un M. Gladstone, un M. Windom, un Churchill, un Chamberlain, un Trevelian ou un Buxton. Sans doute est-ce ce que l'on appelle être gouverné par d'extraordinaires coïncidences démocratiques. »

Chesterton possède un sens de l'humour dévastateur... Cet humour est à l'œuvre dans ses premiers romans. On a dit qu'il avait commencé par l'essai. En 1904, il publie un livre formidable, d'inspiration fantastique, intitulé *Le Napoléon de Notting Hill* — qui rappelle deux films bien connus : *La Souris qui rugissait,* de Jack Arnold, et *Passeport pour Pimlico,* de Henry Cornelius.

Le Napoléon de Notting Hill est l'histoire d'un homme qui se réveille un beau jour dans un temps ultérieur, indéfini, et qu'on proclame roi d'Angleterre. Cependant, tout titulaire de la couronne britannique qu'il soit, il connaît de gros soucis : un individu, qui se proclame le chef de Notting Hill, un quartier de Londres, réclame l'indépendance de son territoire. L'essence du roman tient dans l'affrontement entre les deux personnages.

Quelques années plus tard, en 1908, il publie l'un de ses plus grands livres : *Le Nommé Jeudi,* paru sous le titre *Le Cauchemar.* Jouant de ses propres paradoxes — « [...] ce qui donnait, je crois bien, à ma personnalité morale, un strabisme des moins attrayants » — et de la crédulité du lecteur, Chesterton plante deux personnages, deux poètes londoniens, l'un catholique, partisan de l'ordre, et l'autre anarchiste, qui débattent de la nature de la poésie. L'un explique à l'autre que, pour le convaincre, il va le faire entrer dans une société secrète anarchiste extrêmement difficile à pénétrer. Cette société secrète compte sept membres, qui portent, chacun, le nom d'un des jours de la semaine — d'où le titre, *Le Nommé Jeudi*. Leur chef s'appelle Dimanche. Mais, évidemment, ce qu'ils vont découvrir dans cette confrérie n'a rien à voir avec ce à quoi le lecteur s'attend, puisque six des sept comparses sont des agents secrets rétribués par la police. Seul Dimanche fait exception.

Ce qui est extraordinaire, c'est qu'il ne se passe rien de bien criminel. Il s'agit surtout de retrouver ce Dimanche qui s'est enfui, et qui incarne tout ce que Chesterton déteste : le refus de l'ordre. Certains scènes du roman sont inimaginables, en particulier celle, à la fin du roman, où M. Dimanche s'envole en ballon, poursuivi par nos deux poètes et les autres membres de la société secrète. Voici ce que voient les poursuivants :

« Pas de doute possible en effet ; à deux cents mètres de là, à travers la pelouse, toute une foule bruyante et gesticulante à ses talons, un énorme éléphant gris passait à grandes enjambées, le corps aussi rigide que la carène d'un vaisseau, et barrissait comme la trompette du Jugement, et sur le dos de l'animal, le président Dimanche siégeait, plus calme que le sultan sur son trône. »

S'ensuivent une digression et cette remarque typiquement « chestertonienne », si l'on ose dire, à propos des animaux. Le personnage observe les pélicans, avec leur cou bizarrement pendant ; il se demande pourquoi le pélican est le symbole de la charité et pense soudainement : « Peut-être à cause de la charité qu'il faut pour admirer un pélican. »

Homme d'aphorismes, comme le fut Wilde en son temps, Chesterton avait le sens de la formule. Il aimait à proférer des choses terribles, comme cette phrase : « On n'arrive pas à croire qu'aussi peu d'hommes politiques aient été pendus », ou encore : « La Bible nous a appris d'abord à aimer nos voisins, puis à aimer nos ennemis. C'est normal, ce sont les mêmes. » Sur les artistes, dont il était, mais auxquels, pour certains, tels les impressionnistes, il ne comprit rien : « Les artistes souhaitent que la société se décompose de la même manière que les vers souhaitent que le corps se décompose. » Sur le progrès, il disait : « Le progrès, c'est comme des voitures de course qui seraient bloquées dans un embouteillage. » Pour être réactionnaire, en effet, la phrase, rapportée à son époque, était-elle tout à fait fausse ?

Il est d'autres aspects curieux de la personnalité de Chesterton. Il en est au moins un autre, essentiel, déjà en germe dans la rédaction du *Nommé Jeudi* : son évolution, lente, tardive mais décisive, vers le catholicisme. S'il ne se convertit officiellement qu'en 1922, il fait, dès les premières années du siècle, une rencontre certainement déterminante avec un ecclésiastique, le père O'Connor, catholique bien entendu, qui va l'influencer doublement, d'une part en le faisant changer de foi après un voyage à Jérusalem, d'autre part en lui inspirant un personnage de roman.

« Païen à douze ans, agnostique à seize », disait Chesterton de lui-même. Faut-il, connaissant le personnage, attacher de l'importance à la réalité de sa conversion au catholicisme ? Est-il mû par sa foi ou agit-il pour provoquer ses voisins ? À ses yeux, le catholicisme est l'expression de la révolution de la pensée. Son goût pour le scandale — c'est-à-dire pour ce qui donne à réfléchir et permet d'avancer —, son assurance que seul le message du Christ en porte la marque ne seraient-ils pas la clé de l'énigme ? Dans *Ce qui cloche dans le monde*, il compare par exemple calvinistes et catholiques :

« La différence entre puritanisme et catholicisme ne porte pas sur le sens ou le caractère sacré d'un mot ou d'un geste sacerdotal. Elle porte sur le sens ou le caractère sacré de chaque mot, de chaque geste. Pour le catholique, un acte quotidien sur deux est dramatiquement voué au service du bien ou du mal ; pour le calviniste, aucun acte ne saurait revêtir pareille solennité, car son auteur, prédestiné de toute éternité, ne fait qu'accomplir son temps jusqu'au jour du Jugement dernier. Pour moi, la vie terrestre est un drame, pour lui elle est un épilogue. »

En 1911, Chesterton invente le personnage du père Brown, dont il va dérouler les aventures policières au fil de cinq recueils — *Le Secret du père Brown, Le Scandale du père Brown, L'Incrédulité du père Brown*, etc. —, jusqu'en 1927, qui portent pour nom générique : *Histoires du père Brown*. Selon les cas, les volumes contiennent une ou plusieurs histoires : ils ont tous rencontré un immense succès.

Le père Brown est un prêtre qui fait profession d'être détective. Confronté à des intrigues complexes, il triomphe grâce à sa simplicité et à son innocence. La foi lui confère sa clairvoyance, puisqu'elle lui donne accès à la réalité vraie des êtres et des situations, tandis que ceux qui ne la possèdent pas ne savent pas, au sens propre, à quel saint se vouer. Voici la description du père Brown :

« Après un "Entrez" un peu sec mais poli, la porte de la pièce s'ouvrit, livrant passage à un petit être informe, qui paraissait aussi embarrassé de son chapeau et de son parapluie que s'il avait été porteur d'une quantité de bagages. Le parapluie était un paquet noir et inélégant, maintes fois rapiécé. Le chapeau était noir aussi, et à large bord roulé, ecclésiastique sans aucun doute, mais d'un modèle peu courant en Angleterre. L'homme était la personnification de la simplicité et de la maladresse. »

Avoir du cœur est la clé de l'existence : tel est le message de Chesterton. À compter de sa conversion, il rédige des essais sur la question religieuse et des biographies de saint François d'Assise ou encore de saint Thomas d'Aquin, achevant ainsi une œuvre foisonnante, passionnante et parfaitement atypique.

Bibliographie

La Sagesse du père Brown, *L'Incrédulité du père Brown*, *Le Secret du père Brown*, Gallimard, « Du monde entier ».
Le Scandale du père Brown, Gallimard, « Folio ».
Le Club des métiers bizarres, Gallimard, « L'Imaginaire ».
Le Nommé Jeudi, Gallimard, « L'Imaginaire ».
Le Napoléon de Notting Hill, Gallimard, « L'Imaginaire ».
L'Auberge volante, L'Âge d'homme.
Le Club des fous, L'Âge d'homme.
Les Quatre Petits Saints du crime, L'Âge d'homme.
Le Retour de Don Quichotte, L'Âge d'homme.
Robert Louis Stevenson, L'Âge d'homme.
Le Siècle de Victoria, L'Âge d'homme.
Le monde comme il ne va pas, L'Âge d'homme.
L'Homme éternel, Dominique Martin Morin.
Les Paradoxes de Monsieur, L'Âge d'homme.
L'homme qui en savait trop, L'Âge d'homme.

Le Défenseur, L'Âge d'homme.
Supervivant, L'Âge d'homme.
La Sphère et la Croix, L'Âge d'homme.
Saint Françoise d'Assise, Dominique Martin Morin.
Saint Thomas du créateur, Dominique Martin Morin.
L'Homme qu'on appelle le Christ, Nouvelles Éditions latines.
Paradoxe et catholicisme, Les Belles Lettres.

EDWARD MORGAN FORSTER
1879-1970

Autant commencer par les lettres d'Hélène à sa sœur.

Howards End. *Mardi*

Meg Chérie,
Nous nous serons bien trompées. La maison est vieille, petite, absolument délicieuse — des briques rouges. Il faut nous comprimer pour y tenir et Dieu sait ce qui se passera demain, à l'arrivée de Paul (le fils cadet).

Howards End, *1910*

Les Français ont peu lu Forster, pourtant, son nom est largement répandu grâce au cinéma. Trois films ont été transposés de ses romans par le cinéaste américain — et non pas britannique, comme on pourrait le croire — James Ivory : *Chambre avec vue*, adapté d'*Avec vue sur l'Arno*, *Retour à Howards End* et *Maurice*.

Cependant, on sait que Forster se serait opposé à la production de ces films s'il avait été vivant et qu'il détestait l'idée de l'adaptation.

Être fidèle à Forster suppose de l'aborder par ses écrits et sa biographie. Forster, c'est l'envie du Sud et la quête de soi. Formé à Cambridge, il voyage en Italie, en Égypte, en Inde, où il puise la matière de plusieurs de ses romans. Mais l'Angleterre inspire aussi celui qui résumait ainsi son propos : *Only connect* — mettre en relation.

Edward Morgan Forster est mort en 1970 à Coventry, à l'âge de quatre-vingt-dix ans. Il était né en 1879, à Tonbridge. Élevé par des femmes âgées, ses tantes, il a été orphelin très jeune, à l'âge de deux ans. Journaliste et romancier, il a publié l'intégralité de son œuvre littéraire entre 1905 — *Monteriano* — et 1924 — *La Route des Indes*.

Un des éléments essentiels de son existence comme de sa carrière est l'homosexualité. Oscar Wilde n'est pas loin et, à l'époque où Forster publie ses romans, l'homosexualité reste profondément choquante. E. M. Forster lui-même a lié directement œuvre et vie privée. Après avoir déclaré que s'il avait arrêté d'écrire des romans c'était « parce que je n'ai plus rien à dire », il reviendra sur cette déclaration, à l'âge de quatre-vingt-cinq ans, pour écrire cette phrase terrible, touchante : « J'aurais été un romancier plus célèbre si j'avais écrit ou plutôt publié davantage, mais le sexe s'y est opposé. »

Forster aime donc les hommes, mais il n'est pas question d'en convenir. Il connaît son époque : de très grands scandales ont lieu autour de lui. L'un de ses collègues, notamment, qui, dans un livre, a évoqué son homosexualité, a vu sa vie brisée. La volonté de Forster de passer ses préférences sexuelles sous silence se paie donc au prix fort. En 1913, il écrit *Maurice*, roman admirable, d'une finesse et d'un culot remarquables, mais le roman n'est pas publié. Il ne le sera qu'en 1971, à titre posthume.

On l'a mentionné, Forster fait ses études à Cambridge, dans le célèbre King's College. Là, il se lie avec un groupe qui va être le moteur d'une révision totale de la vie intellectuelle britannique dans les années 1910, groupe que l'on a appelé le « groupe de Bloomsbury », du nom du quartier de Londres, dans le West End, où vivait alors Virginia Woolf. Économistes, écrivains, essayistes, ils sont plusieurs artistes et intellectuels, rétifs à la société victorienne, à se réunir régulièrement. Autour de Leonard Woolf, mari de Virginia et grand éditeur, Forster côtoie l'économiste John M. Keynes, Roger Fry, Lytton Strachey — quintessence de l'excentrique à l'anglaise rendu célèbre, lui aussi, par le cinéma, grâce au film *Carrington*. Dans cette ambiance, Forster inspire une bouffée d'oxygène. Mais, assez vite, il s'éloigne de la Grande-Bretagne. S'il a adoré Cambridge et la campagne anglaise, il ressent l'appel de l'ailleurs : il a des envies de soleil et se dirige vers le Sud — il est loin d'être le seul, et on comprend pourquoi. De nombreux romanciers et esthètes anglais ont séjourné longuement dans les pays du sud de l'Europe, quand ce n'était pas plus loin encore.

Au cours de son premier séjour en Italie, Forster rédige le roman qui inaugure sa carrière d'auteur, *Monteriano*. C'est là également qu'il puise la matière de son admirable *Avec vue sur l'Arno*, en 1908. Fou de l'Italie, il s'en éloigne néanmoins, dès 1911, et gagne l'Égypte, puis l'Inde, où il loge chez un maharadjah. L'Inde qui l'impressionne plus que tout, au point qu'il y retourne en 1921 — prémice à la publication, en 1924, de sa *Route des Indes*, considérée comme son œuvre maîtresse. Lorsqu'il aura abandonné l'écriture romanesque, il rédigera de nombreux textes sur les écrivains indiens ; il est l'auteur d'une étude magnifique sur Rabindranath Tagore.

Le conflit entre les conventions sociales et les pulsions intimes est, de manière générale, la marque de l'inspiration de Forster. Et si l'on devait résumer sa position face au monde, il faudrait reprendre sa propre définition, cet *Only connect*, qui figure dans *Howards End*.

Il existe bien des manières de traduire ces deux mots. *Only connect*, c'est mettre en relation, c'est aussi faire en sorte que les époques, les genres qui s'opposent puissent parvenir à une sorte d'harmonie. Rapprochements, abolition des différences..., une problématique assez éloignée, il faut le reconnaître, des priorités de l'Angleterre des années 1910.

Forster l'évite donc, cette Angleterre. On peut même penser qu'il aime en Italie — par-delà le soleil — précisément ce qui n'est pas britannique. Prenons *Avec vue sur l'Arno*. Dans ce roman, tout ce qui est italien est clair, beau, sympathique, vivant, tandis que tout ce qui est anglais est rigide et sombre. *Avec vue sur l'Arno* se passe à Florence, qui est traversée par le fleuve Arno, et le livre commence dans une pension de famille par un échange de chambres, parce que l'important, précisément, c'est de jouir de la vue sur le fleuve Arno. Cette vue, deux demoiselles anglaises vont l'obtenir, grâce à deux gentlemen, un père et un fils, qui, par bonne éducation, leur proposent la perspective tant prisée. Des relations se créent, des sentiments naissent, et le lecteur va bientôt voir s'affronter deux entités : le Nord et le Sud, l'Angleterre refermée sur elle-même qui cependant aimerait bien accéder à un monde ensoleillé et l'Italie détendue et épanouie. Les amoureux ne seront pas seulement des hétérosexuels, et l'homme venu du Nord trouvera auprès d'un homme du Sud une forme de libération.

« Le jeune homme abaissa son regard vers les trois dames, qui eurent l'impression, tant leurs fauteuils étaient bas, d'être assises sur le parquet. "Mon père, dit-il, est dans sa baignoire. Vous ne pouvez donc le remercier personnellement, mais tout message transmis de vous à moi le sera de moi à lui aussitôt qu'il émergera." La baignoire était de trop pour miss Bartlett. Toutes les barbes aiguës de sa politesse se rebroussaient à contre-poil. »

Nous avons déjà évoqué *La Route des Indes* (1924), peut-être le plus grand livre de Forster. Il connut un très gros succès, et fut le dernier roman de l'auteur. Son thème ? Le rapprochement entre les univers anglais et indien, le colonisateur et le colonisé. Là encore, à la manière de Forster, deux sociétés s'opposent.

Le personnage principal est un médecin de religion musulmane, Aziz, très ami avec un fonctionnaire britannique en place. Autour d'eux, des visiteurs, britanniques eux aussi, qui s'efforcent de considérer la société indienne avec une certaine sympathie, en particulier deux femmes qui visitent un haut lieu touristique. Dans ces grottes étranges, les grottes de Mirabar, résonnent quantité d'échos ; soudain, durant l'un de ces échos, les deux Anglaises ont le sentiment que ce médecin indien veut abuser d'elles. Elles portent plainte, le malheureux va en prison, et la chute ne sera pas heureuse. À la fin du roman, Forster écrit la chose suivante, plus qu'étonnante, puisque la rédaction se situe en 1924 :

« L'Inde sera une nation ! Pas d'étrangers d'aucune sorte ! Les hindouistes, les musulmans, les sikhs, et tous ne feront qu'un ! Hurrah pour l'Inde ! Hurrah ! Hurrah ! L'Inde, une nation, quelle apothéose ! Dernière venue à la sale fraternité du XX° siècle, se tortillant maintenant pour se faire une place ! »

Et de poursuivre :

« À bas les Anglais, en tout cas. Voilà qui est sûr. Déguerpissez, mes amis, et en vitesse, vous dis-je. Nous pouvons nous haïr mutuellement, mais c'est vous que nous haïssons le plus. Si je ne vous fais pas partir, Ahmed le fera, Karim le fera, et s'il faut cinquante fois cinq cents ans, nous nous débarrasserons de vous quand même, oui, nous flanquerons tous les Anglais du diable à la mer, et alors... Et alors, conclut-il en l'embrassant à demi, vous et moi pourrons être amis. »

Forster est là, dans cette opposition : l'amitié pour prix de l'indépendance.

Cette opposition vaut pour *Howards End*, avec lequel il atteint la célébrité. Il a trente et un ans quand il le publie, et déjà est présent l'antagonisme entre, d'un côté, le traditionalisme borné de Mr Wilcox et, de l'autre, le modernisme et l'ouverture d'esprit intuitive des deux jeunes sœurs Schlegel. En outre, il y a chez Forster une manière d'introduire les personnages qui justifie qu'André Maurois l'ait qualifié de Proust anglais. Cette manière particulière est évidente dans *Howards End*, intitulé dans l'édition originale *Le Legs de Mrs Wilcox*.

Mrs Wilcox se prend d'amitié pour une jeune femme d'origine allemande, l'aînée des sœurs Schlegel, et va lui léguer cette très belle maison qu'est *Howards End*, où son mari ne va plus. Le roman évolue vers une histoire d'amour très étrange, très inattendue, entre le mari, homme traditionnel, et cette jeune femme très moderne — situation qui ne manque pas d'intérêt si on la replace dans le contexte de l'époque. Forster raconte ainsi la rencontre entre Mrs Wilcox et Margaret :

« Le déjeuner intime qu'elle donna en l'honneur de Mrs Wilcox ne fut pas une réussite. Entre la nouvelle amie et les deux ou trois personnes exquises invitées à la rencontrer, le mélange ne se fit pas, et les goûts de Mrs Wilcox étaient simples, sa culture restreinte, et elle ne s'intéressa ni au New English Art Club, ni à la frontière entre littérature et journalisme. »

Néanmoins, les deux mondes parviendront à s'entendre et les deux femmes à devenir de grandes amies. Il y a assurément du Proust dans cette description d'un salon anglais de la Belle Époque.

E. M. Forster, contemporain de Joyce, de D. H. Lawrence, de Virginia Woolf ou de Somerset Maugham, est, comme eux, un grand conteur. Et, comme eux, il prend le parti du corps. Le corps a ses raisons, cependant, dans la littérature anglaise, et jusqu'à lui, jusqu'à D. H. Lawrence, le corps a été intériorisé, caché, les pulsions secrètes dissimulées. Forster, lui, affirme son existence avec une exigence de liberté, liberté pour soi comme respect de la liberté de l'autre.

Prendre son époque à rebrousse-poil, telle est l'une des volontés de Forster. L'Inde, par exemple, a toute sa place dans ses préoccupations : au fond, l'Inde est le revers de la médaille anglaise et, potentiellement, le complément idéal de la société britannique. *Only connect*, mettre en relation, toujours.

Reste que sur la question la plus intime, l'homosexualité, Forster a préféré prendre des chemins détournés. On imagine la frustration de l'homme dans sa vie privée, tout autant que celle de l'auteur qui décide que *Maurice*, ce texte dont il a toutes les raisons d'être fier, ne devra pas être publié de son vivant. On imagine également le retentissement qu'aurait eu ce roman s'il était paru en 1913, à la fin de son élaboration. Il y a dans *Maurice* un passage incroyable, une visite à un médecin d'un des personnages qui veut se faire guérir de son homosexualité.

« — De quoi suis-je donc atteint ? demanda-t-il. Est-ce que ça porte un nom ?

« — Homosexualité congénitale.

« — Congénitale jusqu'à quel point ? Peut-on y remédier ?

« — Certainement, si vous y êtes disposé.

« — Le fait est que j'ai à l'égard de l'hypnotisme un préjugé dépassé. »

À la fin du roman, Maurice, enfin assuré qu'on ne guérit pas de l'homosexualité, annonce à l'amour de ses premières années — de ses années d'université — qu'il s'en va avec son garde-chasse.

« — Je m'exprime crûment, poursuivit-il, mais je veux être sûr que vous m'avez bien compris. Alec et moi, nous avons couché ensemble dans la chambre fauve, la nuit où vous vous êtes absentés, Anne et vous.

« — Maurice, oh, mon Dieu !

« — Et une autre fois à Londres, et aussi...

« — Mais enfin, l'amour entre hommes n'est excusable que s'il demeure platonique !

« — Je ne sais pas. Je suis venu vous dire ce que j'ai fait. »

Forster a fait un jour la remarque suivante :

« Je n'ai jamais écrit que sur trois sortes de personnages : les personnages que je croisais, les personnages qui m'irritent et les personnages que j'aurais aimé être. »

Bibliographie

Maurice, « 10-18 ».
Howards End, Christian Bourgois.
La Route des Indes, « 10-18 ».
Avec vue sur l'Arno, « 10-18 ».
De l'autre côté de la haie, « 10-18 ».
Aspects du roman, « 10-18 ».
Quelle importance ? et autres nouvelles, « 10-18 ».
Nouvelles, Christian Bourgois.
Alexandrie, « 10-18 ».
Le plus long des voyages, « 10-18 ».
Monteriano, « 10-18 ».

JAMES JOYCE
1882-1941

[...] et comme il m'a embrassée sous le mur mauresque je me suis dit après tout aussi bien lui qu'un autre et alors je lui ai demandé avec les yeux de demander encore oui et alors il m'a demandé si je voulais oui dire oui ma fleur de la montagne et d'abord je lui ai mis mes bras autour de lui oui et je l'ai attiré sur moi pour qu'il sente mes seins tout parfumés oui et mon cœur battait comme un fou et oui j'ai dit oui je veux bien Oui.

Ulysse, 1929

Il est, en matière de littérature, des coups de tonnerre. La publication d'*À la recherche du temps perdu* de Marcel Proust en fut un en France, celle d'*Ulysse* de James Joyce eut un effet comparable en Angleterre. Sans précédent, sans descendance, James Joyce inventa, à travers un roman ambitieux, traquant au fil d'une journée les émotions de différents personnages, un mode de narration inédit.

Un auteur a fait remarquer que si l'on s'adresse à un Anglais lettré, il prononcera le nom de Joyce aux côtés de celui de Shakespeare et de la Bible pour définir les trois sources de la culture universelle ! On voit ainsi à quel point l'homme et l'œuvre occupent en Grande-Bretagne une place déterminante, essentielle, inégalée au XXe siècle. Le portrait qui suit a pour objet d'en expliciter les raisons et de donner le goût de lire les livres de Joyce, quand bien même — disons-le d'emblée — ils réclament de la part du lecteur une attention particulière.

Joyce n'est pas anglais, mais irlandais. Il l'est de naissance — Dublin, 1882 —, jusque dans l'âme et jusqu'au bout de la plume. Sa famille, de la bourgeoisie aisée, se définit avant tout par son appartenance à la religion catholique. Le fâcheux penchant de John Joyce, le père, pour les pubs et la boisson, son caractère fantaisiste ne l'empêchent pas de donner à son fils une éducation sérieuse et classique. James entre dans un établissement des pères jésuites tandis que la situation économique familiale se détériore du fait de l'irresponsabilité d'un chef de famille, par ailleurs aimable, cultivé et pourvu d'un don particulier autant qu'inexploité pour le chant — don qu'il transmet à son fils, qui songe un temps à en faire son métier.

Comme James est l'aîné, on fait en sorte de lui donner toutes les chances. À Dublin, il est étudiant à l'University College. Ensuite, à Paris, il entame des études de médecine tout en se passionnant pour la philosophie et la scolastique. C'est dire que le jeune Joyce a de la culture, de la méthode et un appétit formidable pour toutes sortes de sujets. Il songe à devenir prêtre, s'enthousiasme pour le cinéma, pour le théâtre. L'écriture et les femmes l'orientent vers un autre avenir.

Les femmes... Une femme, en tout cas, Nora Barnacle, qu'il rencontre au cours d'une journée mémorable, essentielle, puisque c'est celle qu'il choisira comme unité de temps dans *Ulysse* : le 16 juin 1904.

James Joyce est alors à un tournant de sa — jeune — vie. Depuis deux ou trois ans déjà, il compose des poèmes lyriques, qu'il peine à faire publier autrement que çà et là dans des périodiques ; ce printemps 1904, il a proposé à une revue un court essai autobiographique, qui lui a été refusé, mais à partir duquel il s'attelle à la rédaction d'un roman, *Stephen le héros* — qui servira de base au *Portrait de l'artiste en jeune homme* (1916) ; à la demande d'un journal de Dublin, il a rédigé quelques nouvelles qui paraîtront dans *Dublinois* (1914). La première partie de l'année a ainsi été assez féconde, mais James Joyce est las de l'Irlande. Pris entre le carcan des conventions sociales, l'omniprésence de l'Église et les difficultés familiales, il a envie de s'évader.

Est-ce contradictoire avec la forte conscience de son identité nationale ? Rien n'est moins sûr. Joyce nourrit à cette époque, et cela se poursuivra par la suite, un sentiment partagé et étrange pour l'Irlande. D'une certaine façon, comme sa formation jésuite, son pays pour une part le définit, le structure, pour l'autre l'aliène. Joyce tente de trouver une juste position entre amour et amertume. Dans ces temps agités — création du Sinn Fein en 1902, de l'État libre d'Irlande en 1921 —, Joyce ne s'implique jamais politiquement, réservant à la littérature son engagement. Il rejettera, par exemple, le mouvement de la Renaissance celtique et la résurrection de la langue gaélique pour préserver, à tout prix, l'utilisation de sa langue maternelle, l'anglais. À ses yeux, le culte du passé, même lorsqu'il prend la forme de partis pris culturels, lui apparaît comme un verrou supplémentaire susceptible d'entraver ses aspirations à la liberté.

Il saisit l'occasion de la rencontre du 16 juin 1904 pour, à l'automne de la même année, quitter l'Irlande avec Nora et s'installer à Trieste. D'autres villes, d'autres pays suivront, où il s'arrêtera de manière plus ou moins prolongée entre ses allers-retours en Irlande — Paris, Venise, Rome, le Danemark, la Norvège, Zurich, où il mourra en 1941. Traversant ainsi l'Europe, il ira jusqu'à parler douze langues différentes.

En compagnie de sa femme, puis rapidement de deux enfants, il fait l'expérience — difficile, en particulier financièrement — de l'exil. Avec Nora, il vit une relation contrastée et violente : amour infini, brouilles terribles. Son extraordinaire correspondance avec sa compagne, plus tard devenue sa femme, a été conservée puis publiée, et révèle une union fascinante et prodigieuse, extrêmement charnelle, infiniment complexe.

C'est que l'homme est loin d'être simple, ce qu'atteste sa biographie. Il sera atteint de troubles mentaux, sans doute aggravés par l'alcool, connaîtra de graves difficultés avec sa fille, qui devra être internée. À bien des égards la vie de Joyce est dramatique. Et le restera jusqu'à la fin, puisqu'il souffrira d'affections de la vision et écrira son dernier texte, *Finnegans Wake*, en ne voyant presque plus. Il sera quasi aveugle au moment de sa disparition. Chez cet homme, tout est violence, mais, grâce à sa plume, tout sera également littérature.

Dès l'adolescence, James Joyce s'est armé d'encre et de papier. Il ne cesse d'écrire. Comme d'autres, il note tout ce qu'il voit. Il porte toujours avec lui ce qu'il appelle ses tablettes — des feuilles, des carnets — et consacre son temps dans les pubs à collationner des petits faits, des scènes qui nourriront ses poèmes, ses nouvelles, ses romans. Dans *Ulysse,* il n'hésite pas à reproduire des recettes glanées çà et là, des expressions et des mots entendus, des choses vues de la vie quotidienne.

Pourtant, lorsqu'il quitte l'Irlande en 1904, c'est avec le sentiment d'être exclu de la vie culturelle de Dublin. Ses poèmes n'ont pas recueilli le succès escompté. Il poursuit alors à Trieste la rédaction des quinze nouvelles qui composeront les *Dublinois.*

Dublinois, ou *Gens de Dublin,* selon les traductions, est son œuvre de fiction la plus accessible. Elle est composée d'histoires extrêmement factuelles, certaines très brèves comme des nouvelles, d'autres qui s'apparentent plutôt à de courts romans, toutes traversées par l'humour de l'écrivain et la nostalgie de l'exilé. Elles se déroulent au cœur de la vie quotidienne de Dublin et s'articulent, chacune, autour d'une situation ou d'une expérience fortes ou poignantes.

« C'est Dublin et ce sont des hommes et des femmes de Dublin, écrira Valery Larbaud. Leurs figures se détachent avec un grand relief sur le fond des rues, des places, du port et de la baie de Dublin... Mais ce n'est pas la ville qui est le personnage principal, et le livre n'a pas d'unité : chaque nouvelle est isolée, c'est un portrait, ou un groupe, et ce sont des individualités bien marquées que Joyce se plaît à faire vivre. »

Malgré son caractère un peu à part dans l'œuvre de Joyce, *Dublinois* porte déjà le regard de l'auteur et introduit d'emblée la révolution qu'il apportera aux lettres anglaises. Ici, déjà, l'action procède non pas d'éléments extérieurs mais de l'intime des personnages. Si les intrigues ressortissent toutes à l'approche réaliste de la société, la psychologie est au premier plan, l'effet dramatique s'installe en toute intériorité.

On peut évoquer plus précisément la dernière de ses nouvelles, *Les Morts*, qui a fait l'objet d'une adaptation cinématographique par John Huston, sous le titre *Gens de Dublin*, en 1987. Beau et grave, le récit évoque — du point de vue de l'« héroïne » — les pensées d'une femme au cours d'un banquet. Celle-ci est aux prises avec ses souvenirs d'un homme que l'on vient d'enterrer et qui a beaucoup compté dans sa vie, au moment où son mari manifeste ostensiblement son désir pour elle.

Citons encore une autre nouvelle, très brève, intitulée *Deux Galants* : l'histoire de deux jeunes gens, l'un un peu plus âgé que l'autre, tous deux coureurs de jupons. Le plus jeune est admiratif de la manière dont l'autre drague les filles dans les pubs et les voilà qui se retrouvent en fin de journée après s'être séparés, le temps pour l'aîné, semble-t-il, de séduire une demoiselle.

« — Tu ne peux pas répondre, non ? dit-il (le plus jeune). Est-ce que tu l'as tâtée ?

« Corley s'arrêta au premier réverbère et regarda droit devant lui d'un air sinistre. Puis, en un geste grave, il étendit une main vers la lumière et, souriant, l'ouvrit lentement sous le regard de son disciple. Une petite pièce d'or brillait dans sa paume. »

1914 : James Joyce a peiné à faire publier *Dublinois*. Les éditeurs arguent tantôt du fait que des personnalités de Dublin pourraient s'y reconnaître, tantôt de l'irrévérence politique dont fait preuve l'auteur dans l'un des textes. Parallèlement, et tout en travaillant pour nourrir les siens, il achève la transformation de *Stephen le héros* en *Portrait de l'artiste en jeune homme*, qui montre notamment combien il a été marqué par ses années de formation. En outre, il écrit une pièce de théâtre, *Les Exilés*, largement évocatrice des difficultés qu'il rencontre avec Nora.

Mais c'est *Ulysse* qui se prépare, auquel il se consacre jusqu'à sa parution, en 1922. Commencé à Zurich, où Joyce est réfugié, le manuscrit est terminé à Paris et publié d'abord en langue anglaise, mais en France, grâce à Sylvia Beach et à ses amis, Adrienne Monnier, la libraire, et Valery Larbaud.

Pourquoi en France ? Parce que en Grande-Bretagne comme aux États-Unis le texte est jugé obscène, les autorités n'en veulent pas, les éditeurs non plus (l'histoire se répétera avec *Lolita* de Nabokov). Cinq cents copies du livre sont saisies par les douanes anglaises tandis qu'autant d'exemplaires sont brûlés par les postes de New York. Obscène, *Ulysse*? Intime, à coup sûr, de cette sorte d'intimité que l'époque ne supporte pas.

Pourquoi un tel titre ? La réponse est évidente : si le nom d'Ulysse n'est cité que quatre fois au fil des quelque mille trois cents pages que compte l'édition française en livre de poche, si aucun personnage ne porte ce prénom, le roman est une référence constante à *L'Odyssée*. Le texte d'Homère fascine James Joyce depuis son enfance, et déjà chez les pères jésuites Ulysse était son héros préféré. Il lui reste fidèle tout au long de son adolescence, et c'est bien cet homme que Joyce veut ressusciter, mais dans l'environnement qu'il connaît : à Dublin, au cœur de la vie moderne et des problèmes que rencontrent les humains en ce début de XXe siècle. Le projet est ancien, puisqu'il avait songé à intituler *Dublinois* « Ulysse à Dublin ».

Ulysse est un roman symbolique, construit suivant le plan de *L'Odyssée*, dans lequel les faits et gestes des personnages rappellent chaque étape de la légende d'Homère. On conçoit qu'*Ulysse* soit un projet gigantesque, construit avec méthode, sans qu'aucune place ne soit concédée au hasard ni à la libre improvisation.

Cependant, une fois le projet défini, Joyce se sent libre de créer sa propre odyssée. Dans son

Ulysse, il projette tous les styles, tous les genres de la culture occidentale — élégie, légende, opéra, journalisme, langues étrangères, argot, jargon scientifique, chansons, notes de restaurant — afin de rapporter l'existence des hommes à l'essentiel : le langage.

L'histoire, en soi, n'est pas aussi compliquée qu'elle peut le paraître. Elle se déroule sur presque vingt-quatre heures, le 16 juin 1904, de huit heures du matin à trois heures du matin suivant, et suit à la trace deux personnages, Stephen Dedalus, héros du *Portrait de l'artiste en jeune homme*, un Irlandais — double de Joyce —, et Léopold Bloom, un Juif, qui occupe auprès de l'autre une place de père spirituel. Stephen et Léopold sont, en quelque sorte, Télémaque et Ulysse.

L'invention géniale de Joyce, qui couvait déjà dans ses textes précédents, consiste à raconter cette journée selon l'irruption de leurs pensées. « Nous voyons à travers leurs yeux et entendons à travers leurs oreilles ce qui se passe et ce qui se dit autour d'eux », explique Valery Larbaud. Ulysse est le grand roman du monologue intérieur.

James Joyce n'a pas écrit son roman à Dublin. Durant les trois années de sa composition, il est successivement à Trieste, Zurich et Paris. La ville dans laquelle il nous immerge est avant tout son « cher sale Dublin », la ville qu'il porte en lui et dont il rêve. *Ulysse* est le livre d'un exilé, exposant par l'art romanesque sa conception — généreuse — de l'Homme, avec ses qualités et ses défauts, ses grandeurs et ses faiblesses.

Si le livre choque, c'est en raison de la perspective intimiste adoptée par Joyce tant dans le fond que dans la forme. À cela, la Société pour la répression du vice a ajouté le caractère prétendument licencieux de certains passages du roman.

Il est vrai que la sexualité et le désir tiennent un place importante dans les pensées des protagonistes de cette journée. On y rencontre en effet des prostituées, Joyce n'ayant pas voulu éluder cette dimension essentielle du désir de l'homme, présente au même titre que les autres caractéristiques du genre humain.

Ulysse aurait pu être *le* roman d'une vie. Pourtant, James Joyce ne s'arrête pas là. Dès 1923, il approfondit sa recherche littéraire avec un roman plus troublant encore que le précédent, *Finnegans Wake*.

Finnegans Wake est l'ultime tentative d'écrire une « histoire mythique de l'humanité » à travers l'existence d'une famille. Sa maturation prend douze ans et le texte est publié par fragments sous le titre *Work in Progress*. *Finnegans Wake*, aussi volumineux qu'*Ulysse*, est un voyage dans la conscience humaine. C'est le livre des livres, la bible de James Joyce.

« erre-revie, pass'Evant notre Adame, d'erre ruve en rêvière, nous recourante via Vico par chaise percée de recirculation vers Howth Castle et Environs. »

Ainsi débute le roman. Dire que le texte est déroutant est un euphémisme. Le lecteur novice n'y comprendra rien : l'histoire est sans structure, les personnages changent d'identité et n'ont que valeur de symbole, soixante langues différentes sont appelées à cohabiter. Difficile, ahurissant, assommant, jouissif, comique, hilarant, obsédant : tous ces termes définissent ce livre qui parle non seulement à l'esprit, parfois au cœur, mais aussi presque physiologiquement à l'estomac. On y est confronté à une tentative d'expression de la langue à l'état pur.

Finnegans Wake clôt l'œuvre de Joyce. Comment aurait-il pu aller plus loin ? En 1941, il meurt à Zurich.

Bibliographie

Œuvres, Gallimard, « Bibliothèque de la Pléiade ».
Ulysse, Gallimard, « Folio » ; Gallimard, « Du monde entier » (nouvelle traduction).
Gens de Dublin, Pocket ; Gallimard, « Folio » bilingue ; Le Livre de poche ; Flammarion, « Garnier-Flammarion » ; Gallimard, « Folio ».
Dedalus, portrait de l'artiste en jeune homme, Gallimard, « Folio ».
Les Exilés, Gallimard, « Du monde entier ».
Stephen le héros, Gallimard, « Folio ».
Finnegans Wake, Gallimard, « Folio ».

VIRGINIA WOOLF
1882-1941

Un vide. Tout est gelé. Figé. Gelée d'un blanc brûlant. D'un bleu brûlant. Les ormes rouges. Je n'avais pas l'intention de décrire une fois de plus les collines sous la neige, mais je le fais. [...] Quelle est la phrase dont je me souviens toujours (à moins que je ne l'oublie ?) : « Que votre dernier regard soit pour tout ce qui est beau. »

Journal d'un écrivain, *9 janvier 1941*

Comment évoquer Virginia Woolf, par quelle part de son identité l'aborder ? Virginia Woolf l'intellectuelle ? l'éditrice ? la romancière ? la chroniqueuse ? l'essayiste ? la féministe ? la dépressive ? Nous aimons, en tout cas, celle qui illustre toutes les autres et disait : « Il n'y a de vie réelle que de la conscience. »

À l'évidence, Virginia Woolf se laisse approcher par son lien au texte, au mot, au livre. Virginia Woolf, c'est un journal intime et littéraire, le *Journal d'un écrivain*, tenu presque sans interruption de 1915 à sa mort, en 1941. Des romans, *La Chambre de Jacob* (1922), *Mrs Dalloway* (1925), *Vers le phare* (1927), *Orlando* (1928) ou *Les Vagues* (1931) ; des nouvelles, *Une chambre à soi* (1929) ; une correspondance, du théâtre, des récits de voyages. Une œuvre complète, menée parallèlement à une réflexion ininterrompue sur la création littéraire, que l'on retrouve tant dans ses essais et ses chroniques qu'au fil de son journal, et une tentative permanente d'adapter son mode d'écriture à sa propre représentation de la vie. Tournant délibérément le dos à l'écriture linéaire reposant sur une intrigue construite et des personnages clairement définis, elle évolue vers des textes à la structure discontinue, volontiers décousue et sans apparence de cohérence. « La vie n'est pas une série de lanternes disposées symétriquement ; la vie est un halo lumineux, une enveloppe à demi transparente où nous sommes enfermés depuis la naissance de notre conscience jusqu'à la mort », écrivait-elle.

Virginia Stephen naît en 1882 à Londres. Élevée à partir de l'âge de treize ans par son père, figure originale de l'Angleterre victorienne, philosophe et auteur d'essais littéraires, elle est conduite par lui vers la lecture des auteurs classiques, de Platon à Spinoza et à Montaigne.

Elle devient, très jeune, une intellectuelle et acquiert un regard critique, acerbe, sur la société. En 1904, sir Leslie meurt ; commence alors à se structurer autour de la maison familiale des Stephen, dans le quartier de Bloomsbury, un groupe qu'unit son opposition à la société britannique traditionnelle, ainsi que des idées de gauche d'inspiration socialiste. Il est composé d'écrivains, d'artistes, d'historiens, d'économistes ; on y rencontre notamment Leonard Woolf, que Virginia épouse en 1912, et Clive Bell, à qui s'unit sa sœur, Vanessa.

Le groupe de Bloomsbury est avant-gardiste. Virginia et son futur mari en sont les figures majeures. Keynes, E. M. Forster, Lytton Strachey, Dora Carrington, Roger Fry le fréquentent assidûment. Que font, ensemble, toutes ces brillantes personnalités ? Elles débattent de littérature, d'art, critiquent leurs contemporains, et, chacune dans son domaine, tentent de trouver de nouvelles voies d'expression et de création. Elles aspirent à mettre en marche une révolution historique, économique, esthétique. Au centre de celle-ci, un idéal de libre expression, de respect de la liberté de l'individu, d'amour de l'art. À l'approche de la Première Guerre mondiale, toutefois, le groupe se disloque momentanément.

Virginia commence à écrire des articles, publie dans des journaux et crée avec son mari, en 1917, une maison d'édition, Hogarth Press, qui éditera Katherine Mansfield, T. S. Eliot, W. B. Yeats, Freud, des romanciers français et russes, Virginia Woolf elle-même. Entre presse, édition, journal intime, l'auteur développe son œuvre personnelle et exerce son talent critique.

Virginia Woolf — c'est un euphémisme — n'est pas une personnalité simple ni facile d'accès. Elle traverse de grandes crises de dépression, presque de folie. Son regard sans concession de même que ses articles forgent d'elle la représentation d'une femme dure et méchante. Ses convictions extrêmement en avance sur son temps, son féminisme revendiqué contribuent à caricaturer son image. Elle est redoutée.

Ne négligeons pas non plus les conséquences des choix de Virginia quant à sa vie comme à ses amitiés. Homosexualité des uns, bisexualité des autres, les membres du groupe de Bloomsbury s'affichent en rupture avec les mœurs de leur temps. Virginia Woolf revendique sa liberté comme son individualisme.

La lecture de son journal permet de suivre tant sa propre évolution, sa vie intime — amitiés, amours —, que son élaboration littéraire et intellectuelle. S'y révèlent son caractère et ses goûts. La littérature, la sienne comme celle des autres, est l'occasion d'exprimer tous les sentiments : tout y est, le bonheur, le désespoir, les affres de l'écrivain. C'est un journal précieux pour toute personne animée d'un désir d'écriture.

En 1922, la publication d'*Ulysse,* de James Joyce, fait figure d'événement. Pour la première fois dans l'histoire littéraire britannique, un auteur construit un roman autour d'un monologue intérieur. Les critiques vont bon train. Avant que de s'orienter résolument dans cette voie, à la fin des années 1920 et durant les années 1930, Virginia Woolf porte sur le texte un regard féroce.

« J'ai fini *Ulysse* et je pense que c'est un ratage, tout simplement. Du génie, certes, mais de la moins belle eau. Le livre est diffus et bourbeux, prétentieux et vulgaire, pas seulement au sens ordinaire, mais aussi dans le sens littéraire. Je veux dire qu'un écrivain de grande classe respecte trop son œuvre pour s'amuser à tricher, à choquer ou à épater. »

Virginia Woolf, si elle a écrit des romans qui lui ont largement survécu, n'en a pas produit un grand nombre. Elle est l'auteur de neuf romans, rédigés sur une période de vingt-six années, qui touchent avant tout peut-être par leur manière de raconter les instants qui passent. Virginia Woolf représente, avec Henry James, la matérialisation du « flux de conscience » — en anglais, *stream of consciousness* —, formule barbare qui dit une manière de concevoir l'existence, donc l'œuvre.

Pour Virginia Woolf, la vie est constituée de quantité de moments tous différents, jamais linéaires, qui se mêlent et se démêlent, en une suite d'impressions multiples et diverses. L'existence est discontinue, en apparence incohérente. Aussi le roman, s'il prétend témoigner de la vie, se doit-il d'adopter la même structure — ou absence de structure — pour faire entendre un rythme, une musique et chercher dans cet enchevêtrement de sensations un sens, une signification : « Éclaircir le mystère individuel d'une âme ».

L'œuvre romanesque de Virginia Woolf peut être divisée en deux parties. Dans un premier temps, elle écrit de manière assez conventionnelle : une intrigue, des personnages, mais déjà le mystère, et une présence prédominante des femmes — son féminisme ne faisant que renforcer, à l'égard des femmes, une forme d'intransigeance absolue.

Dans un second temps de sa réflexion sur son travail, elle élargit le cadre de ses romans, pour évoluer vers une conception de la littérature où l'héritage de Joyce est évident. L'histoire cède la place à une polyphonie où les personnages expriment ce qui leur vient en tête, dans le même désordre, la même musique que les flux de conscience. Deux livres incarnent à merveille ce rythme, *Mrs Dalloway* (1925) et *Vers le phare* (1927), qu'il n'est pas inutile de rapprocher de deux nouvelles tendances propres à d'autres arts, et qui apparaissent également à la fin des années 1920 : la peinture abstraite et la musique atonale. Virginia Woolf a une intuition très forte de cette double émergence culturelle.

Loin de la dureté supposée de l'auteur, son écriture est musicale et poétique. Écoutons cette polyphonie, extraite de *Mrs Dalloway,* qui illustre de quelle façon la vie peut pénétrer de diverses manières dans un récit.

« Et de quoi se mêlait Mrs Marsham ? Et pendant tout ce temps, Elizabeth, qui était enfermée dans sa chambre avec *XXX.* Elle ne pouvait rien imaginer de plus écœurant, dire ses prières à une heure pareille avec cette femme. Et le son des cloches inonda le salon de sa vague mélancolique. Puis la vague se retira, le son se rassembla pour retentir à nouveau. »

Sensibilité à fleur de peau, sensualité également. Le roman révélateur est *Orlando* (1928), une histoire invraisemblable qui s'étire sur trois siècles. Trois siècles donnés à un jeune lord, Orlando, pour vivre, en conservant ses trente ans, une multitude de vies, en tant qu'homme tout d'abord, puis en tant que femme. *Orlando* est l'illustration parfaite de toutes les sensibilités de Virginia Woolf, de son amour pour les deux sexes, et des mille vies qui composent une existence. C'est un roman de cape et d'épée qui débute au XVIᵉ siècle dans un manoir anglais et se transforme en récit dont le personnage principal est une femme de lettres du XIXᵉ siècle, inspirée par l'amie intime de Virginia, Victoria Sackville-West. Le tout constituant une tentative invraisemblable de raconter deux sensualités contradictoires qui, sous sa plume, ne le sont plus. Orlando est homme et femme, il est tantôt homme, il est tantôt femme, parfois les deux. *Orlando* est l'incarnation de la littérature comme lieu de résolution des conflits intimes, comme incarnation des fantasmes secrets.

Autre roman — légèrement antérieur —, autre fantasme : Virginia Woolf cultive une passion pour l'eau, qui s'entend à travers une grande partie de son œuvre, et particulièrement dans l'un de ses romans les plus sensibles et les plus intelligents, plus accessible et moins déroutant que d'autres, *Vers le phare* (1927). Toute la famille Ramsey se retrouve réunie sur une petite île des Hébrides, au large de l'Écosse. Un jour — le roman commence comme cela —, le fils, un jeune enfant, exprime son désir d'aller jusqu'au phare.

« — Oui, bien sûr, s'il fait beau demain, dit Mrs Ramsey. Mais, ajouta-t-elle, il faudra que tu te lèves à l'aurore.

« À ces mots, son fils ne se sentit plus de joie, comme s'il était entendu que l'expédition aurait lieu à coup sûr et que cette merveille qu'il attendait depuis des années et des années, semblait-il, était enfin, passé une nuit d'obscurité et une journée de mer, à portée de sa main. Comme il appartenait déjà, à l'âge de six ans, au vaste clan de ceux dont les sentiments ont tendance à empiéter les uns sur les autres, et qui ne peuvent empêcher les perspectives d'avenir, leurs joies et leurs peines, de brouiller la réalité présente. [...] »

Quelques pages plus loin, le père, qui est beaucoup moins sensible que la mère, et beaucoup moins proche de son fils, énonce :

« — Il ne fera pas beau. »

Ce n'est effectivement que dix ans plus tard que l'enfant, devenu adolescent, pourra mener à bien son désir : aller jusqu'au phare.

Vers le phare est un roman sur la dilatation du temps, car entre le rêve et son accomplissement a éclaté la Première Guerre mondiale, qui fait écho au bouleversement subi par la famille Ramsey. Dix ans plus tard, les survivants se retrouvent sur le lieu désiré, mais pour réfléchir au temps qui s'est écoulé, à ce qui leur est arrivé, à ce que le temps leur a apporté.

Difficile d'évoquer ce roman sans penser à un autre, *Les Vagues*, publié en 1931.

« J'espère avoir retenu ainsi le chant de la mer et des oiseaux, l'aube et le jardin, subconsciemment présents, accomplissant leur tâche souterraine. [...] Ce pourraient être des îlots de lumière, des îles dans le courant que j'essaie de représenter ; la vie elle-même qui s'écoule. »

Réputé être le roman le plus difficile de Virginia Woolf, *Les Vagues* est en tout cas l'essai extraordinaire de juxtaposer six monologues intérieurs, en un sextuor admirable, six personnages dont les voix vont et viennent au rythme des marées, sans grande différence d'ailleurs dans l'utilisation des mots, dans le traitement des émotions. Un pari formidable, un pari réussi, qui atteste la liberté créatrice de son auteur et sa dette, malgré tout, envers James Joyce.

On a parlé du phare, des vagues, de l'eau. C'est par la noyade, dans une rivière, que Virginia Woolf choisit, à l'approche de ses soixante ans, de se suicider, en Angleterre, dans le Sussex. Elle capitule après des décennies de résistance, sans nul doute grâce à l'arme de la littérature, à ses pulsions de mort. Avant que de poser sa canne et de disparaître, elle écrit à son mari, Leonard, cette lettre, reproduite dans *La Canne de Virginia,* de Laurent Sagalovitch :

« Très cher, je suis certaine de devenir folle à nouveau, je sens que nous ne pouvons plus traverser une autre de ces affreuses périodes » — on est en 1941, en pleine guerre — « et je ne guérirai pas, cette fois, je commence à entendre des voix, et je ne puis plus me concentrer, aussi je vais faire ce qui me semble la meilleure des choses à faire. Tu m'as donné le plus grand bonheur possible, tu as été pour moi tout ce que l'on peut être, je ne crois pas que deux personnes aient pu être plus heureuses jusqu'à ce que cette terrible maladie survienne. Je ne peux pas lutter plus longtemps, je sais que je gâche ta vie, que sans moi tu pourrais travailler, et tu vas le faire. »

Elle venait de terminer son dernier roman, *Entre les actes,* et de le déposer dans une de ces boîtes rouges légendaires de la poste britannique. Il a été publié à titre posthume. Quand on regarde les photographies de cette femme hors du commun, loin de la raideur et de la dureté, c'est plutôt la finesse, l'inquiétude, la profondeur, l'ironie et la solitude qui sautent aux yeux.

Bibliographie

Œuvres, Stock.
La Vie de Roger Fry, Rivages, « Rivages Poche ».
Trois Guinées, « 10-18 ».
Orlando, Le Livre de poche.
Une chambre à soi, « 10-18 ».
Vers le phare, Gallimard, « Folio » ; Le Livre de poche.
La Mort de la phalène, Le Seuil, « Points ».
Mrs Dalloway, Gallimard, « Folio » ; Le Livre de poche.
Les Vagues, Le Livre de poche.
Entre les actes, Le Livre de poche.
La Fascination de l'étang, Le Seuil, « Points ».
Journal d'un écrivain, Stock ; « 10-18 ».
À John Lehmann, lettre à un jeune poète, Mille et une nuits.
Les Fruits étranges et brillants de l'art, éd. Des Femmes.
L'Art du roman, Le Seuil.

Le Faux Roman, Mille et une nuits.
Promenades européennes, « La Quinzaine littéraire ».
Lettres, Le Seuil.
Correspondance, Stock.
Entre les livres, essais sur les littératures russe et anglo-américaine, La Différence.
Le Livre sans nom, éd. Des Femmes.

DAVID HERBERT LAWRENCE
1885-1930

À six heures et demie, son fils rentra, fatigué, pâle et l'air défait. Sans s'en rendre compte il était triste d'avoir laissé sa mère partir seule. Depuis cet instant, il n'avait plus eu le cœur à la fête.

Papa est là ?

Non.

Il aide à faire le service au Moon and Stars.

Ah, fit la mère d'un air laconique. Il est à sec. Tant qu'il gagne de quoi boire, il est content.

Amants et fils, *1913*

David Herbert Lawrence est l'homme par lequel le scandale arrive en Angleterre au début du XXe siècle. Un scandale causé par deux livres majeurs : *Amants et fils*, en 1913, et *L'Amant de lady Chatterley*, en 1928. D'où venait cet homme qui choqua tant ses contemporains ? D. H. Lawrence est originaire des Midlands, entendez du centre de l'Angleterre rural et minier. Il y naît en 1885 dans une famille pauvre, où les conflits sont monnaie courante. Le père est mineur, buveur et bon vivant, mais aussi analphabète et brutal ; la mère, institutrice éclairée, est issue d'un milieu bourgeois et très croyante. Le cocktail est détonant, qui fournira la matière de son roman largement autobiographique, *Amants et fils*.

D. H. Lawrence est surtout connu en France pour *L'Amant de lady Chatterley*, et le remarquer est l'occasion de lever un premier malentendu. D. H. Lawrence n'est pas seulement, loin de là, un primitif hanté par le sexe. Comprendre pourquoi cette étiquette ne l'a pas quitté nécessite une courte remise en perspective historique.

Lawrence est un contemporain de Jules Romains, de Roger Martin du Gard, de Paul Morand, de Jean Giraudoux. De ce point de vue, le Britannique avait de quoi surprendre les lecteurs français par son aspect volcanique, la place accordée dans son œuvre au corps et au sexe comparée au classicisme de ses contemporains d'outre-Manche. C'est ainsi, en prenant la partie pour le tout, que s'est installée l'image d'un Lawrence érotomane et pornographe. Il ne s'est trouvé que de rares voix pour faire entendre un autre discours, parmi lesquelles celles d'André Gide — encore lui — et d'André Malraux.

On n'a plus idée du scandale effarant qu'a représenté la publication de *L'Amant de lady Chatterley*, deux ans avant la mort de son auteur, survenue en 1930. Le livre a été interdit pendant trente ans, il a été brûlé, pour être republié et, en 1960, vendu à trois millions d'exemplaires. Pourtant, s'il est indéniable que le sexe tient une place essentielle dans la problématique intime de l'auteur, essentielle et assumée, ce qui explique l'odeur de soufre qui a plané et plane encore autour de Lawrence — le caractère révolutionnaire de sa production romanesque —, son œuvre dépasse de loin cette caricature. Son legs au patrimoine des lettres anglaises, on l'ignore trop souvent, comprend des romans, mais aussi des nouvelles, de la poésie, des essais, des récits de voyages...

« Malgré tout ce qu'on pourra dire, je déclare que ce roman est un livre honnête, sain, et nécessaire aux hommes d'aujourd'hui », énonce-t-il dès les premières lignes de sa préface à *L'Amant de lady Chatterley*. « Je veux qu'hommes et femmes puissent penser les choses sexuelles pleinement, complètement, honnêtement et proprement », ajoute-t-il.

La quête de soi, l'envie de l'autre à travers le sexe sont omniprésents dans l'œuvre de l'auteur. Le scandaleux est là, mais aussi dans la manière très explicite dont D. H. Lawrence les revendique. Son style frappe autant que les thèmes abordés. À son époque, on ne dit pas les choses de l'amour. Il est le premier, par exemple, à traiter explicitement du désir des femmes. L'un des premiers également à mettre en scène le désir homosexuel — rappelons-nous ce qui est advenu à Oscar Wilde peu de temps auparavant. Le premier encore à évoquer des relations amoureuses à quatre, le tout avec une vigueur et une énergie extraordinaires.

La pornographie est une question de regard. Chez D. H. Lawrence, jamais rien d'obscène, seulement la force nue, la force brute. Ce qui l'intéresse, c'est la pulsion primitive.

En un mot, qui est lady Chatterley ? C'est une jeune femme mariée à un homme qui, suite à la guerre, est semi-paralysé donc impuissant, et qui va découvrir l'épanouissement sensuel dans les bras vigoureux de son garde-chasse. Voici comment D. H. Lawrence nous décrit le sentiment de lady Chatterley :

« Quoiqu'un peu effrayée, elle ne s'opposa à rien, et une sensualité sans frein et sans honte la secoua jusqu'au fond d'elle-même, la dépouilla de ses derniers voiles, en fit une femme nouvelle. Ce n'était pas vraiment de l'amour, ce n'était pas de la volupté. C'était une sensualité aiguë et brûlante comme le feu, et qui transformait l'âme en amadou. Et ce feu brûlait et détruisait les hontes les plus profondes, les plus vieilles hontes, aux endroits les plus secrets. Il en coûtait à Constance de laisser son amant user d'elle à sa guise, elle fut une chose passive, consentante comme une esclave, une esclave physique. Et pourtant, la passion la léchait de son feu consumant, et quand cette flamme sensuelle passa étroitement par ses entrailles et sa poitrine, elle crut réellement qu'elle allait mourir, mais quelle poignante, quelle merveilleuse mort ! »

Revenons en arrière. Nous avons dit dans quel milieu a grandi Lawrence. Le père est un homme peu évolué, la mère vit dans la frustration, ce qui à l'évidence a pesé très lourdement sur la personnalité de son fils. De surcroît, elle est envahissante. Elle garde l'enfant près d'elle jusqu'à ses sept ans, lui apprend à lire et à écrire. Une relation très forte s'établit entre la mère et le fils, qui, on s'en doute, en fera un matériau pour son œuvre. Ensuite, études secondaires, début d'expérience professionnelle tôt interrompue par la maladie, préfiguration de la tuberculose, qui, plus tard, ne le quittera plus.

En 1901, il fait la connaissance d'une fille de fermiers, Jessie Chambers, dont il se séparera sous la pression maternelle, mais qui inspire son premier roman, *Le Paon blanc,* en 1911. Lui succèdent des nouvelles, de la poésie et l'entrée dans le milieu littéraire londonien. Entretemps, il a achevé sa formation à l'université de

Nottingham, et le voici pour un temps instituteur. En 1913, il termine un livre, au moins aussi intéressant et puissant, sinon plus, que *L'Amant de lady Chatterley* : *Amants et fils...*

Inspiré de sa propre histoire, *Amants et fils* est un récit de famille. Le fils, Paul Morrel, a une relation impossible avec sa mère, qui condamne ses relations avec les autres femmes. Ce n'est qu'après la mort de sa mère que Paul commence à trouver le moyen d'aimer. Il prononce la phrase suivante :

« Nous nous aimions comme mari et femme, c'était horrible. »

Nul ne doute que cette phrase, D. H. Lawrence eût pu la reprendre à son propre compte.

Cependant, malgré sa mère, Lawrence, lui, a accès aux femmes. La rencontre déterminante se situe en 1912, alors que le jeune homme décide de partir pour l'Allemagne comme lecteur. Il fait alors la connaissance de l'épouse d'un de ses célèbres professeurs d'université, la baronne allemande Frieda von Richthofen, une femme, une mère également, qui abandonne tout pour le suivre en Angleterre.

Déterminante, cette rencontre l'est dans la vie de Lawrence. Elle l'est aussi pour la suite de son œuvre. Notons à ce sujet qu'il n'est pas de ce point de vue un écrivain original. Chez les écrivains, notamment britanniques, le rôle de la femme est souvent considérable, chez Stevenson, par exemple.

Frieda von Richthofen a près de dix ans de plus que Lawrence. Ils se prennent d'une passion enivrante l'un pour l'autre, sorte d'embrasement de leurs deux êtres. Rien ne simplifie leur amour, ni la situation familiale de Frieda ni sa nationalité. On est alors à la veille de la guerre de 1914, Frieda est allemande, Lawrence, pacifiste : les méchantes langues leur attribuent une activité d'espions. Totalement infondée, cela va sans dire.

Frieda von Richthofen a été la maîtresse d'Otto Gross, un disciple de Freud. Elle initie son amant à la sensualité, à la libération sexuelle, en même temps qu'elle lui fait découvrir l'influence de l'inconscient, et donc la psychanalyse. À ses côtés, D. H. Lawrence se transforme, devient un être vivant, plein, comblé et plus créatif que jamais. Il garde toutefois son libre arbitre, et, si l'inconscient est premier dans son œuvre, il n'adhère pas à l'œuvre de Freud, reste très rétif au travail d'introspection. Il publiera d'ailleurs en 1921 et 1922 des essais critiques à l'égard du fondateur de la psychanalyse.

La relation entre D. H. et Frieda n'est pas exempte d'aspérités ni d'oppositions. Comme au sein de tout couple dans lequel le désir joue un rôle premier, ils se battent comme des chiffonniers, ce qu'a très bien raconté Katherine

Mansfield, qui, avec son mari, John Middleton Murry, a partagé un bon moment avec eux un rêve de communauté utopique, baptisée « Rananim ».

Il est important de souligner que la sensualité, chez Lawrence, n'est pas érotomanie. Si Lawrence a un rapport au sexe évident et primordial, ce n'est jamais le sexe pour le sexe. « La vie n'est acceptable que si l'esprit et le corps vivent en bonne intelligence, s'il y a un naturel équilibre entre eux, et s'ils éprouvent un respect mutuel l'un pour l'autre », écrit-il.

Le sexe est dévastateur, certes, mais passe d'abord par l'esprit, c'est-à-dire qu'il n'y a pas, chez Lawrence, d'union des corps sans union des âmes, sans union des esprits. Il en va ainsi de son rapport à la nudité : dans ses textes, les hommes se dénudent volontiers et lui-même était, chez lui, souvent nu, mais son rapport à la nudité est quasiment nietzschéen — c'est du rapport à l'essence de l'individu qu'il est question. Il est d'ailleurs frappant de remarquer que son corps va le lâcher prématurément, puisqu'il meurt à l'âge de quarante-quatre ans.

L'évidence du corps ne va pas cependant sans paradoxes. De paradoxes, Lawrence est constitué. À la fois pacifiste et violent, vouant un culte au corps, valorisant la vigueur physique — ses héros sont des héros virils —, il se laisse entraîner aux abords des idées totalitaires, et il sera, pour cela, très vivement remis en cause par la gauche anglaise. Sans doute de manière abusive.

Pourtant, paradoxe encore, si Lawrence s'est attaché à montrer les antagonismes entre les sexes — image sans doute des relations entre son père et sa mère —, il n'est jamais médisant à l'égard des femmes. Tout au contraire, il rêve d'un dépassement des conflits entre les sexes. Cet homme, au fond très mal dans sa peau, a une manière extrêmement touchante de parler des femmes. Il ressent, face à elles, un éblouissement bouleversant.

Les femmes... Frieda, donc. Non contente de l'avoir aidé à faire sauter des verrous intérieurs essentiels, elle lui ouvre les portes du monde. Ensemble, ils voyagent. À travers l'Europe tout d'abord, particulièrement en Italie, puis sur d'autres continents: l'Amérique, l'Océanie. Partout, Lawrence trouve matière à l'enrichissement de son œuvre. Ce sera, en 1916, *Crépuscule sur l'Italie*. En 1922, il est invité au Nouveau-Mexique, visite le Mexique, dont il extrait un roman beau et naïf, *Le Serpent à plumes*, tentative de redécouverte de l'empire de Montezuma, le grand empire des Aztèques. Viendront ensuite la découverte de l'Australie et la publication, en 1923, de *Kangourou*.

Il ne peut plus envisager de vivre dans son pays. Il cherche partout une forme d'épanouissement, une manière de réconciliation — ce que, somme toute, Stevenson a cherché dans les îles du Sud ; les deux hommes mourront l'un comme l'autre jeunes, tuberculeux et en exil. Lawrence, après deux années passées à parcourir l'Europe, disparaît à Vence.

Il existe une autre dimension de l'œuvre de Lawrence, sa carrière de peintre, importante, car l'homme, en la matière, était également doué. Cependant, comme pour la littérature, il eut du mal à séduire le public anglais. Lorsque sort la *Défense de « l'Amant de lady Chatterley »*, deux ans après la remise en cause du roman incriminé, il expose ses tableaux — des nus magnifiques — dans une galerie, mais son nom est honni, ses toiles décrochées. Tout ce que touche Lawrence est censuré, et le procureur dira : « Je regrette de ne pas avoir pu les brûler. »

Pour terminer ce portrait, citons cette très jolie réflexion de Katherine Carsweld, après la mort de D. H. Lawrence : « Il ne fit rien de ce qu'il voulait vraiment faire. Il sillonna le monde, dirigea un ranch, visita les plus belles régions d'Europe. Il peignit, chanta, monta à cheval, il écrivit quelque chose comme trois douzaines de livres dont chaque page, même la plus mauvaise, est animée par une vie à laquelle nul autre homme ne saurait prétendre. » Elle ajoute : « Tandis que les meilleures sont considérées même par ceux qui les détestaient comme inégalables. » Et elle conclut : « Il fut l'homme d'une seule femme. »

En 1935, cette femme, Frieda, remariée, fit transporter les cendres de D. H. Lawrence de Vence à Taos, au Nouveau-Mexique, l'un des lieux où il avait tenté de fuir le puritanisme de son pays. Sur sa tombe, elle a fait graver un phénix.

Bibliographie

L'Amant de lady Chatterley, Le Livre de poche ; Gallimard, « Folio ».
Femmes amoureuses, Gallimard, « Folio ».
Amants et fils, Gallimard, « Folio » ; Le Livre de poche.
Amantes, Autrement.
L'Homme et la poupée, Gallimard, « Folio ».
L'homme qui connut la mort/L'homme qui était mort, Alternatives ; Gallimard, « L'Imaginaire ».
Nouvelles complètes, Garnier, « Classiques Garnier ».
La Fille perdue, Nouvelles Éditions latines.
La Femme et la bête, Nouvelles Éditions latines.
La Vierge et le gitan, Gallimard, « Folio » bilingue.
Le Renard, Stock.
La Princesse, Gallimard, « L'Étrangère ».
Kangourou, Gallimard, « Folio ».
Les Filles du pasteur, Gallimard, « Folio » bilingue ; Gallimard, « Folio ».
Le Paon blanc, Calmann-Lévy.

L'Étalon, N. Blandin.
La Belle Dame et autres contes mortifères, Hatier.
Mr Noon, Calmann-Lévy.
Jack dans la brousse, Gallimard, « Du monde entier ».
Sous l'étoile du chien, La Différence.
Femmes en exil, Minerve.
La Vierge d'Aaron, Gallimard, « Du monde entier ».
L'Arc-en-ciel, Autrement.
Île mon île, Stock.
L'Homme qui aimait les îles, Pardès.
L'Odyssée d'un rebelle, « La Quinzaine littéraire ».
Matinées mexicaines, Stock.
Pornographie et obscénité, Mille et une nuits.
Lettres choisies, Gallimard, « Du monde entier ».
Crépuscule sur l'Italie, Gallimard, « Du monde entier ».
Les Deux Principes, L'Herne.
Poèmes, Gallimard bilingue.

AGATHA CHRISTIE
1891-1976

Ah ! si seulement Hercule Poirot n'avait pas pris sa retraite et n'était pas venu chez nous cultiver des courges !...

Le Meurtre de Roger Ackroyd, *1926*

Plus de deux milliards d'exemplaires vendus, des traductions dans plus de quarante langues, une bibliothèque de près de quatre-vingts titres : Agatha Christie est un auteur fascinant autant qu'un phénomène. Cette grande dame du roman policier est l'un des écrivains les plus lus de son siècle. Ses personnages, Hercule Poirot et miss Marple, sont inscrits dans l'imaginaire de plusieurs générations de lecteurs et, malgré la radicale évolution du genre policier, sous l'impulsion principalement des maîtres américains, tout indique qu'ils vont passer le cap du troisième millénaire.

A Christie for Christmas — « Un Agatha Christie pour Noël » : la formule dit assez combien cet auteur fut prolixe, qui écrivit pendant près d'un demi-siècle deux titres par an — moins que Simenon, tout de même, qui en produisait quatre —, et dont l'impact est resté tel que son agent ne craignait pas de comparer le succès de son œuvre à celui de la Bible.

Il faudrait accepter sereinement l'idée que de telles choses peuvent se produire. Mais le cerveau humain est curieux, et, la nature ayant horreur du vide, la curiosité a besoin de réponses. Quelles furent les clés du succès d'Agatha Christie ? Sont-elles en partie explicables par la biographie et la personnalité de l'auteur ?

Agatha Christie naît à Torquay en 1891. Tôt orpheline de père, américain, l'enfant est élevée par sa mère, anglaise, une mère originale qui la pousse de bonne heure vers l'écriture. La jeune fille a des dons artistiques et pense se destiner au chant. Elle traverse la Manche et vient à Paris, mais sans succès. Elle écrit parallèlement des nouvelles, qu'elle envoie sous divers pseudonymes à des magazines, puis rédige une première ébauche de roman inspirée d'un trio observé longuement dans la salle à manger d'un hôtel du Caire, où elle réside alors. Sa mère l'incite à prendre conseil auprès de romanciers confirmés, liés par amitié à leur famille.

« Certaines des choses que vous avez écrites

sont excellentes. Vous avez un grand sens du dialogue. Vous devriez vous en tenir aux échanges gais et naturels. Essayez de bannir toutes les considérations moralisatrices [...] il n'y a rien de plus ennuyeux à lire. Laissez vos personnages se débrouiller seuls de façon qu'ils puissent s'exprimer par eux-mêmes, au lieu de leur faire dire ce qu'ils doivent dire ou expliquer au lecteur le sens de leurs paroles », lui explique Eden Phillpotts, romancier reconnu de l'époque.

Agatha Christie en prend bonne note, épaulée par les siens, sa mère, on l'a dit, sa sœur également, et c'est ainsi que sa carrière débute. Cette sœur, qui manie aussi la plume, lui montre un jour le roman de Gaston Leroux, *Le Mystère de la chambre jaune*, et la met au défi d'en faire autant.

Agatha Christie relève le défi et écrit un de ses chefs-d'œuvre, *La Mystérieuse Affaire de Styles*, publié en 1920. Précisons qu'à l'époque elle travaille dans un dispensaire, à l'hôpital de Torquay, où elle a tout appris sur les médicaments, surtout sur les drogues et les poisons. L'expérience ne lui servira pas peu. À l'hôpital elle acquiert des connaissances et du vocabulaire. En outre, ce qui est plus déterminant encore pour l'avenir, la jeune femme a tout loisir d'observer la vie de l'institution, de relever des erreurs dans la pratique des médecins, des approximations dans le traitement des malades.

La réalité, déjà, dépasse la fiction, et cela même lui donnera plus tard une grande liberté dans l'élaboration de ses histoires.

C'est d'ailleurs, écrira-t-elle dans son autobiographie, alors qu'elle observe le fonctionnement du laboratoire de pharmacie de l'hôpital que lui vient la véritable décision d'écrire des romans policiers.

« Je me mis à réfléchir au type d'intrigue que je pouvais utiliser. Comme j'étais entourée de poisons, peut-être était-il assez naturel que je choisisse la mort par empoisonnement. Je jouai avec l'idée, elle me plut, je la retins. Restait à s'occuper des personnages du drame. Qui allait être empoisonné ? Un homme ou une femme ? Par qui ? Quand ? Où ? Comment ? Pourquoi ? Ce devrait être un meurtre intime, vu la façon particulière dont il était commis. Et ainsi de suite... »

Des personnages de son quotidien lui servent de modèles pour définir les protagonistes de ses romans. Elle trouve son style, puis un éditeur, The Bodley Head, qui la convoque après qu'elle a envoyé le manuscrit de *La Mystérieuse Affaire de Styles*. Reste à rencontrer des lecteurs.

Ce sera chose faite, en 1926, avec un roman très original, *Le Meurtre de Roger Ackroyd*, grâce auquel elle acquiert une célébrité immédiate, et qui reste aujourd'hui encore un exemple du genre.

Agatha Christie affirme son talent en plantant une intrigue dans laquelle le narrateur est précisément l'assassin. L'idée lui est venue, a-t-elle expliqué par la suite, de son beau-frère, qui lui déclara, après la lecture de l'un de ses textes : « Maintenant, tout le monde peut se révéler coupable, dans un roman policier, même le détective. Moi, ce que j'aimerais, c'est un Watson coupable. »

L'idée, ingénieuse, fit son chemin pour s'incarner de manière redoutablement machiavélique, et Agatha Christie prend conscience de son habileté dans l'art de tromper le lecteur. La trouvaille est géniale ! Agatha Christie vient de renouveler le mode d'écriture du roman policier.

Le Meurtre de Roger Ackroyd est une première dans l'histoire du genre. L'impact de l'invention est inouï. Des lecteurs écrivent pour dénoncer la traîtrise de l'auteur : ils ne supportent pas le sentiment qu'ils éprouvent d'avoir été manipulés. Ce sentiment est d'autant plus fort que le physique de la manipulatrice est lui aussi trompeur. Agatha Christie affiche une allure et un visage de dame anglaise tout ce qu'il y a de plus respectable. Qui se méfierait d'elle ?

Respectable elle l'est, en effet, tout autant que mystérieuse. On sait, par exemple, qu'environ à cette époque elle disparaît pendant dix jours. Elle n'a jamais dit ce qui lui était arrivé, on ne l'a jamais su. On l'a juste retrouvée par hasard en train de danser dans un grand hôtel en Suisse... Drôle de dame !

Mais revenons à la romancière et à son incroyable talent dramatique. Agatha Christie est un auteur méthodique, tout comme le sont, dans leur domaine, ses meurtriers et ses enquêteurs. Elle n'hésite pas à se poser à elle-même des énigmes formelles, comme dans *Un cadavre dans la bibliothèque*, dans lequel on reconnaît parfaitement la référence au *Mystère de la chambre jaune*. Quand le roman devient un exercice de style...

« Voilà longtemps déjà que je caressais l'idée de m'essayer à des variations sur un thème donné. Je m'étais pour ce faire imposé certaines règles : la bibliothèque en question devait être archibanale et conventionnelle. Le cadavre, au contraire, complètement extravagant, et faire sensation. Telles étaient les données du problème. Mais le tout est resté en sommeil pendant des années, à l'état de notes jetées sur un cahier. Puis, un été, dans un élégant hôtel du bord de mer où je séjournais, j'eus l'occasion d'observer un groupe à l'une des tables de la salle à manger. Un vieil infirme dans son fauteuil roulant était entouré de membres de sa famille, plus jeunes d'une génération. Heureusement, ils partirent le lendemain, si bien que mon imagination put s'exprimer librement, sans être bridée par les entraves de la connaissance. »

Pour autant, peut-on dire qu'Agatha Christie fomente des crimes parfaits ? Presque parfaits serait un qualificatif plus juste, puisque l'enquêteur finit toujours par découvrir le coupable à la fin du livre — encore que ce ne soit vrai ni du *Meurtre de Roger Ackroyd* ni des *Dix Petits Nègres*.

Agatha Christie a-t-elle une méthode de narration qu'elle applique de roman en roman ? Il existe bien, en tout cas, un socle commun à l'ensemble de ses romans. Le lecteur a toujours affaire à un criminel intelligent, qui a tout prévu. Ce personnage peut provenir de milieux différents — alors que l'on pourrait s'attendre chez une romancière assez réactionnaire à une certaine sélection sociale — et il peut être très attachant, comme dans certains de ses meilleurs romans, *Le Crime du golf* (1923), *Mort sur le Nil* (1937) ou *Cinq Petits Cochons* (1942). Ce qui va le perdre, c'est d'affronter non pas la police — généralement tournée en dérision —, mais un enquêteur rationnel, intelligent, intuitif et méthodique.

On a le sentiment que l'auteur manifeste une grande sympathie pour les assassins. D'une certaine manière, elle leur donne toujours de très bonnes raisons d'avoir supprimé leurs victimes. On peut dire en tout état de cause qu'elle n'aime pas ces dernières. Dans *Les Dix Petits*

Nègres (1939), déjà, elle imagine l'histoire de dix personnes réunies dans un espace clos d'où elles ne peuvent s'enfuir, l'île du Nègre. Chacune est coupable de quelque chose qui a échappé à la justice et peut finalement prétendre à la punition. Comme on le sait, elles seront assassinées dans un ordre savant : les moins responsables sont supprimées dès le début du texte, tandis que les autres devront vivre dans l'angoisse de la mort, à la mesure du châtiment qu'Agatha Christie juge qu'elles méritent. Et, si nous serions tentés d'y voir de discutables positions moralisantes, nous ne pouvons pas ne pas souligner l'impressionnante connaissance de la nature humaine dont témoigne l'auteur, ainsi que de la fragilité des identités.

Au fond, chez Agatha Christie, entre coupables et victimes, il n'y a qu'une très légère différence : chaque personnage semble mériter ce qui lui arrive.

Ingéniosité de l'intrigue, finesse, parfois, de la description d'un groupe social ou familial, certes, mais ce qui fait la différence entre Agatha Christie et d'autres, c'est l'intelligence avec laquelle elle définit ses personnages et, avant tout, ses deux détectives : Hercule Poirot et miss Marple.

« Naturellement, il faudrait un détective. À cette époque, j'étais tout imprégnée de la tradition de Sherlock Holmes. Quel détective, donc ? Pas un double de Sherlock Holmes, c'est sûr : je devais en inventer un à moi, mais il devait aussi avoir un ami qui servirait de tête de Turc ou de faire-valoir. »

Agatha Christie reprend une à une les figures marquantes de ses lectures, cherche modèles et contre-modèles. Sherlock Holmes existe déjà et lui semble insurpassable ; Arsène Lupin, on ne sait s'il est détective ou criminel ; Rouletabille, peut-être... Elle veut une figure vraiment inédite. Lui revient en tête la colonie des réfugiés belges de sa paroisse, perdus dans une terre étrangère, ne manifestant pas une reconnaissance éperdue à l'égard des habitants qui avaient, eux, le sentiment de s'être pliés en quatre pour les accueillir et leur apporter tant confort que réconfort. Elle se souvient de ces Belges, qui, pour « beaucoup d'entre eux étaient des paysans plutôt renfermés, qui n'avaient aucune envie d'être invités à prendre le thé ou de voir débarquer des gens chez eux. Ils voulaient qu'on les laisse tranquilles, s'occuper seuls de leurs affaires, mettre un peu d'argent de côté, bêcher et fumer leur jardin à leur façon à eux ».

Hercule Poirot apparaît dès le premier roman de l'auteur, en 1920. Un peu vaniteux, souvent à la limite du ridicule, il cultive de drôles d'idées, quelques manies — quand il mange deux œufs à la coque, il les exige exactement de la même taille —, des détestations — telle que celle du petit déjeuner anglais. Mais ces défauts sont la clé même de ses succès : comme le lecteur, le coupable le sous-estime et néglige de s'en méfier — son arrière-petit-cousin aurait pu s'appeler Colombo. À cet atout psychologique il ajoute son maître mot : la méthode — les faits, toujours les faits, seulement les faits.

« — Vous rendez-vous compte que nous avons le choix entre trois mobiles différents évidents ? Quelqu'un a forcément volé l'enveloppe bleue et son contenu. Premier mobile : le chantage. Il se peut que le maître chanteur soit Ralph Payton. D'après Hammond, si vous vous souvenez, il y a un certain temps que le capitaine n'avait pas demandé d'argent à son beau-père. Ce qui semble indiquer qu'il s'en procurait ailleurs. Nous savons aussi qu'il était au bout du rouleau. Il devait redouter que son beau-père ne l'apprenne, second mobile, le troisième étant celui que vous venez de signaler.

« — Ciel ! m'exclamai-je, quelque peu désarçonné, son cas me paraît bien désespéré.

« — Ah, vraiment ? dit Poirot. C'est là où mon opinion diffère de la vôtre. Trois mobiles, c'est presque trop. Je suis enclin à croire qu'après tout, Ralph Payton est innocent. »

Le talent d'Hercule Poirot tient à sa capacité à « balader » tout le monde jusqu'à la scène finale, théâtralisée, où il nous convoque, en même temps que les personnages de l'intrigue, pour expliquer sa méthode et énoncer la vérité. Et, si la manière d'Agatha Christie est un peu systématique — description d'un petit univers familier aux lecteurs britanniques, dérapage vers le crime, enquête, le tout en trois cent cinquante mille signes environ —, l'efficacité du procédé perdure tout au long de la carrière de l'auteur, nonobstant la quantité de romans produits.

On a évoqué plus haut certaines trouvailles, comme celle du *Meurtre de Roger Ackroyd*, évoquons maintenant la façon dont, dans ses premières histoires, Agatha Christie confie au lecteur le code d'accès au livre en expliquant comment il est construit, pourquoi elle l'a écrit. La magie, c'est que la magie fonctionne, même si l'on peut considérer qu'Agatha Christie n'est pas, du point de vue du style, un auteur essentiel. L'une des clés de sa réussite réside dans le véritable désir qu'elle manifeste de faire plaisir, de divertir. « Je vais vous piéger », dit-elle à tous, et elle ne s'en prive pas. Jusqu'à programmer dans son dernier livre — coup de maître final ! — la transformation d'Hercule Poirot lui-même en assassin. Précisons qu'elle l'a fait en exigeant fermement que le roman ne soit publié qu'après sa mort...

Venons-en à l'alter ego de Poirot, miss Marple.

Celle-ci apparaît dix ans après son homologue belge, en 1930, dans son village de St Mary Mead, vedette d'un des grands romans d'Agatha Christie : *L'Affaire Protheroe*.

« Il est possible que miss Marple soit née du plaisir que j'avais pris à brosser le portrait de la sœur du docteur Sheppard dans *Le Meurtre de Roger Ackroyd*. Elle a été mon personnage préféré dans le livre, une vieille fille caustique, curieuse, sachant tout, entendant tout : la parfaite détective à domicile. »

Miss Marple diffère en tout point d'Hercule Poirot : d'un certain âge, les cheveux blancs, anglaise jusqu'au bout des ongles, elle habite une petite maison proprette, où elle reçoit très gentiment et babille volontiers avec les unes et les autres ; elle n'inspire pas la méfiance. Mais comme son collègue belge, elle cache bien son jeu et se révèle une redoutable séductrice, ainsi qu'en témoigne cet extrait final de *L'Affaire Protheroe*.

« Tandis que nous parlions, je ne cessais de me demander comment miss Marple avait pu deviner notre petit secret. Elle me donna bientôt la solution.

« — Griselda ne doit pas se fatiguer, murmura-t-elle. Et elle ajouta, après une courte pause : J'étais à la librairie hier, à Muchbenham.

« Pauvre Griselda. C'est l'ouvrage capital sur l'amour maternel qui l'avait trahie.

« — Si vous commettiez un meurtre, déclarai-je à brûle-pourpoint, je ne suis pas sûr qu'on vous démasquerait.

« La vieille demoiselle accusa le coup et prit l'aimable parti d'en rire.

« — Vous êtes un polisson, monsieur Clément, dit-elle en se levant. Mais je comprends que vous soyez de bonne humeur. Bien des choses à Griselda, ajouta-t-elle comme elle franchissait le seuil. Avec moi, son petit secret sera bien gardé, elle peut en être sûre. »

Le portrait qu'elle brosse de l'Angleterre des classes moyennes séduit également dans les histoires d'Agatha Christie. Elle imagine des personnages qui sont à la retraite, ou bien occupent des fonctions modestes dans les bibliothèques municipales, à la mairie, et qui se retrouvent pour des *parties* respectables : ils prennent le thé, se reçoivent les uns les autres. S'ils se promenaient dans les rues, ils rencontreraient des femmes qui poussent des landaus, des policiers sur leur vélo... A priori, ce monde n'est que bienveillance et bonnes manières, mais derrière cette façade tellement aimable se déroulent les plus abominables machinations, les crimes les plus concertés, les plus atroces.

À la fois réel et imaginaire, le monde d'Agatha Christie est paradoxal. L'auteur joue merveilleusement de nos représentations. Son Angleterre n'existe pas et n'a jamais existé, pas plus que celle d'Evelyn Waugh. On rêverait de cette Angleterre mythique avec ses vieilles dames et ces vieux constables... mais ce pays évocateur n'est que le fruit de notre imagination et de nos idées reçues. La recette du succès se niche dans cette évidence : les romans d'Agatha Christie plaisent à tout le monde, car ils sont familiers à notre imaginaire. Rien ne choque jamais le lecteur. A priori, tout est ici consensuel : la critique, la méchanceté se dissimulent derrière les bonnes manières. Mais ne faut-il pas toujours se méfier des trop bonnes manières ?

Bibliographie

Œuvres complètes, Librairie des Champs-Élysées, « Les Intégrales du Masque ».

Une grande partie des romans d'Agatha Christie est également publiée au Livre de poche.

EVELYN WAUGH
1903-1966

Si l'on estime qu'être mis au ban de la société britannique, c'est le martyre, vous pouvez vous préparer la palme et l'auréole.

Le Cher Disparu, *1948*

Evelyn Waugh est un auteur majeur autant qu'un auteur à part. De tous les romanciers anglais, il est sans aucun doute l'un des plus drôles, ce qui ne signifie pas le plus superficiel, bien au contraire. Satirique, mal dans sa peau comme dans son époque, attaché à l'ordre et à l'honneur, il regarde le monde moderne avec méfiance et n'en attend que de la souffrance. C'est peu dire que sa fragilité est touchante, d'autant qu'elle est, chez lui, au service d'une œuvre immense.

Evelyn Waugh est un contemporain de George Orwell et de Graham Greene et, comme ce dernier, un converti au catholicisme. Il naît en 1903 à Londres d'un père éditeur, qui dirige l'importante maison d'édition Chapman and Hall. Famille d'intellectuels, donc, et études en adéquation avec son milieu social : il s'inscrit à Oxford, où il ne fait pas grand-chose. Il se laisse vivre et se repose sur son talent, rédige son journal et dessine des illustrations pour des livres.

C'est un personnage tellement particulier qu'il y aurait plusieurs manières de le dépeindre : homme peu sympathique, colérique, volontiers ivrogne, vivant dans le regret de n'être pas d'origine aristocratique, snob ; écrivain jubilatoire, d'une drôlerie extraordinaire sous la cruauté ; gentleman réactionnaire, en rébellion contre la modernité. À travers ses livres admirables s'exprime le rêve d'une Angleterre qui ressemblerait à Oxford, mais à l'Oxford des années 1900.

En 1924, bon an, mal an, il passe ses examens sans brio excessif et écrit de plus en plus, jusqu'à publier, en 1926, son premier livre, un essai, *La Fraternité préraphaélite*. Jeune homme blessé, il s'apprête à transcender ses difficultés existentielles à travers une œuvre littéraire. En 1928, il publie un irrésistible roman de mœurs, *Grandeur et décadence*, où se révèle sa nostalgie d'un ordre disparu. Cette même année, il se marie pour divorcer bientôt. Il se convertit au catholicisme en 1930.

Il trouve alors sa veine créatrice dans l'écriture de farces et de satires, présentées comme des romans mais dans lesquelles des personnes réelles sont évidemment présentes. Ses cibles privilégiées ? Gens du monde et intellectuels, journalistes et étudiants, artistes et aristocrates. Waugh les introduit dans son univers, sauvage et macabre, où l'humour se taille toujours la part du lion.

Citons pour exemple un roman qui n'est pas le plus célèbre, mais qui n'en est pas moins savoureux, *Diablerie* (1933). Il met en scène un personnage qui, sans être le double de Waugh, est celui pour qui il nourrit une grande sympathie. *Diablerie* se déroule dans un royaume imaginaire ; voici comment Waugh décrit le représentant de Sa Gracieuse Majesté :

« Le représentant de Sa Majesté britannique, sir Samson Courtney, était un homme d'un charme personnel singulier, d'une culture étendue, dont la carrière en somme médiocre s'expliquait par un manque de suite dans les idées plutôt que par un manque de capacités. Tout jeune, l'avenir le plus remarquable lui avait été prédit. Il avait passé ses examens le plus brillamment du monde, il avait des parents influents au Foreign Office, et pourtant, à peine débutait-il qu'il commençait à décevoir. Troisième secrétaire à Pékin, il se consacra exclusivement à une reproduction en carton du Palais d'hiver. »

Quant au personnage principal, l'empereur supposé d'Azanie, il se décrit lui-même de la manière suivante : « Chef des Sakuyus, seigneur des Wandas, tyran des mers et bachelier ès arts de l'université d'Oxford. »

Evelyn Waugh s'inscrit toujours à la fois dans la dérision et dans la gravité — aspects essentiels de son univers. Et sa manière de passer d'un registre à l'autre est prodigieuse. Malgré les apparences, malgré sa personnalité, rétrograde, c'est un écrivain extrêmement moderne, qui construit ses livres admirablement, avec un sens du panache et de l'expression, et une part de folie.

Étrange et malade, Evelyn Waugh connaît des accès de trouble profond qui confinent à la schizophrénie. Sur un bateau, un jour, il entend des voix dans la cabine d'à côté. Il est certain que l'on parle de lui, qu'on l'appelle. Ce genre d'événement prend de telles proportions qu'il s'en ouvre par écrit à sa femme ; celle-ci se convainc que Waugh est en train de devenir fou. En outre, il boit énormément. Pessimiste et, de plus en plus, provocateur, inquiétant : il y a tous ces traits de caractère derrière l'apparente jubilation de l'écriture.

Inquiétant, Waugh l'est d'autant plus qu'il excelle dans l'imprévisible, aimant à faire surgir dans ses textes un mot insolite, qui fait déraper l'intrigue comme le ton.

« Lord Moping menaçait habituellement de

se suicider le jour où on donnait une garden-party ; cette année-là on l'avait trouvé, le visage noirci, pendu par ses bretelles dans l'orangerie. »

Même ton dans son journal, comme le fait remarquer Christine Jordis dans son étude sur le roman anglais au XXe siècle, *Gens de la Tamise*, essai dans lequel elle cite cet extrait de Waugh :

« Kitwood s'est suicidé. La duchesse d'York a eu une fille. Birkenhead est toujours vivant. Suis allé au cinéma cet après-midi. »

Evelyn Waugh évoque cette étrangeté intime dans l'un de ses plus beaux livres, *Gilbert Pinfold*. Ce texte, très autobiographique, raconte l'histoire d'un écrivain qui, soudainement, s'en va, au propre comme au figuré. Le texte déborde de ses cauchemars intimes.

Incroyable drôlerie de Waugh ! Ainsi ce passage issu de son second roman, *Ces corps vils* (1930), une splendeur qui tourne en dérision la décadence de la gentry qui vogue de bal en bal et se moque de ce monde creux de la fin des années 1920, d'avant la chute.

« À la soirée d'Archie Schwert, le marquis de Vanburg, quinzième du nom, comte Vanburg de Brendon, baron Brendon, seigneur des Cinq-Îles et grand fauconnier héréditaire du royaume de Connaught, dit au comte de Baltern, huitième du nom, vicomte Herding, baron Cairn de Baltern, chevalier rouge de Lancaster, comte du Saint Empire romain et héraut de Chenonceaux auprès du duché d'Aquitaine : "Hello, lui dit-il, vous ne la trouvez pas rebutante, cette soirée ?" »

Evelyn Waugh n'est pas tendre vis-à-vis de la vieille Angleterre. L'auteur est entier dans l'ambivalence : ce monde, il l'a aimé, défendu, il souhaitait le maintien des valeurs traditionnelles qui ont fait la grandeur de l'Empire et, dans le même temps, lucide, il en connaît les limites et le ridicule. Il évolue ainsi sur un fil tel un équilibriste, entre attachement et ironie.

L'Angleterre qu'évoque Evelyn Waugh dans ses livres n'existe pas, n'a jamais existé. Il la fantasme, un peu à la manière dont Agatha Christie a rêvé l'Angleterre de miss Marple. Le pays de ses romans est plutôt l'Angleterre qu'il aurait souhaité voir advenir et persister. En l'imaginant, il se rassure, mais il n'est pas dupe.

Qui lui en voudrait ? Il n'est pas si facile de se déprendre des moments de grâce de sa jeunesse. Waugh a adoré ses études à Oxford, où il a connu toutes sortes d'aventures, où il a rencontré des personnalités marquantes, comme Graham Greene. Il s'est amusé aussi, comme il le raconte de manière déguisée dans *Grandeur et décadence,* où le personnage principal, autre double de lui-même, affublé du nom cocasse de Paul Pennyfeather, se trouve confronté à une humiliation qui dégénère en rigolade extraordinaire lorsqu'il est déculotté en public.

On peut ajouter qu'Evelyn Waugh a sans doute scellé, à Oxford, des liens homosexuels forts. Les femmes ne sont pas son affaire. Certes, il s'est marié deux fois, a eu de sa seconde épouse six enfants, mais son premier mariage, avec cette Evelyne qui portait le même prénom que lui, a été un effroyable échec ; cela explique peut-être le rôle qu'il réserve à la gent féminine dans ses livres. Leur mariage et leur voyage de noces sont un fiasco. Tout indique que son divorce a été pour lui une véritable tragédie, qu'il a excessivement souffert et que, d'une certaine manière, il ne s'en est jamais remis. Il est d'ailleurs frappant de constater combien ce grand psychologue de l'Angleterre comprenait mal les histoires privées, intimes, qui n'ont jamais été son registre de prédilection.

Son registre, en revanche, il a su le découvrir, et c'est sans doute dans *Retour à Brideshead*, qui date de 1944, qu'il est au meilleur de lui-même. *Retour à Brideshead* est composé de plusieurs livres à la fois : l'histoire d'une demeure tout d'abord, d'une famille ensuite, enfin, de la guerre. Une guerre que Waugh a faite, et bravement, conformément à l'image qu'il s'est forgée de lui-même, comme officier, engagé dans la marine en Crète notamment, puis en Yougoslavie, et qui lui inspirera plus tard une trilogie, *L'Épée d'honneur* (1952-1961).

Le roman que Waugh livre en 1944 contient tout son univers. L'intrigue se déroule au cours d'une sorte de parenthèse dans le temps : elle commence et se termine alors que des troupes anglaises viennent prendre leur cantonnement dans le parc du château, et le lecteur comprend qu'à travers des éléments d'actualité le modernisme pénètre dans l'histoire. *Retour à Brideshead* narre l'existence d'une famille catholique, extrêmement catholique, qui représente le passé, cette fameuse Angleterre immuable chère à Evelyn Waugh. Nous avons déjà mentionné l'importance qu'a représentée pour l'auteur sa conversion au catholicisme. À travers ce roman, on saisit mieux comment la religion s'inscrit dans la problématique intime de Waugh : être catholique, pour lui comme pour Graham Greene, c'est appartenir à une minorité, plus encore, peut-être, à une maçonnerie. Le fait de revendiquer une telle particularité est une manière de trouver sa place, dans la marginalité, au sein d'un monde qui ne lui sera jamais familier.

On peut penser, en outre, qu'épouser la foi catholique à cette époque, pour un homme comme lui, est une façon de lutter contre le chaos, la monstruosité, la folie qu'il pressent à l'œuvre en lui. Comme s'il s'était rassuré lui-même en s'attachant à la foi. Cela dit, même face à un tel sujet, Waugh n'abandonnait pas l'humour, comme le témoigne cette citation, issue de sa trilogie. Il y est question du curé de la famille, qui raconte la difficulté qu'il rencontre à convertir le futur gendre de lady Marchmaid.

« Le premier jour, j'ai cherché à savoir quelle sorte de vie religieuse il avait eue jusqu'alors, et je lui ai demandé ce qu'il entendait par la prière. Savez-vous ce qu'il m'a répondu ? "Moi ? Ben rien, ma foi, c'est à vous de me le dire. Bon. Vu pour la prière. Et après, qu'est-ce qu'il y a ?" Hier, je lui ai demandé si Notre Seigneur avait plusieurs natures. Là, il m'a répondu : "Autant qu'il vous plaira, mon Père." Et il conclut comme ça : "Je ne crois pas que nos missionnaires aient jamais rencontré son pareil en paganisme." »

La trilogie, composée de trois titres, *Hommes en armes* (1952), *Officiers et gentlemen* (1955) et *La Capitulation* (1961), révèle la place occupée chez Waugh par son séjour dans l'armée durant la guerre. Le personnage principal, Guy Crouchback, en est le narrateur. Il n'est pas directement une transposition de Waugh — il n'a pas fait la même guerre que lui —, mais il exprime le sentiment de la fin d'une époque, sa difficulté à s'arracher au passé pour accéder au contemporain. Cette trilogie est également l'histoire d'un homme qui n'est jamais à sa place et qui ne comprend pas l'évolution du monde dans lequel il vit. Il a un côté très « ancien combattant », mais reste très attachant et sympathique, en raison du code d'honneur qui est le sien. Guy Crouchback a le sens du devoir. Quels que soient ses sentiments intimes, il va être sauvé par ce sens du devoir, son sens du pays, et sortir grandi de l'épreuve.

Adressons-nous, pour finir, à ceux qui vont découvrir Evelyn Waugh à travers ces lignes, pour leur donner un conseil : jetez-vous sur *Le Cher Disparu*. Relativement tardif — Waugh l'a écrit en 1948 à l'issue d'un voyage aux États-Unis —, c'est le moins anglais de ses livres, dans la mesure où il se déroule à Hollywood. Toutefois, son irrésistible humour reste très britannique. En deux mots, il s'agit d'un trio de personnages qui, aux États-Unis, travaille dans l'univers des pompes funèbres — Evelyn Waugh, en effet, a été très étonné par les rites et les mœurs funéraires des Américains, notamment le maquillage des morts, les cimetières et les monuments. Voici ce qu'il écrit :

« — Et comment votre cher disparu a-t-il passé ? demanda-t-elle.

« — Il s'est pendu.

« — Le visage est-il très défiguré ?

« — Abominablement.

« — C'est tout à fait normal. Monsieur Joyboy s'en occupera sans doute personnellement. Tout est dans le toucher, n'est-ce pas, il faut masser pour décongestionner et faire circuler le sang. Monsieur Joyboy a des mains merveilleuses.

« — Et vous, qu'est-ce que vous faites ?

« — Les cheveux, la peau et les ongles, et c'est moi qui donne les consignes aux embaumeurs pour l'expression et la pose. Avez-vous apporté des photographies de votre cher disparu ? Cela aide énormément à redonner la personnalité. Était-ce un vieux monsieur très gai ?

« — Non, plutôt le contraire.

« — Faut-il que j'inscrive "serein et philosophe" ou "critique et résolu" ?

« — La première chose, je crois. »

Evelyn Waugh ou l'humour et la satire comme seules alternatives, sans doute, à la peur de la folie...

Bibliographie

Ces corps vils, « 10-18 ».
Le Cher Disparu, Robert Laffont.
Hissez le grand pavois, « 10-18 ».
Hommes en armes, « 10-18 ».
La Capitulation, « 10-18 ».
Retour au château, Robert Laffont.
L'Épreuve de Gilbert Pinfold, « 10-18 ».
Diablerie, « 10-18 ».
Un peu d'ordre !, Le Rocher.
La Fin d'une époque, Le Seuil, « Points ».
Trois Nouvelles, Rivages, « Rivages Poche ».
Lettres, 1920-1966, Quai Voltaire.
Bagages enregistrés, Payot.
Edmond Campion, Desclée de Brouwer.
Hiver africain, voyage en Éthiopie et au Kenya, Payot.

GEORGE ORWELL
1903-1950

Le ministère de l'Amour était le seul réellement effrayant. Il n'avait aucune fenêtre. Winston n'y était jamais entré et ne s'en était même jamais trouvé à moins d'un kilomètre.

1984, *publié en 1949*

« Faire de l'écrit politique un art. » Qui douterait que cette courte phrase résume, avec une totale sincérité, l'exigence à laquelle a répondu George Orwell tout au cours de son œuvre ? George Orwell, visionnaire comme peu d'autres, incarne à la perfection ce que peut être un intellectuel engagé, un combattant, mettant sa vie et sa littérature au service d'une idée du monde, de la liberté, de l'homme.

Cependant, George Orwell n'est pas un intellectuel au sens où on l'entend en France et n'est pas passé des salons bourgeois au militantisme actif. George Orwell, né Eric Arthur Blair, est un pauvre parmi les pauvres, un aventurier, un homme dont la vie fut difficile et dont la fin, à l'image de son déroulement, fut à bien des égards tragique. L'évocation des péripéties de son existence, absolument nécessaire si l'on veut appréhender l'œuvre, ne doit toutefois pas faire passer au second plan le formidable écrivain, éblouissant par son intelligence comme par son style, que fut l'auteur de *1984*.

George Orwell, tout comme Rudyard Kipling, est originaire d'une famille anglo-indienne, au sein de laquelle il voit le jour, au Bengale, en 1903. Mais contrairement aux Kipling, les Blair ne font pas partie de la grande bourgeoisie. Le père est fonctionnaire dans les services de contrôle de l'opium. Le fils va au collège, sans enthousiasme excessif, à Eton, la plus célèbre des *public schools* anglaises. Il y connaît les difficultés et les humiliations inhérentes à sa condition sociale. Boursier, il mesure le décalage qui l'oppose à ses condisciples plus favorisés. L'expérience est douloureuse, mais sans doute éclairante. L'enseignement essentiel s'impose par-delà les disciplines scolaires : dans ce monde, il existe deux clans, celui des riches, celui des pauvres. Orwell prend goût à l'esprit de révolte, se sensibilise aux idées socialistes, tout en prenant la mesure de ce que sa culture et son intelligence lui sont de véritables armes pour combattre les différences de classe. Son engagement auprès des pauvres et des démunis sera tout au long de sa vie indéfectible.

À dix-huit ans révolus, il abandonne l'école d'Eton et fait un choix a priori étrange en s'engageant dans la police indienne impériale de Birmanie, à Rangoon. Quels fantasmes accompagnent ce révolté socialiste quand il prend une telle décision ? Soif d'aventures ou d'exotisme ? Besoin impérieux d'argent ? Toujours est-il qu'il se trouve rapidement engagé sur la voie opposée à celle à laquelle il aspire. L'expérience est éprouvante à plus d'un titre. Il la poursuit durant cinq années, puis démissionne avec fracas, avec deux idées en tête : quitter l'Asie, se consacrer à la littérature. En effet, durant ces années, il a découvert quelques auteurs anglais tels que James Joyce et D. H. Lawrence.

Il gagne donc l'Europe et tire un trait sur son passé en Birmanie. Définitif ? Il le sera pour de bon en 1934, lorsque Orwell aura écrit ce très beau livre de témoignage, *Tragédie birmane*, devenu *Une histoire birmane*. Peu connu, ce texte est précurseur de la manière simple et sincère d'Orwell, dans lequel il déclare sans détour : « L'impérialisme britannique en Birmanie, c'est du gangstérisme. »

Son arrivée en Europe ne résout pas toutes ses difficultés, loin s'en faut. Pauvre en Asie, le voici pauvre en Europe. La vie ne lui est pas douce. En Angleterre, à Londres, et en France pour partie, Orwell vit comme un clochard. Sans argent, sans logement, il survit de petits métiers. Le soir, il fait la plonge dans les restaurants.

Cette existence laborieuse, il en fait la matière d'un premier livre, qui est peut-être, littérairement, l'un des plus intéressants, *Dans la dèche à Paris et à Londres* (intitulé, dans un premier temps, *La Vache enragée*), récit au jour le jour de l'existence d'un misérable. Il devra attendre 1933 pour parvenir à le faire publier.

Cependant, après avoir été un temps maître d'école puis employé de librairie, il parvient à décrocher quelques commandes d'articles journalistiques. Il écrit à cette occasion des textes prodigieux.

« Mon point de départ est toujours le sentiment d'avoir un parti pris et la conscience d'une injustice. Lorsque je m'assois pour écrire un livre, je ne me dis pas : "Je vais écrire une œuvre d'art." Je l'écris parce qu'il y a un mensonge que je veux exposer », révélera-t-il plus tard.

Déjà, à travers les occasions qui lui sont fournies, il s'engage. Ainsi, au milieu des années 1930, il part du côté de Wigan, une ville industrielle du « pays noir », où il écrit un reportage extrêmement féroce, « Le Quai de Wigan ». Il y prend parti pour les ouvriers et livre en même temps choses vues et réflexions sur la condition des classes laborieuses.

Le journalisme n'évince pas l'écrivain. Engagé, il n'en est pas moins un homme soucieux d'art et de style. Si, à ses yeux, il n'y a pas de littérature sans engagement personnel, comme le souligne Christine Jordis, pour autant, l'engagement ne suffit pas à la littérature. Mais il entend bien concilier ces deux exigences.

Avant que de participer à la guerre civile espagnole, il publie un roman, très largement autobiographique, *Et vive l'aspidistra*. Le personnage principal est un utopiste. Il rêve d'un monde épuré des contraintes de l'argent, d'un monde libre où l'homme disposerait de son libre arbitre, de sa faculté de réflexion, de son temps.

Et vive l'aspidistra ne remporte pas un grand succès, et, tandis que George Orwell commence juste à vivre correctement de son travail de journaliste, il prend le risque de mettre ce fragile équilibre en péril au nom de ce qui lui apparaît comme l'urgence du moment : rejoindre les antifranquistes au cœur de la guerre civile espagnole. Nous sommes en 1936.

Orwell ne s'associe pas aux combattants du parti communiste, mais s'enrôle dans les milices du POUM (Parti ouvrier d'unification marxiste). Il se bat avec acharnement sur le front d'Aragon, où il est grièvement blessé à la gorge, cause peut-être de son décès prématuré à l'âge de quarante-sept ans. Par-delà la lutte antifasciste et anti-impérialiste, Orwell traverse la douloureuse et traumatisante expérience de la réalité du fonctionnement des unités staliniennes qui, afin de prendre le contrôle de l'ensemble des forces républicaines, n'hésitent pas à liquider le POUM. Cela, il le raconte dans un texte magnifique, *Hommage à la Catalogne, 1936-1937*, dont s'est inspiré Ken Loach pour son film *Land and Freedom*.

Cette prise de conscience est décisive. Résolument et à jamais solidaire des laissés-pour-compte, Orwell quitte le monde militant, pour n'être plus qu'un opposant forcené au totalitarisme, à tous les totalitarismes. Plus que jamais, sa plume est son outil de combat.

« Au-dessus d'un niveau assez bas, on écrit pour influencer le point de vue de ses contemporains en décrivant ses propres expériences », soutiendra-t-il pour ajouter que, de toute façon, dans ce monde dramatique qui est le sien, « il est interdit de rêver ».

Ébranlé politiquement, laminé physiquement et moralement, il n'est plus en état de combattre lorsque éclate la Seconde Guerre mondiale. Il est réformé au Maroc et travaille ensuite dans un certain nombre de services de l'administration, il écrit pour *The Observer*, œuvre pour la BBC, et pense à un roman à venir, qui paraît en 1945 : le très court et non moins saisissant *La Ferme des animaux*.

C'est une sorte de fable d'une violence et d'une intelligence prodigieuses, qui annonce *1984*. L'intrigue est simple.

« Mr Jones, de la ferme du Manoir, avait bien songé à verrouiller les poulaillers pour la nuit, mais il était tellement gris qu'il avait oublié de fermer les chatières. »

Comme les animaux sont plus malins que l'homme qui les exploite, ils décident, sous la conduite d'un vieux verrat, de se révolter, de libérer la ferme du joug de Mr Jones et d'organiser une société communautaire.

Le plan aurait réussi à merveille si les bêtes n'étaient pas aussi avides de pouvoir que les humains. Voilà que deux jeunes porcs, héros de la Révolution, César et Snowball, se disputent le pouvoir. Snowball prend l'ascendant, instaure un régime de terreur et exploite à son tour les autres animaux. Il martèle un slogan :

« Tous les animaux sont égaux, mais certains sont plus égaux que d'autres. »

George Orwell, dans la lignée de Jonathan Swift, excelle dans la satire. Car, bientôt, les cochons vont marcher sur les pattes arrière et se conduire rigoureusement comme les hommes, qu'ils prétendaient dénoncer, en vendant aux fermes voisines le fruit du travail des autres animaux de l'exploitation. Et, comme Orwell est d'une lucidité implacable, la fable se termine mal. La morale est claire.

« Dehors, les yeux des animaux allaient du cochon à l'homme et de l'homme au cochon, et de nouveau du cochon à l'homme, mais déjà il était impossible de distinguer l'un de l'autre. »

En 1949, Orwell pousse encore la logique de sa pensée politique en publiant un roman qui éclate comme un coup de tonnerre : *1984*.

« Le ministère de la Vérité – Miniver, en Novlangue — frappait par sa différence avec les objets environnants. C'était une gigantesque construction pyramidale de béton d'un blanc éclatant, elle étageait ses terrasses jusqu'à trois cents mètres de hauteur. De son poste d'observation, Winston pouvait encore déchiffrer sur la façade l'inscription artistique des trois slogans du Parti :

> « *La guerre, c'est la paix*
> « *La liberté, c'est l'esclavage*
> « *L'ignorance, c'est la force.* »

1984, c'est la mise en scène du totalitarisme absolu. Absolu, mais pas encore parfait puisqu'un homme, au moins, résiste encore. Winston Smith vit à Londres, capitale de l'Océania, une ville en ruine, aux immeubles vétustes dominés par quatre ministères, la Paix, la Vérité, l'Amour et l'Abondance, et une figure, celle de Big Brother, chef suprême du Parti.

Winston Smith travaille au ministère de la

Vérité, dont la raison d'être est la justification du mensonge. L'activité principale des trois mille et quelques collaborateurs de cette énorme structure est la réécriture de l'histoire. On invente une nouvelle langue, la Nov-langue, destinée à rendre « littéralement impossible le crime par la pensée car il n'y aura plus de mots pour l'exprimer ». Dans *1984*, il n'y a plus de passé, il n'y a pas d'avenir, puisque aussi bien il est interdit de se souvenir ou de réfléchir : seul le présent a droit de cité.

Le roman commence pendant la Semaine de la Haine dans ce monde qui symbolise pour Orwell tous les totalitarismes et qui atteste combien, à cette date — 1949 —, il a compris et démonté leurs mécanismes. Car c'est bien l'intelligence de l'auteur qui frappe le lecteur d'aujourd'hui, ainsi que son esprit et son humour.

Rien n'échappe à son souci de dénonciation : il traque et décrit les manipulations, les lâchetés, les trahisons, les délations, les abdications, la prise du pouvoir en chacun par ce que l'individu porte de plus bas en lui, jusqu'à construire un cauchemar cohérent et implacable. L'amour, cependant, pourrait sauver Winston Smith. Il rencontre Julia, et ils s'aiment. Ce faisant, ils transgressent la loi car l'amour est interdit à Océania. Par là même, Winston devient un résistant. Instant d'optimisme qui ne dure pas : le voilà bientôt trahi par le seul ami en qui il avait confiance, puis arrêté, torturé. Il avoue tout, mais conserve sa passion pour Julia. Alors, le pire arrive, l'intolérable. Il est emmené dans une salle où lui est présentée une cage pleine de rats destinée à lui être appliquée sur le visage. Winston s'effondre, abdique, en renonçant à l'amour. « Faites-le à Julia ! Pas à moi ! »

Le pire, ce n'est pas tant sa trahison envers Julia que l'aboutissement du cauchemar. Winston Smith, dès lors, va apprendre à aimer Big Brother.

« Deux larmes empestées de gin lui coulèrent de chaque côté du nez, mais il allait bien. Tout allait bien. La lutte était terminée, il avait remporté la victoire sur lui-même, il aimait Big Brother. »

1984 est une œuvre d'une si évidente puissance que son retentissement, immense, dépasse très largement les frontières anglaises. Malheureusement, George Orwell ne profita pas de cette gloire ni de cette reconnaissance. En janvier 1950, il meurt de la tuberculose, peu après la parution de son livre.

En matière de télévision, Big Brother a connu une descendance. En Angleterre d'abord — hommage involontaire au génie de l'anticipation d'Orwell —, dans la plupart des pays occidentaux ensuite : des émissions qui portent le nom désormais universel de « Big Brother » offrent en pâture aux téléspectateurs l'intimité des candidats.

Au-delà de son caractère sinistre, cette réappropriation témoigne de la clairvoyance d'Orwell. Nous nous rapprochons tous les jours, depuis 1949, d'un monde qui, à bien des égards, accrédite l'intuition de cet exceptionnel romancier visionnaire.

Bibliographie

La Ferme des animaux, Gallimard, « Folio » bilingue, Gallimard, « Folio ».
1984, Gallimard « Du monde entier ».
Le Quai de Wigan, « 10-18 ».
Et vive l'aspidistra, « 10-18 ».
Un peu d'air frais, « 10-18 ».
Dans la dèche à Paris et à Londres, « 10-18 ».
Hommage à la Catalogne, « 10-18 ».
Chroniques du temps de la guerre, 1941-1943, Ivréa.
Essais, articles, lettres, Ivréa.
Une histoire birmane, « 10-18 ».
Trois Essais sur la falsification, éd. 13 bis.

GRAHAM GREENE
1904-1991

— *Je n'accepte aucune mission. Pourquoi m'avez-vous choisi ?*

— *Anglais patriote. Établi ici depuis des années. Membre respecté de l'Association des commerçants européens. Il nous faut notre agent à La Havane, n'est-ce pas ?*

Notre agent à La Havane, *1958*

Romancier, journaliste, homme de théâtre, poète, agent secret... Graham Greene n'est réductible à aucune catégorie. « Ne cherchez pas à me piéger par telle ou telle phrase que j'ai écrite il y a trente ou cinquante ans. [...] Souvenez-vous que je suis quelqu'un qui change. Chaque année, je me sens différent », disait-il de lui-même. Personnage complexe, angoissé, qui connut à vingt ans le divan d'un psychanalyste après avoir joué sa vie à plusieurs reprises à la roulette russe au cours d'une période de désespoir, Graham Greene a toute son existence combattu son pessimisme inquiet par la littérature. Écrivain doué et populaire, conteur d'exception reconnu dans le monde entier, il est l'auteur d'une œuvre foisonnante, vivante, qui allie le roman policier au récit de guerre ou d'espionnage en passant par des textes plus sombres.

Graham Greene naît en 1904 dans la banlieue de Londres, d'une famille bourgeoise et cultivée. L'enfance est en apparence paisible et heureuse, mais en apparence seulement, eu égard à la fragilité psychique du jeune garçon, qui souffre de dépression. À quatorze ans, il s'essaie à l'écriture de fables fantastiques tout en menant normalement sa scolarité. L'ennui, la morosité, un sentiment aigu de la futilité de toute chose l'accablent. Sa capacité d'analyse, toutefois, lui donne quelques armes pour faire face au monde et nourrir son imaginaire.

Au cours de quatre années d'études d'histoire à Oxford, il rencontre Evelyn Waugh et s'adonne en gentleman à la bouteille, puis il s'oriente vers le journalisme.

Se produit alors un événement considérable : il se convertit au catholicisme pour épouser une jeune femme rencontrée à Oxford, et devient un fervent croyant. Le fait mérite d'être noté non seulement en raison de son éventuel impact sur son œuvre — « J'ai toujours insisté sur le fait que je ne me considérais pas comme un écrivain catholique mais comme un écrivain qui se trouve être également un catholique » —, mais aussi parce que cette décision entraîne une certaine marginalisation au sein de la société britannique. Rappelons que les catholiques constituaient une minorité et une sorte de franc-maçonnerie. Cette identité, quelle que soit la manière dont il la considérait, fera plus tard qu'il sera reconnu en France comme le François Mauriac anglais, tandis que François Mauriac — son ami par ailleurs — sera qualifié de Graham Greene français.

On pourrait discourir enfin sur le poids du catholicisme dans son élaboration romanesque, mais remarquons que ce sont ses romans les plus « catholiques » — *La Puissance et la Gloire* (1948) et *La Fin d'une liaison* (1951), récemment portée au cinéma — que l'on connaît le moins en France malgré leur très grande qualité.

Quand on lui demandait pourquoi il avait embrassé la religion catholique, comment lui était venue la Révélation, il répondait que c'était de là que venait la Vérité. Joli paradoxe pour un homme qui, précisément, a été toute sa vie en délicatesse avec la vérité. Ce qu'aime Greene ? En France, on dirait la trahison, mais lui appelait cela les « loyautés divisées ». Il disait : « Il faut toujours être du côté des victimes. » Or les victimes ne sont pas toujours du même côté — un jour, le tyran devient la victime. C'est cette manière d'appréhender le monde — très distanciée par rapport aux choses et aux êtres, et non dépourvue d'un certain cynisme —, que Greene a illustrée dans son œuvre.

Sitôt marié, il est journaliste au *Times*, commence à écrire et publie en 1929, à l'âge de vingt-cinq ans, son premier roman, *L'Homme et lui-même*. Puis il enchaîne les textes et donne, en 1935, *C'est un champ de bataille*, qui met en scène, d'une manière que l'on retrouvera ensuite sous diverses formes dans ses plus grands romans, décès et trahisons, innocences et corruptions.

Cette même année, pour cause de problèmes conjugaux, il commence à voyager et devient un brillant journaliste. Il publie, en 1938, *Le Rocher de Brighton* puis, l'année suivante, *L'Agent secret*.

Si son entrée en catholicisme a été le premier événement de sa vie d'adulte — un événement intérieur et intime —, le second lui est imposé de l'extérieur par l'entrée en guerre de son pays, en 1939. Graham Greene travaille alors pour le Foreign Office, c'est-à-dire le ministère des Affaires étrangères, il entre au MI 6 et devient agent secret, sous le numéro de code 59200. Son patron s'appelle Kim Philby, qui deviendra l'un des plus fameux traîtres à la

Couronne d'Angleterre et dont la vie défraiera la chronique jusqu'à faire l'objet d'un film. On a appelé les « apôtres » ceux qui, comme Kim Philby ou Donald McLean, furent formés dans les collèges anglais, et particulièrement à Cambridge, pour entrer dans les services secrets britanniques et finalement travailler pour Moscou et finir leur existence en Union soviétique. Ayant vu Philby disparaître du jour au lendemain sans explication, Greene est retourné le voir, sur le tard, à Moscou. Il a raconté que Philby lui a seulement dit : « Graham, pas de commentaire. » Et lui de répondre : « Juste une question : parles-tu mieux le russe, maintenant ? »

Graham Greene est donc agent pour le compte du MI 6, après — ce qui est assez rare — avoir adhéré, quelques semaines seulement —, lorsqu'il était à Oxford, au parti communiste. Il est envoyé comme correspondant en Sierra Leone, et sa vie sera désormais placée sous le signe du déracinement. Il en nourrira son œuvre en expliquant : « Mon sujet est l'absence de racines, mais la matière en est ma vie. »

On mesure combien le personnage de Greene est étonnant. C'est un auteur très populaire, une vedette, même, qui fera bientôt la une du *Times* et de *Newsweek*. En attendant, entre services secrets, romans et articles, il voyage, alimente ses intrigues de choses vues et affirme son engagement politique et, à sa façon, religieux. Dans le même temps, il affine son art romanesque.

Pourquoi Graham Greene a-t-il rencontré un si grand succès ? Parce que ses livres sont extraordinairement agréables à lire. Conteur exceptionnel, il sait instinctivement créer une sorte d'intimité avec ses personnages et de complicité avec le lecteur. C'est en cela, bien sûr, qu'il touche un large public. *La Puissance et la Gloire* (1940), dont l'inspiration est liée à un voyage au Mexique que fit Greene en 1937 pour enquêter sur les persécutions religieuses, a été un succès mondial immédiat. Il est d'ailleurs paru en France préfacé par François Mauriac. Il commence ainsi :

« Mr Tench, sorti de sa maison sous l'aveuglant soleil mexicain, est dans la poussière blanche pour aller chercher son cylindre d'éther. Du haut du toit, quelques buses à l'aspect famélique le considérèrent d'un œil indifférent. Il n'était pas encore devenu charogne ; un vague frisson de révolte monta au cœur de Mr Tench, qui arracha, en s'y cassant les ongles, deux ou trois cailloux de la route pour les lancer d'un geste mou contre les oiseaux. L'un d'eux s'envola dans un claquement d'ailes au-dessus de la ville, il survola la minuscule *plaza*, le buste de l'ex-président, ex-général, ex-être humain, survola les deux baraques où l'on vendait de l'eau minérale et fila droit vers le fleuve et la mer. Il n'y trouverait rien du tout, de ce côté-là, les requins se chargeaient des charognes. Mr Tench traversa la placette. »

On est ainsi placé d'emblée dans ce que l'on a appelé le *Greeneland*, le pays de Greene, entre doute, angoisse et espérance. *La Puissance et la Gloire* est l'histoire d'un prêtre ivrogne et impur dont la tête est mise à prix parce qu'il est le seul résistant d'un clergé mexicain persécuté par le gouvernement révolutionnaire. Quels sont les ingrédients du roman ? Le mystère, la menace, la proximité du danger et la religion. Greene fabrique un cocktail où se mêlent action et aventure de l'âme, le tout dans son style dépouillé, d'une simplicité trompeuse, avec un talent hors pair dans l'art d'envoûter le lecteur et de créer, dès les premières lignes, une tension qui ensuite ne faiblit pas. On a dit que *La Puissance et la Gloire* était le « journal d'un curé déchu ». Le père José est un prêtre marié, père de famille, à la fois homme de tous les courages qui aide les révoltés et les rebelles, et homme, tout comme Greene, un peu trop perturbé par les femmes et un peu trop porté sur la boisson. *La Puissance et la Gloire* réunit les deux univers de Graham Greene : le catholique mystique et l'espion, l'homme des trahisons et des mauvais coups. Le père José apparaît comme le support de certaines obsessions de Greene, au même titre que d'autres de ses personnages, tels que Fowler dans *Un Américain bien tranquille* ou Brown dans *Les Comédiens*. Ce sont « des êtres sans attaches, ou séparés de leur pays. De ce fait, ils sont libres, mais ils n'en restent pas moins traqués — "non seulement par la société mais par eux-mêmes" — [...] dans un état de division intime ».

Graham Greene est, par excellence, l'homme du XXe siècle. Sa double identité d'espion — qu'il conserva sans doute jusqu'à la retraite — et de journaliste l'a conduit à être présent là où, sur la planète, il se passait quelque chose d'essentiel. Il est informé, il aime le danger. Il est irrésistiblement attiré par ce qu'il appelle les « lieux d'explosion probable ». Après la Sierra Leone et le Nigeria, qui lui inspireront *Le Fond du problème* (1948), il est en Indochine, au cœur de la question vietnamienne, et publiera, en 1955, à ce propos, *Un Américain bien tranquille*. Au Congo, il séjourne dans une léproserie (*La Saison des pluies*, 1960) ; en Haïti, il enquête autour de l'hôtel Olofson sur la corruption (*Les Comédiens*, 1966).

Graham Greene a connu le succès pendant quarante ans en maniant le divertissement et la dénonciation. Ses romans sont tous plaisants, y compris ceux de sa dernière période, que l'on connaît moins en France, comme *Dr Fisher de Genève* (1980), une histoire d'espionnage qui se déroule pendant la guerre entre collaborateurs et résistants. Cet auteur, dont le plaisir de conter est tel qu'il rend ses livres irrésistibles, s'apparente, d'une certaine manière, à Joseph Conrad. On entre avec lui dans une histoire et il fait de nous des protagonistes du récit que l'on découvre. Joseph Conrad se servait pour écrire de la matière première qu'avaient représentée deux décennies d'expérience maritime. On pense alors à cette très belle phrase de Graham Greene : « Ne parlez pas de moi, toute ma vie est dans mes livres. »

L'une des œuvres les plus abouties et les plus réputées de Graham Greene est, en l'occurrence, l'écriture (pour le metteur en scène Carol Reed) du scénario du *Troisième Homme*. Greene se trouve à Vienne en 1949, pendant la guerre froide. Il regarde, écoute et construit une histoire centrée autour d'une ombre, celle de Harry Lime — sublimé par le génie d'Orson Welles —, personnage « greenien » s'il en est, complexe, chez qui le bien et le mal apparaissent comme des données toutes relatives. Il s'agit précisément de ce que Greene appelle ses « loyautés divisées » : « On n'est jamais pour toujours du bon ou du mauvais côté. » La formidable acuité de Greene contribue au fait que *Le Troisième Homme* — le film — n'ait pas pris une ride. On retrouve cette idée magnifiquement aboutie dans *Le Facteur humain* (1978), roman où Greene démontre que tout est, dans l'existence, question de regard.

Gageons que l'auteur fut heureux de ce chef-d'œuvre du cinéma, lui qui aimait tant le septième art, pour lequel il a non seulement écrit, mais également joué. Comme tous les grands dépressifs, Graham Greene était un farceur. Il s'est arrangé avec la scripte Suzanne Schiffmann pour figurer dans le casting de *La Nuit américaine*, de François Truffaut. Sur le plateau, il plante le personnage d'un assureur anglais appelé après la mort d'un comédien. Graham Greene est donc devant la caméra, et François Truffaut, qui ne sait rien de sa présence, le regarde et au bout d'un moment lui dit : « Mais je vous connais, vous, vous n'êtes pas seulement un comédien de passage. »

« — Votre numéro de code est 52900-5, ajouta-t-il orgueilleusement.

« — Je ne vois absolument pas à quoi je peux vous être utile.

« — Vous êtes anglais, non ? dit vivement Hawthorne.

« — Naturellement.

« — Et vous refusez de servir votre pays ?

« — Je n'ai pas dit cela. Mais les aspirateurs me prennent beaucoup de temps.

« — Ils vous donnent une excellente couverture, dit Hawthorne. C'est très bien calculé. Votre métier a l'air tout à fait naturel. »

Les initiés reconnaîtront à ces quelques lignes le merveilleux *Notre agent à La Havane* (1958), qui donna lieu à un autre film de Carol Reed, avec Alec Guinness. Cette histoire d'espionnage est adaptée — Greene était l'un des seuls à le savoir, et pour cause... — d'un fait réel survenu entre Allemands et Portugais. Cuba est au centre de l'enjeu des puissances, nous sommes un an avant la prise du pouvoir par Fidel Castro, et Greene manie à merveille la réalité politique et diplomatique et la comédie : *Notre agent à La Havane* est désopilant. A-t-on suffisamment insisté sur l'humour de Graham Greene, l'une de ses caractéristiques les plus délicieuses ?

Pourtant, et ce n'est en rien contradictoire, Graham Greene n'est jamais parvenu à se départir de son angoisse fondamentale, et l'on mesure combien l'action et l'écriture lui furent — toutes deux toujours associées — fondamentales afin de faire face à cette époque « d'incertitudes et de désespoir ». En 1967, désormais à la retraite, il se retire en France, entre Paris et Antibes, où il s'élève contre les pratiques mafieuses de la Côte d'Azur, notamment dans un livre qu'il était impossible de se procurer dans la région, *J'accuse.* Quand il meurt, à Vevey, en Suisse, ses derniers mots sont : « *In Search of a beginning* » (« À la recherche d'un commencement »).

Bibliographie

Œuvres complètes, Robert Laffont.
La Puissance et la Gloire, Le Livre de poche.
Le Facteur humain, Robert Laffont.
Rocher de Brighton, « 10-18 ».
Tueur à gages, « 10-18 ».
Notre agent à La Havane, « 10-18 ».
La Fin d'une liaison, « 10-18 ».
Un Américain bien tranquille, « 10-18 ».
Le Troisième Homme, Le Livre de poche bilingue.
Routes sans lois, Payot.
L'Agent secret, Le Seuil, « Points ».

HAROLD PINTER
Né en 1930

Meg : Tu as travaillé dur ce matin ?
Peter : Non. J'ai juste empilé quelques vieux transats. Nettoyé un peu.
Meg : Il fait beau dehors ?
Peter : Très beau.

L'Anniversaire, *1959*

À lui seul, Harold Pinter incarne, depuis le début des années 1960, le renouveau de la scène anglaise. C'est un contemporain des « Jeunes Gens en colère », ainsi que la critique a dénommé l'ensemble des jeunes auteurs (Edward Bond, John Osborne, David Storey ou encore Alan Sillitoe), souvent de condition sociale modeste, qui, en rupture tant avec les conventions de la composition dramatique qu'avec l'ordre social et politique britannique, renouvelèrent l'écriture du théâtre en privilégiant des intrigues et des personnages issus d'horizons quotidiens. Si Pinter est proche d'eux, à l'origine, par le souci du réalisme — dont il se déprendra —, c'est un dramaturge à part : il a lu le théâtre de l'absurde, celui de Ionesco et de Beckett. Il y ajoute une violence et une précision maniaque qui font la joie de ses interprètes comme du public.

« Une villa à la campagne, le premier jour de l'été. Au centre, flanquée de deux chaises, une table dressée pour le petit déjeuner. Après le premier tableau, tables et chaises seront enlevées, et l'action se concentrera d'une part sur le bureau d'Edward, à gauche, d'autre part sur l'office attenant à la cuisine, à droite. Ces deux zones étant suggérées avec un minimum de décor et d'accessoires. »

Une petite douleur, écrite en 1959, est l'une des premières pièces de Harold Pinter, et, en quelques lignes d'indications de mise en scène, est déjà définie une conception du théâtre : « Mon but, c'est la rigueur, la nuance et la précision », avait-il écrit à l'âge de vingt-quatre ans.

Harold Pinter naît en 1930 dans une famille juive de la banlieue de Londres, d'un père tailleur, ce qui n'est pas sans rappeler l'univers de Jean-Claude Grunberg en France. Dès l'enfance, il est fasciné par le théâtre et s'oriente après-guerre vers une carrière d'acteur. Il joue Shakespeare et publie de la poésie. Mais la révélation vient plus tard, par l'écriture, avec *La Chambre,* en 1957.

Son approche du texte est marquée par son existence d'acteur. Son regard sur le jeu, le décor, la mise en scène est d'autant plus précis qu'il a l'expérience des planches. L'homme est éclectique, d'ailleurs, et dès ses commencements. Acteur, poète, homme de théâtre, très vite il se dirige parallèlement vers le cinéma, qui lui doit trois grands textes : le scénario original de *The Servant* (1962), de Joseph Losey, l'adaptation, toujours pour Losey, du *Messager* (1969), puis, plus tard, celle de *La Maîtresse du lieutenant français,* de Karel Reisz (1981). Entre-temps, il s'intéresse à Marcel Proust, dont il écrivit une des premières adaptations cinématographiques, en 1972. Dans *The Servant,* son travail le plus personnel, on trouve déjà un thème récurrent de son œuvre : celui de l'aliénation d'un individu par un autre.

Mais revenons un peu en arrière. Dès *La Chambre,* sa première pièce, Harold Pinter pose ses marques à travers l'histoire d'une pauvre femme qui voit arriver des gens, sans savoir ce qu'ils viennent faire là. Avec cette pièce, qui contient déjà tout ce qui fera son succès, Pinter ne rencontre pas véritablement le public, non plus que l'année suivante avec *L'Anniversaire,* très mal accueillie, traitée de « chef-d'œuvre d'absurdité » dans la presse.

À l'évidence, ce théâtre, qualifié de « théâtre de la menace », et qui depuis a fait de nombreux disciples dans le monde, inquiète. L'histoire se déroule dans une pension de famille : y demeurent un homme et sa femme et, à l'étage, un certain Stanley, dont on ne sait pas grand-chose. Deux hommes arrivent dans la pension, demandent à voir Stanley et commencent à le torturer mentalement, peut-être plus. D'un côté, donc, des personnages apparemment banals, de l'autre, des inconnus inquiétants qui font irruption dans le quotidien pour terroriser une victime, qui pourrait bien être un peu consentante. Ça commence tout doux, puis la tension monte :

« Goldberg : Pourquoi faites-vous perdre du temps à tout le monde, Weber ? Pourquoi vous mettez-vous dans les jambes de tout le monde ? Je vous le dis, Weber, vous êtes moins que rien. Pourquoi emmerdez-vous le monde ? Pourquoi est-ce que vous vous conduisez si mal, Weber ? Pourquoi obligez-vous ce vieillard à sortir pour jouer aux échecs ? Pourquoi traitez-vous cette jeune fille comme la lèpre ? Ce n'est pas la lèpre, Weber ! Comment tu étais habillé la semaine dernière, Weber ? Où ranges-tu tes costumes ? Pourquoi as-tu quitté l'organisation ? Que dirait ta vieille maman, Weber ? Pourquoi nous as-tu trahis ? Tu me fais mal, Weber, tu joues un vilain jeu. »

En un paragraphe, Pinter passe d'une question sobre au tutoiement agressif, bientôt l'interrogé se voit casser ses lunettes, et l'on pressent que ça ne s'arrêtera pas là. La menace est fondamentale dans le théâtre de Pinter. Ses personnages sont conçus pour incarner la promesse du drame, dans leur manière d'arriver du néant et de prendre le pouvoir. En ce sens, Pinter, influencé par le théâtre de l'absurde à la française, n'est pas loin de son ami Beckett ou de Ionesco. Pourtant, chez cet Anglais, l'écriture est plus laconique et l'effet particulièrement brutal. Son théâtre est d'une grande violence de sentiments. Comme chez Beckett, les ressorts dramatiques reposent sur la peur et la sensation omniprésente de menace, notamment parce que le spectateur en sait toujours beaucoup moins que les protagonistes et qu'il est laissé dans un état de frustration extrêmement efficace. Cependant, chez Beckett, tout ressortit à l'imagination, à l'intellect abstrait, alors que, chez Pinter, la puissance du propos s'appuie au contraire sur la banalité, le quotidien, la position concrète d'une table, d'une chaise, d'une bouilloire. L'inquiétude provient de l'irruption du danger — un danger obscur qui s'insinue, qui procède de l'intimidation — dans la banalité du quotidien. La maison, par exemple, cadre de plusieurs de ses pièces et qui devrait être rassurante, apparaît toujours menacée d'intrusion.

À quelles sources se nourrit la menace chez Pinter ? La réponse paraît s'imposer. Harold Pinter a gardé un souvenir très prégnant de l'antisémitisme enduré par sa famille durant son enfance, et qui a contraint ses parents à quitter Londres entre 1939 et 1944. La tyrannie, la force obscure qui sommeillaient et qui viennent à se manifester pour créer le malheur sont les traces de la Seconde Guerre mondiale, des affrontements, de la peur et du danger. Cependant, cette sourde agression, même lorsqu'elle est liée à des situations historiques, procède d'une certaine vision métaphysique du monde.

Le succès, sur toutes les scènes, Pinter le rencontre en 1960, peu après le scandale de *L'Anniversaire*, avec *Le Gardien*. La solitude, l'absolue impossibilité des hommes — personnages ou lecteurs — à se comprendre et à se rejoindre, qu'ils se dissimulent par l'ironie ou l'agressivité, sont au cœur de l'œuvre. Une œuvre où Pinter affirme son talent dramatique par cet art du détail déjà évoqué. Voici comment il indique au metteur en scène la préparation du décor :

« À droite de la fenêtre, un amoncellement hétéroclite : un évier de cuisine, un escabeau, un seau à charbon, une tondeuse à gazon, un petit chariot à provisions, des boîtes, des tiroirs de commode, en dessous un lit de fer, et devant, une cuisinière à gaz sur laquelle est posée une statue de Bouddha. À droite, vers l'avancée d'une cheminée, autour d'elle, deux ou trois valises, un tapis roulé, une lampe à souder. »

En 1965, *Le Retour* confirme le talent de Pinter. Un jeune homme plutôt cultivé, professeur d'université aux États-Unis, retourne chez les siens, à Londres, avec sa jeune femme. Son père, deux de ses frères et un oncle sont des canailles. Peu à peu, ils vont s'approprier la jeune femme. On pourrait imaginer que la violence de leur manipulation va provoquer une réaction, or, là où Pinter est génial, c'est qu'il organise le consentement de la jeune femme. La pièce devient de plus en plus étrange, puis désagréable, enfin franchement angoissante. Quand le rideau tombe sur un statu quo, nous, spectateurs, restons absolument interdits, dans un état de frustration extraordinairement fort.

Le rapprochement philosophique est opéré entre victimes et coupables. L'acte de violence perpétré par les trois frères à l'encontre de cette jeune femme, Ruth, n'appelle aucun commentaire. Le spectateur qui assiste passivement au drame, comme les autres protagonistes de l'intrigue, s'enfonce dans un durable inconfort.

Sa popularité confirmée par *Le Retour* et par le succès du *Servant* de Losey, Harold Pinter devient l'auteur dramatique le plus monté dans le monde, et le plus célèbre. Les sollicitations sont permanentes. En France, il est mis en scène par Claude Régy et interprété par les plus grands acteurs français, tels Michel Bouquet ou Jean-Pierre Marielle, Bernard Fresson ou Jean Rochefort. Tous adorent le jouer, sensibles sans doute à l'acuité de l'auteur, à son ironie, à son humour et, bien entendu, à sa manière d'utiliser les mots.

Une manière qui a évolué avec le temps, Pinter, de texte en texte, semblant se détacher insensiblement de la parole. Dans son univers, les personnages se méfient du langage. De plus en plus, le silence s'installe. Pourquoi ? Parce que chaque mot est une menace, chaque mot peut être interprété d'une manière ou d'une autre et donc devenir un danger. Il n'y a qu'à se reporter aux indications de jeu, où l'on lit, constamment : « un silence, une attente ». Les pièces de Pinter deviennent de plus en plus courtes. L'épure est de plus en plus exigeante et, des cinq actes traditionnels, il en arrive à écrire une saynète de deux feuillets, aussi explicite qu'un long texte. Celle-ci, qui date de 1965, est titrée *Voilà tout,* et figure dans un recueil peu connu de dix sketches rédigés entre 1961 et 1969.

« Mme A : Je mets toujours la bouilloire à peu près à cette heure-ci.

« Mme B : Oui.

« *(Un temps.)*

« Mme A : Et là-dessus, la voilà qui passe ici.

« Mme B : Oui.

« *(Un temps.)*

« Mme A : C'est seulement le jeudi qu'elle passe ici.

« Mme B : Oui.

« Mme A : Avant, c'était le mercredi que je mettais la bouilloire, avant c'était ce jour-là qu'elle passait ici. Et puis elle a changé de jour, maintenant c'est le jeudi.

« Mme B : Eh oui. »

Ça dure ainsi sur trois pages et le lecteur s'interroge : mais que va-t-il se passer entre ces gens-là ? Il ne se passe rien, sauf ce que chacun choisit d'y placer. On retrouve là l'art de Ionesco dans *La Cantatrice chauve* : la mise en scène révélant l'aspect dérisoire du quotidien, des objets qui ne veulent rien dire d'autre que ce qu'ils sont. Seulement, chez Pinter, au-delà de l'absurde, on accède à la violence. À l'appui de cela, on pourrait citer cet autre texte très court, fascinant, qui s'appelle *Précisément*. Deux hommes parlent.

« — Tout ça, nous l'avons dit et répété, non ?

« — Bien sûr que oui. Dit et répété vingt millions, voilà ce que nous avons dit, dit et répété, ce chiffre s'appuie sur des faits établis, nous avons déjà fait nos devoirs, vingt millions… »

Le dialogue continue ainsi. Les deux hommes s'opposent sur des chiffres : vingt millions ? trente ? quarante ? Le lecteur pense qu'il s'agit d'une farce, qu'ils discutent d'un important prix gagné à la loterie. Pas du tout, l'objet de leur débat, c'est le nombre des victimes de la guerre mondiale.

L'un des ressorts essentiels du théâtre de Harold Pinter, du moins du point de vue du spectateur, consiste en la manière dont il crée la frustration. Il est l'un des premiers à avoir joué ainsi avec son public, en faisant tomber le rideau trop tôt. Dans *Le Monte-Plats*, il installe deux personnages enfermés dans un sous-sol de cuisine. Ces deux tueurs à gages reçoivent par un monte-charge des ordres écrits ; on leur donne des consignes de plus en plus précises. Pendant ce temps, ils bavardent. L'un d'entre eux va boire un verre d'eau, tandis que tombe la dernière consigne, un ordre bref : tuer la première personne qui pénétrera dans la pièce. Précisément l'un des deux tueurs. Le spectateur ne le verra pas se faire tuer. Pinter le fait entrer dans la pièce, le décrit confronté au revolver de son acolyte, ne comprenant pas ce qui lui arrive. La pièce se termine sur leur regard et le rideau tombe. Moment terrible ; depuis le début de leur histoire le spectateur était avec les deux hommes et, soudainement, il est exclu de la scène, devient étranger au drame programmé, annoncé. Pinter laisse le public aux prises avec cet « étrangement inquiétant » derrière lequel sourd la folie.

Bibliographie

Les ouvrages de Harold Pinter sont publiés aux Éditions Gallimard.

JOHN LE CARRÉ
Né en 1931

Il essaya tout d'abord de voir Haydon en termes romantiques et journalistiques d'un intellectuel des années 30 pour qui Moscou était La Mecque évidente. [...] Cela lui parut un peu sommaire, alors il y ajouta un peu de l'homme qu'il s'efforçait d'aimer : Bill était un romantique et un snob. Il voulait faire partie d'une avant-garde élitiste et tirer les masses des ténèbres.

La Taupe, *1974*

John le Carré est le plus illustre descendant de la tradition du roman britannique d'espionnage. Un maître du genre qui sut, mieux que quiconque, exploiter la période trouble et exaltante, d'un point de vue romanesque, de la guerre froide. Il s'inscrit dans une lignée qui avait vu triompher, avant lui, Eric Ambler (1909-1998) et, davantage encore, Graham Greene.

Ce n'est d'ailleurs pas, pour le Carré, la moindre des consécrations que d'avoir obtenu la totale reconnaissance de Greene, auteur qu'il adorait, et qui, d'une certaine façon, l'a désigné comme son successeur. Entre les deux hommes, il existe à l'évidence une parenté dans l'ambiance et l'esprit de leurs romans, quelque chose que l'on pourrait définir comme une dimension métaphysique, « réflexion sur le vrai et le faux, l'être et l'apparence, la certitude et le doute ».

John le Carré est un pseudonyme, assez intrigant en soi. Pourquoi avoir choisi ce nom français et avoir décidé que l'initiale de la particule « le » s'écrirait en minuscule et non en majuscule, tel que le veut l'usage ? L'explication est plus simple qu'il n'y paraît. Notre auteur, diplomate et travaillant au Foreign Office, est contraint, pour des raisons évidentes, d'user d'un nom de plume après la publication de *L'Appel du mort*. Alors qu'il se promène dans une rue, il passe devant une cordonnerie qui s'appelle « the Square ». Il adopte le nom, le traduit et devient le Carré.

Mais, jusqu'en 1961, l'écrivain répond au patronyme de David Moore Cornwell. Il naît en 1931 dans la ville de Poole, d'une famille un peu particulière, le père, Ronald Cornwell, dit Ronnie, étant un personnage de roman, un individu hors du commun. Dans les notices biographiques, on écrit pudiquement qu'il fut un homme d'affaires. En réalité, c'est un escroc sympathique, mythomane et embarrassant, tant et si bien que la mère de John disparaît de la maison familiale lorsque son fils est encore très petit. Il ne la retrouvera qu'à l'âge de vingt ans. Le père se lance dans des milliers d'affaires à la fois, laisse dix-neuf faillites derrière lui. Dire qu'il a marqué son fils est un euphémisme. John le Carré lui consacrera son roman préféré, *Un pur espion* (1986), dans lequel le père sert de modèle au personnage principal, Magnus Pym. Ajoutons qu'à la mort de son père John le Carré se rendra compte que Ronnie a souvent pris son identité. Il se faisait passer pour son fils, notamment pour draguer les filles. Un père particulier, une mère absente... « Je suis devenu espion parce que je cherchais à savoir où était partie ma mère et que faisait mon père quand il disparaissait. »

En attendant, David Cornwell fait ses études en Suisse, puis à Oxford, pour enseigner ensuite la littérature allemande à l'université d'Eton. Il n'entend pourtant pas rester professeur. Tandis qu'il était encore étudiant à Berne, il a été approché par les services secrets britanniques, par un certain Maxwell Knight, qui servira de modèle à l'un de ses personnages. Celui-ci, séduit sans doute tant par la personnalité du jeune Cornwell que par son don pour les langues étrangères, en particulier l'allemand, lui a conseillé d'aller faire un tour du côté du MI 5.

Il présente donc le concours d'entrée au Foreign Office, le ministère des Affaires étrangères anglais, et commence une carrière diplomatique. Il devient secrétaire d'ambassade à Bonn durant la construction du mur de Berlin, puis il monte rapidement dans la hiérarchie et se retrouve consul à Hambourg.

Toutefois, il rêve de quitter la carrière pour écrire et rédige plusieurs romans, d'espionnage, qui ne recueillent qu'un accueil mitigé, jusqu'à la sortie de *L'Appel du mort,* en 1961. Déjà est présent le personnage, devenu ensuite légendaire, de George Smiley. Le premier chapitre s'ouvre sur sa biographie.

« Lorsque lady Ann Sercomb épousa George Smiley à la fin de la guerre, elle le décrivit à ses amies de Mayfair, fort étonnées de la nouvelle, comme un personnage d'une banalité stupéfiante : courtaud, corpulent et d'un caractère paisible, Smiley donnait l'impression de dépenser beaucoup d'argent pour s'acheter des costumes dénués de toute élégance, qui pendouillaient autour de sa silhouette trapue comme la peau autour d'un crapaud ratatiné. »

George Smiley, c'est l'anti-James Bond à une époque où James Bond est la référence en matière d'agent secret de littérature. Comme on l'a vu, Smiley est mal habillé et n'a aucune classe. Sa femme l'appelle tantôt « mon nounours », tantôt « mon crapaud ». Son passe-temps favori est la lecture des poètes allemands les plus inconnus du XVIIe siècle. Il est à l'opposé de l'image glorieuse des agents « au service de Sa Majesté ».

Pour compléter le tableau, le malheureux Smiley croule sous les ennuis domestiques : la lady qu'il a épousée ne lui est pas toujours fidèle, c'est le moins qu'on puisse dire, et, en cela aussi, il s'oppose à James Bond, qui tombe toutes les filles mais ne se lie à aucune d'entre elles. Smiley, lui, est indéfectiblement fidèle, tant à sa femme qu'à la Cause.

Grâce à cet antihéros, l'auteur trouve son filon et un début de public. Deux ans plus tard, avec *L'espion qui venait du froid*, David Cornwell devient un authentique écrivain et, par là même, John le Carré.

L'espion qui venait du froid paraît en 1963. L'intrigue se déroule largement à Berlin, en pleine guerre froide, au moment où le passage de Berlin-Ouest à Berlin-Est est devenu effroyablement compliqué et dangereux. C'est en observant la construction du mur qu'est venue à le Carré l'idée du roman, qu'il a rédigé en cinq semaines.

À une période dramatique de l'histoire où le monde est menacé de basculer dans une nouvelle guerre mondiale, éventuellement nucléaire, ce roman d'espionnage est le premier du genre à piétiner les idées reçues. Plus de gentils — les puissances de l'Ouest — ni de méchants — celles de l'Est : à travers les aventures d'un espion britannique sur le retour, Alec Leamas, et d'une bibliothécaire membre du parti communiste britannique, Liz Gold, le Carré décrit un monde sans scrupules, ni principes, et des services d'espionnage froids et brutaux, usant tous des mêmes méthodes sordides.

L'espion qui venait du froid marque la fin des illusions sur l'espèce humaine. Tout le monde trahit, chacun est la victime de tous : les agents ne sont dévoués à aucune cause, jouent double, voire triple jeu. En fera les frais le pauvre Alec Leamas, envoyé se faire capturer par ceux d'en face afin de leur livrer de fausses informations qui, croit-il, permettront d'arrêter un redoutable membre des services secrets de la partie adverse. Voici la recommandation qui lui est faite par le chef des services secrets :

« Ne lâchez pas le morceau d'un seul coup, laissez-les un peu se décarcasser de leur côté, lui avait-il dit. Embrouillez-les sous une avalanche de détails, omettez certaines choses, revenez sur ce que vous avez dit, soyez irritable, insupportable, buvez comme un trou, ne cédez en rien question idéologie, ils ne vous croiraient pas. Ce qu'ils veulent, c'est traiter avec un type qu'ils ont acheté. Ils veulent un opposant, Alec, pas un vague converti. [...] Vous représentez le dernier épisode de la chasse au trésor. »

Le livre, court et d'une écriture efficace, recueille un succès colossal : soixante-dix mille exemplaires vendus en deux semaines, quand l'éditeur avait royalement octroyé à son auteur cent vingt-cinq livres anglaises. Les droits du roman sont aussitôt achetés pour le cinéma, et *L'espion qui venait du froid* est immortalisé par Richard Burton dans le rôle de Leamas.

John le Carré peut se permettre de réaliser son rêve : il démissionne en 1964 du Foreign Office et poursuit sa carrière d'auteur de romans d'espionnage. Il s'essaie incidemment à d'autres voies, comme en 1971, avec *Un amant naïf et sentimental*, mais, devant cet échec relatif, s'en retourne vers sa veine d'origine, avec une trilogie : *La Taupe* (1974), *Comme un collégien* (1977), *Les Gens de Smiley* (1980), au centre de laquelle gravite ce dernier.

Dans *La Taupe*, qui pose la question du mystère de l'identité humaine, John le Carré s'appuie sur la réalité en introduisant dans le personnage de l'agent double, de la taupe, précisément, un Bill Haydon qui n'est autre que le double de Kim Philby, parti à cette époque d'Angleterre pour rejoindre l'Union soviétique. George Smiley mène une double enquête, la première sur les traces de Haydon, la seconde sur sa propre vie — Haydon ayant été l'amant de sa femme — afin de traquer et de mesurer, par-delà l'idéologie, les ravages que causent les infidélités, quelles qu'elles soient. Par ce double questionnement, le Carré, à l'évidence, dépasse le cadre du roman de genre pour accéder à une écriture tout simplement littéraire.

La Taupe est un livre à la fois magnifique et déprimant. Smiley va de découvertes fâcheuses en révélations sinistres, pour mesurer combien sa vie est ratée. Le lecteur ne sort pas indemne du roman, pas plus que les téléspectateurs qui ont eu la chance de voir l'adaptation qui en a été faite avec Alec Guinness, inoubliable dans le rôle de Smiley.

Dans les années 1980, la conjoncture internationale, dont s'est tant nourri le Carré, change radicalement après l'arrivée au pouvoir de Mikhaïl Gorbatchev et la mise en œuvre de la politique de la glasnost. C'est la fin de la guerre froide. Comment Smiley pourra-t-il survivre au dépassement du conflit Est-Ouest ? La presse ne donne pas cher de la pérennité de l'œuvre de John le Carré. De plus, l'homme est discret, secret, se refuse généralement aux interviews et se tient à l'écart du monde médiatique. Il n'en faut pas plus pour que d'aucuns soient tentés, prématurément, de l'enterrer. Pourtant, précisément dans ces années 1980, celui-ci révèle combien il est un grand écrivain en livrant, en 1986, *Un pur espion*, son roman le plus autobiographique, déjà évoqué plus haut, puis un autre, en 1989, *La Maison Russie*, qui accompagne le mouvement irrémédiable de la glasnost. Ce très beau livre, admirablement construit malgré une intrigue compliquée, est sans doute l'un des romans les plus optimistes de le Carré. Lui-même, dans un discours prononcé en 1989, notait non sans humour :

« Ils [les lecteurs] m'en veulent de leur avoir pris leurs joujous de la guerre froide. Pendant trente ans, ont-ils l'air de dire, ce type nous a vendu un désespoir sans faille. Maintenant il se retourne et nous donne de l'espoir. Pour qui se prend-il ? »

À travers l'histoire d'un éditeur en relation avec la Russie, qui se trouve posséder des informations dont il ne sait que faire, pas plus que les services secrets occidentaux, le Carré transcrit le désarroi de tous face à la fin du système totalitaire de l'Union soviétique.

Depuis *La Maison Russie,* John le Carré a poursuivi son œuvre, du *Tailleur de Panamá* à *Single and Single* en passant par *La Constance du jardinier.* Contrairement à toutes les prévisions, ses sources d'inspiration — de la mafia des milieux financiers aux stratégies criminelles des firmes pharmaceutiques — ne se sont pas taries. C'est que l'homme est tout sauf un naïf, lui qui s'est beaucoup préoccupé de sonder le cœur des hommes autant que le cynisme des systèmes.

C'est bien ce qui fait que John le Carré, tout comme Graham Greene, est différent des autres auteurs de romans d'espionnage et continue à être lu dans le monde entier.

Il a lancé un jour une formule qui nous est restée : « Les services secrets, c'est l'inconscient des démocraties occidentales », phrase qui témoigne de la lucidité de sa réflexion sur la société ; à travers les aventures de personnages aux prises avec l'absence totale de règles et de morale qui caractérise le siècle, il nous livre sa conviction que l'homme — donc lui, donc nous — doit essayer de cheminer seul. Ce n'est pas un hasard si, dans ses plus grands romans, comme dans *L'espion qui venait du froid*, au bout de cinquante pages, toutes les certitudes s'effondrent et si le lecteur ne sait plus qui est qui. La question essentielle de l'identité traverse ses romans, et c'est pourquoi, sans doute, John le Carré nous touche tant.

Bibliographie

Œuvres complètes, Robert Laffont.
La Trilogie de Karla : La Taupe, Comme un collégien, Les Gens de Smiley, Le Seuil, « Points ».
Les Gens de Smiley, trilogie, Le Seuil, « Points ».
La Taupe, Le Livre de poche.
Un amant naïf et sentimental, Le Livre de poche.
Le Directeur de nuit, Le Livre de poche.
La Maison Russie, Le Livre de poche, Gallimard, « Folio ».
La Constance du jardinier, Le Seuil, « Points ».
Un pur espion, Le Seuil, « Points ».
Single and Single, Le Seuil, « Points ».
Le Tailleur de Panamá, Le Seuil, « Points ».
Notre jeu, Le Seuil, « Points ».
Le Voyageur secret, Le Livre de poche.
Une paix insoutenable, Le Livre de poche.
La Petite Fille au tambour, Le Livre de poche.
Le Miroir aux espions, Le Livre de poche.

L'Espion qui venait du froid, Gallimard, « Folio ».
L'Appel du mort, Gallimard, « Folio ».
Chandelles noires, Gallimard, « Folio ».

Préface	9
William Shakespeare	17
Daniel Defoe	31
Jonathan Swift	43
Henry Fielding	55
Walter Scott	65
Jane Austen	75
Lord Byron	89
Charles Dickens	99
Les sœurs Brontë	111
Thomas Hardy	123
Robert Louis Stevenson	133
Oscar Wilde	145
Joseph Conrad	155
Arthur Conan Doyle	171
Rudyard Kipling	183
Gilbert Keith Chesterton	195
Edward Morgan Forster	207
James Joyce	219
Virginia Woolf	233

David Herbert Lawrence	247
Agatha Christie	261
Evelyn Waugh	277
George Orwell	289
Graham Greene	301
Harold Pinter	313
John le Carré	325

DES MÊMES AUTEURS

Olivier Barrot et Bernard Rapp

Aux Éditions NiL

LETTRES ANGLAISES (« Folio », *n° 4208*)

Olivier Barrot

Aux Éditions Gallimard

LETTRES D'AMÉRIQUE, avec Philippe Labro (« Folio », *n° 3990*), 2004

LE THÉÂTRE DE BOULEVARD : CIEL, MON MARI ! avec Raymond Chirat (Découvertes-Gallimard, n° 359), 1998

BRÛLONS VOLTAIRE ! *et autres pièces en un acte* d'Eugène Labiche, édition avec Raymond Chirat (Folio théâtre n° 22), 1995

GUEULES D'ATMOSPHÈRE : LES ACTEURS DU CINÉMA FRANÇAIS, 1929-1959, avec Raymond Chirat (Découvertes-Gallimard, n° 210), 1994

Aux Éditions du Rocher

SALUT À LOUIS JOUVET, avec Raymond Chirat, 2002

DES LIVRES ET DES JOURS, 1999

PAGES POUR MODIANO, 1999

Chez d'autres éditeurs

HONNEUR À VILAR, avec Melly Puaux, Actes Sud, 2001

LETTRES À L'INCONNUE, avec Alain Bouldouyre, Hoëbeke, 2001

NOIR ET BLANC, Flammarion, 2000

LE VOLEUR DE VILLES, Anne Carrière, 1999

LONG-COURRIERS, Pré-aux-Clercs, 1996

LE MYSTÈRE ELEONORA, Grasset, 1996

Bernard Rapp

Chez d'autres éditeurs

DICTIONNAIRE MONDIAL DES FILMS, avec Jean-Claude Lamy, Larousse, 2005

QUALITY : OBJETS D'EN FACE, Du May, 1998

Dernières parutions

3823. Frédéric Beigbeder — *Dernier inventaire avant liquidation.*
3824. Hector Bianciotti — *Une passion en toutes Lettres.*
3825. Maxim Biller — *24 heures dans la vie de Mordechaï Wind.*
3826. Philippe Delerm — *La cinquième saison.*
3827. Hervé Guibert — *Le mausolée des amants.*
3828. Jhumpa Lahiri — *L'interprète des maladies.*
3829. Albert Memmi — *Portrait d'un Juif.*
3830. Arto Paasilinna — *La douce empoisonneuse.*
3831. Pierre Pelot — *Ceux qui parlent au bord de la pierre (Sous le vent du monde, V).*
3832. W.G Sebald — *Les émigrants.*
3833. W.G Sebald — *Les Anneaux de Saturne.*
3834. Junichirô Tanizaki — *La clef.*
3835. Cardinal de Retz — *Mémoires.*
3836. Driss Chraïbi — *Le Monde à côté.*
3837. Maryse Condé — *La Belle Créole.*
3838. Michel del Castillo — *Les étoiles froides.*
3839. Aïssa Lached-Boukachache — *Plaidoyer pour les justes.*
3840. Orhan Pamuk — *Mon nom est Rouge.*
3841. Edwy Plenel — *Secrets de jeunesse.*
3842. W. G. Sebald — *Vertiges.*
3843. Lucienne Sinzelle — *Mon Malagar.*
3844. Zadie Smith — *Sourires de loup.*
3845. Philippe Sollers — *Mystérieux Mozart.*
3846. Julie Wolkenstein — *Colloque sentimental.*
3847. Anton Tchékhov — *La Steppe. Salle 6. L'Évêque.*
3848. Alessandro Baricco — *Châteaux de la colère.*
3849. Pietro Citati — *Portraits de femmes.*
3850. Collectif — *Les Nouveaux Puritains.*

3851.	Maurice G. Dantec	*Laboratoire de catastrophe générale.*
3852.	Bo Fowler	*Scepticisme & Cie.*
3853.	Ernest Hemingway	*Le jardin d'Éden.*
3854.	Philippe Labro	*Je connais gens de toutes sortes.*
3855.	Jean-Marie Laclavetine	*Le pouvoir des fleurs.*
3856.	Adrian C. Louis	*Indiens de tout poil et autres créatures.*
3857.	Henri Pourrat	*Le Trésor des contes.*
3858.	Lao She	*L'enfant du Nouvel An.*
3859.	Montesquieu	*Lettres Persanes.*
3860.	André Beucler	*Gueule d'Amour.*
3861.	Pierre Bordage	*L'Évangile du Serpent.*
3862.	Edgar Allan Poe	*Aventure sans pareille d'un certain Hans Pfaal.*
3863.	Georges Simenon	*L'énigme de la Marie-Galante.*
3864.	Collectif	*Il pleut des étoiles...*
3865.	Martin Amis	*L'état de L'Angleterre.*
3866.	Larry Brown	*92 jours.*
3867.	Shûsaku Endô	*Le dernier souper.*
3868.	Cesare Pavese	*Terre d'exil.*
3869.	Bernhard Schlink	*La circoncision.*
3870.	Voltaire	*Traité sur la Tolérance.*
3871.	Isaac B. Singer	*La destruction de Kreshev.*
3872.	L'Arioste	*Roland furieux I.*
3873.	L'Arioste	*Roland furieux II.*
3874.	Tonino Benacquista	*Quelqu'un d'autre.*
3875.	Joseph Connolly	*Drôle de bazar.*
3876.	William Faulkner	*Le docteur Martino.*
3877.	Luc Lang	*Les Indiens.*
3878.	Ian McEwan	*Un bonheur de rencontre.*
3879.	Pier Paolo Pasolini	*Actes impurs.*
3880.	Patrice Robin	*Les muscles.*
3881.	José Miguel Roig	*Souviens-toi, Schopenhauer.*
3882.	José Sarney	*Saraminda.*
3883.	Gilbert Sinoué	*À mon fils à l'aube du troisième millénaire.*
3884.	Hitonari Tsuji	*La lumière du détroit.*
3885.	Maupassant	*Le Père Milon.*
3886.	Alexandre Jardin	*Mademoiselle Liberté.*

3887. Daniel Prévost	*Coco belles-nattes.*
3888. François Bott	*Radiguet. L'enfant avec une canne.*
3889. Voltaire	*Candide ou l'Optimisme.*
3890. Robert L. Stevenson	*L'Étrange Cas du docteur Jekyll et de M. Hyde.*
3891. Daniel Boulanger	*Talbard.*
3892. Carlos Fuentes	*Les années avec Laura Díaz.*
3894. André Dhôtel	*Idylles.*
3895. André Dhôtel	*L'azur.*
3896. Ponfilly	*Scoops.*
3897. Tchinguiz Aïtmatov	*Djamilia.*
3898. Julian Barnes	*Dix ans après.*
3900. Catherine Cusset	*À vous.*
3901. Benoît Duteurtre	*Le voyage en France.*
3902. Annie Ernaux	*L'occupation.*
3903. Romain Gary	*Pour Sgnanarelle.*
3904. Jack Kerouac	*Vraie blonde, et autres.*
3905. Richard Millet	*La voix d'alto.*
3906. Jean-Christophe Rufin	*Rouge Brésil.*
3907. Lian Hearn	*Le silence du rossignol.*
3908. Alice Kaplan	*Intelligence avec l'ennemi.*
3909. Ahmed Abodehman	*La ceinture.*
3910. Jules Barbey d'Aurevilly	*Les diaboliques.*
3911. George Sand	*Lélia.*
3912. Amélie de Bourbon Parme	*Le sacre de Louis XVII.*
3913. Erri de Luca	*Montedidio.*
3914. Chloé Delaume	*Le cri du sablier.*
3915. Chloé Delaume	*Les mouflettes d'Atropos.*
3916. Michel Déon	*Taisez-vous... J'entends venir un ange.*
3917. Pierre Guyotat	*Vivre.*
3918. Paula Jacques	*Gilda Stamboli souffre et se plaint.*
3919. Jacques Rivière	*Une amitié d'autrefois.*
3920. Patrick McGrath	*Martha Peake.*
3921. Ludmila Oulitskaïa	*Un si bel amour.*
3922. J.-B. Pontalis	*En marge des jours.*
3923. Denis Tillinac	*En désespoir de causes.*
3924. Jerome Charyn	*Rue du Petit-Ange.*

3925.	Stendhal	*La Chartreuse de Parme.*
3926.	Raymond Chandler	*Un mordu.*
3927.	Collectif	*Des mots à la bouche.*
3928.	Carlos Fuentes	*Apollon et les putains.*
3929.	Henry Miller	*Plongée dans la vie nocturne.*
3930.	Vladimir Nabokov	*La Vénitienne* précédé d'*Un coup d'aile.*
3931.	Ryûnosuke Akutagawa	*Rashômon et autres contes.*
3932.	Jean-Paul Sartre	*L'enfance d'un chef.*
3933.	Sénèque	*De la constance du sage.*
3934.	Robert Louis Stevenson	*Le club du suicide.*
3935.	Edith Wharton	*Les lettres.*
3936.	Joe Haldeman	*Les deux morts de John Speidel.*
3937.	Roger Martin du Gard	*Les Thibault I.*
3938.	Roger Martin du Gard	*Les Thibault II.*
3939.	François Armanet	*La bande du drugstore.*
3940.	Roger Martin du Gard	*Les Thibault III.*
3941.	Pierre Assouline	*Le fleuve Combelle.*
3942.	Patrick Chamoiseau	*Biblique des derniers gestes.*
3943.	Tracy Chevalier	*Le récital des anges.*
3944.	Jeanne Cressanges	*Les ailes d'Isis.*
3945.	Alain Finkielkraut	*L'imparfait du présent.*
3946.	Alona Kimhi	*Suzanne la pleureuse.*
3947.	Dominique Rolin	*Le futur immédiat.*
3948.	Philip Roth	*J'ai épousé un communiste.*
3949.	Juan Rulfo	*Le Llano en flammes.*
3950.	Martin Winckler	*Légendes.*
3951.	Fédor Dostoïevski	*Humiliés et offensés.*
3952.	Alexandre Dumas	*Le Capitaine Pamphile.*
3953.	André Dhôtel	*La tribu Bécaille.*
3954.	André Dhôtel	*L'honorable Monsieur Jacques.*
3955.	Diane de Margerie	*Dans la spirale.*
3956.	Serge Doubrovsky	*Le livre brisé.*
3957.	La Bible	*Genèse.*
3958.	La Bible	*Exode.*
3959.	La Bible	*Lévitique-Nombres.*
3960.	La Bible	*Samuel.*
3961.	Anonyme	*Le poisson de jade.*
3962.	Mikhaïl Boulgakov	*Endiablade.*
3963.	Alejo Carpentier	*Les Élus et autres nouvelles.*
3964.	Collectif	*Un ange passe.*

3965. Roland Dubillard	*Confessions d'un fumeur de tabac français.*
3966. Thierry Jonquet	*La leçon de management.*
3967. Suzan Minot	*Une vie passionnante.*
3968. Dann Simmons	*Les Fosses d'Iverson.*
3969. Junichirô Tanizaki	*Le coupeur de roseaux.*
3970. Richard Wright	*L'homme qui vivait sous terre.*
3971. Vassilis Alexakis	*Les mots étrangers.*
3972. Antoine Audouard	*Une maison au bord du monde.*
3973. Michel Braudeau	*L'interprétation des singes.*
3974. Larry Brown	*Dur comme l'amour.*
3975. Jonathan Coe	*Une touche d'amour.*
3976. Philippe Delerm	*Les amoureux de l'Hôtel de Ville.*
3977. Hans Fallada	*Seul dans Berlin.*
3978. Franz-Olivier Giesbert	*Mort d'un berger.*
3979. Jens Christian Grøndahl	*Bruits du cœur.*
3980. Ludovic Roubaudi	*Les Baltringues.*
3981. Anne Wiazemski	*Sept garçons.*
3982. Michel Quint	*Effroyables jardins.*
3983. Joseph Conrad	*Victoire.*
3984. Émile Ajar	*Pseudo.*
3985. Olivier Bleys	*Le fantôme de la Tour Eiffel.*
3986. Alejo Carpentier	*La danse sacrale.*
3987. Milan Dargent	*Soupe à la tête de bouc.*
3988. André Dhôtel	*Le train du matin.*
3989. André Dhôtel	*Des trottoirs et des fleurs.*
3990. Philippe Labro/ Olivier Barrot	*Lettres d'Amérique. Un voyage en littérature.*
3991. Pierre Péju	*La petite Chartreuse.*
3992. Pascal Quignard	*Albucius.*
3993. Dan Simmons	*Les larmes d'Icare.*
3994. Michel Tournier	*Journal extime.*
3995. Zoé Valdés	*Miracle à Miami.*
3996. Bossuet	*Oraisons funèbres.*
3997. Anonyme	*Jin Ping Mei I.*
3998. Anonyme	*Jin Ping Mei II.*
3999. Pierre Assouline	*Grâces lui soient rendues.*
4000. Philippe Roth	*La tache.*
4001. Frederick Busch	*L'inspecteur de nuit.*
4002. Christophe Dufossé	*L'heure de la sortie.*

4003.	William Faulkner	*Le domaine.*
4004.	Sylvie Germain	*La Chanson des mal-aimants.*
4005.	Joanne Harris	*Les cinq quartiers de l'orange.*
4006.	Leslie Kaplan	*Les Amants de Marie.*
4007.	Thierry Metz	*Le journal d'un manœuvre.*
4008.	Dominique Rolin	*Plaisirs.*
4009.	Jean-Marie Rouart	*Nous ne savons pas aimer.*
4010.	Samuel Butler	*Ainsi va toute chair.*
4011.	George Sand	*La petite Fadette.*
4012.	Jorge Amado	*Le Pays du Carnaval.*
4013.	Alessandro Baricco	*L'âme d'Hegel et les vaches du Wisconsin.*
4014.	La Bible	*Livre d'Isaïe.*
4015.	La Bible	*Paroles de Jérémie-Lamentations.*
4016.	La Bible	*Livre de Job.*
4017.	La Bible	*Livre d'Ezéchiel.*
4018.	Frank Conroy	*Corps et âme.*
4019.	Marc Dugain	*Heureux comme Dieu en France.*
4020.	Marie Ferranti	*La Princesse de Mantoue.*
4021.	Mario Vargas Llosa	*La fête au Bouc.*
4022.	Mario Vargas Llosa	*Histoire de Mayta.*
4023.	Daniel Evan Weiss	*Les cafards n'ont pas de roi.*
4024.	Elsa Morante	*La Storia.*
4025.	Emmanuèle Bernheim	*Stallone.*
4026.	Françoise Chandernagor	*La chambre.*
4027.	Philippe Djian	*Ça, c'est un baiser.*
4028.	Jérôme Garcin	*Théâtre intime.*
4029.	Valentine Goby	*La note sensible.*
4030.	Pierre Magnan	*L'enfant qui tuait le temps.*
4031.	Amos Oz	*Les deux morts de ma grand-mère.*
4032.	Amos Oz	*Une panthère dans la cave.*
4033.	Gisèle Pineau	*Chair Piment.*
4034.	Zeruya Shalev	*Mari et femme.*
4035.	Jules Verne	*La Chasse au météore.*
4036.	Jules Verne	*Le Phare du bout du Monde.*
4037.	Gérard de Cortanze	*Jorge Semprun.*
4038.	Léon Tolstoï	*Hadji Mourat.*
4039.	Isaac Asimov	*Mortelle est la nuit.*

4040.	Collectif	*Au bonheur de lire.*
4041.	Roald Dahl	*Gelée royale.*
4042.	Denis Diderot	*Lettre sur les Aveugles.*
4043.	Yukio Mishima	*Martyre.*
4044.	Elsa Morante	*Donna Amalia.*
4045.	Ludmila Oulitskaïa	*La maison de Lialia.*
4046.	Rabindranath Tagore	*La petite mariée.*
4047.	Ivan Tourguéniev	*Clara Militch.*
4048.	H.G. Wells	*Un rêve d'Armageddon.*
4049.	Michka Assayas	*Exhibition.*
4050.	Richard Bausch	*La saison des ténèbres.*
4051.	Saul Bellow	*Ravelstein.*
4052.	Jerome Charyn	*L'homme qui rajeunissait.*
4053.	Catherine Cusset	*Confession d'une radine.*
4055.	Thierry Jonquet	*La Vigie* (à paraître).
4056.	Erika Krouse	*Passe me voir un de ces jours.*
4057.	Philippe Le Guillou	*Les marées du Faou.*
4058.	Frances Mayes	*Swan.*
4059.	Joyce Carol Oates	*Nulle et Grande Gueule.*
4060.	Edgar Allan Poe	*Histoires extraordinaires.*
4061.	George Sand	*Lettres d'une vie.*
4062.	Frédéric Beigbeder	*99 francs.*
4063.	Balzac	*Les Chouans.*
4064.	Bernardin de Saint Pierre	*Paul et Virginie.*
4065.	Raphaël Confiant	*Nuée ardente.*
4066.	Florence Delay	*Dit Nerval.*
4067.	Jean Rolin	*La clôture.*
4068.	Philippe Claudel	*Les petites mécaniques.*
4069.	Eduardo Barrios	*L'enfant qui devint fou d'amour.*
4070.	Neil Bissoondath	*Un baume pour le cœur.*
4071.	Jonahan Coe	*Bienvenue au club.*
4072.	Toni Davidson	*Cicatrices.*
4073.	Philippe Delerm	*Le buveur de temps.*
4074.	Masuji Ibuse	*Pluie noire.*
4075.	Camille Laurens	*L'Amour, roman.*
4076.	François Nourissier	*Prince des berlingots.*
4077.	Jean d'Ormesson	*C'était bien.*
4078.	Pascal Quignard	*Les Ombres errantes.*
4079.	Isaac B. Singer	*De nouveau au tribunal de mon père.*

4080. Pierre Loti	*Matelot.*
4081. Edgar Allan Poe	*Histoires extraordinaires.*
4082. Lian Hearn	*Le clan des Otori, II : les Neiges de l'exil.*
4083. La Bible	*Psaumes.*
4084. La Bible	*Proverbes.*
4085. La Bible	*Évangiles.*
4086. La Bible	*Lettres de Paul.*
4087. Pierre Bergé	*Les jours s'en vont je demeure.*
4088. Benjamin Berton	*Sauvageons.*
4089. Clémence Boulouque	*Mort d'un silence.*
4090. Paule Constant	*Sucre et secret.*
4091. Nicolas Fargues	*One Man Show.*
4092. James Flint	*Habitus.*
4093. Gisèle Fournier	*Non-dits.*
4094. Iegor Gran	*O.N.G.!*
4095. J.M.G. Le Clézio	*Révolutions.*
4096. Andreï Makine	*La terre et le ciel de Jacques Dorme.*
4097. Collectif	*«Parce que c'était lui, parceque c'était moi».*
4098. Anonyme	*Saga de Gísli Súrsson.*
4099. Truman Capote	*Monsieur Maléfique et autres nouvelles.*
4100. E.M. Cioran	*Ébauches de vertige.*
4101. Salvador Dali	*Les moustaches radar.*
4102. Chester Himes	*Le fantôme de Rufus Jones et autres nouvelles.*
4103. Pablo Neruda	*La solitude lumineuse.*
4104. Antoine de St-Exupéry	*Lettre à un otage.*
4105. Anton Tchekhov	*Une banale histoire.*
4106. Honoré de Balzac	*L'Auberge rouge.*
4107. George Sand	*Consuelo I.*
4108. George Sand	*Consuelo II.*
4109. André Malraux	*Lazare.*
4110 Cyrano de Bergerac	*L'autre monde.*
4111 Alessandro Baricco	*Sans sang.*
4112 Didier Daeninckx	*Raconteur d'histoires.*
4113 André Gide	*Le Ramier.*
4114. Richard Millet	*Le renard dans le nom.*
4115. Susan Minot	*Extase.*

4116.	Nathalie Rheims	*Les fleurs du silence.*
4117.	Manuel Rivas	*La langue des papillons.*
4118.	Daniel Rondeau	*Istanbul.*
4119.	Dominique Sigaud	*De chape et de plomb.*
4120.	Philippe Sollers	*L'Étoile des amants.*
4121.	Jacques Tournier	*À l'intérieur du chien.*
4122.	Gabriel Sénac de Meilhan	*L'Émigré.*
4123.	Honoré de Balzac	*Le Lys dans la vallée.*
4124.	Lawrence Durrell	*Le Carnet noir.*
4125.	Félicien Marceau	*La grande fille.*
4126.	Chantal Pelletier	*La visite.*
4127.	Boris Schreiber	*La douceur du sang.*
4128.	Angelo Rinaldi	*Tout ce que je sais de Marie.*
4129.	Pierre Assouline	*Etat limite.*
4130.	Elisabeth Barillé	*Exaucez-nous.*
4131.	Frédéric Beigbeder	*Windows on the World.*
4132.	Philippe Delerm	*Un été pour mémoire.*
4133.	Colette Fellous	*Avenue de France.*
4134.	Christian Garcin	*Du bruit dans les arbres.*
4135.	Fleur Jaeggy	*Les années bienheureuses du châtiment.*
4136.	Chateaubriand	*Itinéraire de Paris à Jerusalem.*
4137.	Pascal Quignard	*Sur le jadis. Dernier royaume, II.*
4138.	Pascal Quignard	*Abîmes. Dernier Royaume, III.*
4139.	Michel Schneider	*Morts imaginaires.*
4140.	Zeruya Shalev	*Vie amoureuse.*
4141.	Frederic Vitoux	*La vie de Céline.*
4142.	Fédor Dostoievski	*Les Pauvres Gens.*
4143.	Ray Bradbury	*Meurtres en douceur.*
4144.	Carlos Castaneda	*Stopper-le-monde.*
4145.	Confucius	*Entretiens.*
4146.	Didier Daeninckx	*Ceinture rouge.*
4147.	William Faulkner	*Le caïd.*
4148.	Gandhi	*En guise d'autobiographie.*
4149.	Guy de Maupassant	*Le verrou et autre contes grivois.*
4150.	D.A.F. de Sade	*La philosophie dans le boudoir.*
4151.	Italo Svevo	*L'assassinat de la via Belpoggio.*
4152.	Laurence Cossé	*Le 31 du mois d'août.*
4153.	Benoît Duteurtre	*Service clientèle.*
4154.	Christine Jordis	*Bali, Java, en rêvant.*
4155.	Milan Kundera	*L'ignorance.*

Composition Nord Compo.
Impression Société Nouvelle Firmin-Didot
à Mesnil-sur-l'Estrée, le 2 mai 2005.
Dépôt légal : mai 2005.
Numéro d'imprimeur : 73729.

ISBN : 2-07-031632-7/Imprimé en France.

1919